夏野士集

陈寿楠 编

上海文艺出版社

图书在版编目（CIP）数据

夏野士集 / 陈寿楠编.-- 上海 :上海文艺出版社，2022

ISBN 978-7-5321-8428-6

Ⅰ．①夏… Ⅱ．①陈… Ⅲ．①中国文集－当代文学－作品综合集 Ⅳ．①I217.2

中国版本图书馆CIP数据核字(2022)第130754号

责任编辑：刘敏红
出版策划：唐根华　林立科
装帧设计：雯学传媒

书　　名：夏野士集
编　　者：陈寿楠
出　　版：上海世纪出版集团 上海文艺出版社
地　　址：上海市闵行区号景路159弄A座2楼201101
发　　行：上海文艺出版社发行中心发行
　　　　　上海市闵行区号景路159弄A座2楼206室
　　　　　201101www.ewen.com
印　　刷：北京军迪印刷有限责任公司
开　　本：787mm×1092mm　1/16
印　　张：20
字　　数：280千字
印　　次：2022年8月第1版 2022年8月第1次印刷
ＩＳＢＮ：978-7-5321-8428-6/I.6653
定　　价：99·00

告读者：如发现本书有质量问题请与印刷厂质量科联系T：13121110935

目　录

（以作品发表时间先后为序）

第一部分　　戏剧创作（独幕话剧）

第二部分　各种文章

第三部分　诗词

夏野士集

XIA YESHI JI

出版说明

夏野士先生于 1990 年 2 月 17 日在北京逝世，迄今已 32 年多了，我一直在默默地怀念他！

夏先生是我初中（温州私立建华初级中学即今实验中学的前身）教地理的老师，是位深受同学们爱戴的老师。在校只教了一年于 1947 年冬就离开了学校，那一年，正是我应届毕业的一年，此后，我再也没有见到夏老师，也没听到他别后的任何信息。可没想，时隔四十多年后的一天，我泡在温州市档案馆查找资料时，忽然间在 1938 年 9 月 6 日的《浙瓯日报》副刊"展望"第 138 期上，发现了一篇署名舟子写的《〈守住我们的家乡〉剧作者夏野士访问记》的文章，当这熟悉又陌生的名字闪现在我眼前时，刹那间，那种惊喜和激奋之情难以言表。顿时，我恍然认知，我的老师原来是位集战时报人、记者、主编、剧作家、教师于一身的文化名人。

说实话，正是这篇访问记，激励了我对夏野士先生生平业绩资料的搜集和研究的心愿。

回望 1995 年 12 月，由温州市文化局印行的拙编《温州进步戏剧史料集》（上下二册），因限于经费和篇幅，我只收录了夏野士 2 个独幕剧：处女作《保卫卢沟桥》和代表作《守住我们的家乡》；剧运评论文章 4 篇和拙文《夏野士简介》。

2013 年 8 月，由温州市档案局（馆）出品，安徽黄山书社出版，拙编《温州老剧本》一书，收录了夏野士戏剧创作 9 个独幕剧。

这是我步入晚年时对先生所做的点滴工作。

自 2013 年以后，一直心想，给先生出本系统、完整的作品结集的汇编，我以时不我待的急迫感，坚持着缓慢、坚忍的掘进，《夏野士集》终于编就成集。本书是夏野士先生生前的作品和文章的结集，内容涉及战时新闻、通讯、戏剧创作、剧运的论述、诗词及其他作品等。在当时曾产生过较大的社会影响，反映了夏野士一生对中国戏剧事业的思考与贡献。

本书分为六个部分，第一部分为戏剧创作，抗战戏剧 11 部，第二部分各类文章，第三部分诗词，第四部分为主编的话选录，第五部分集外拾遗史料，第六部分附录、书信，基本上以发表时间先后为序，并照顾到体裁类别相对集中加以编排。

对出版本书给予大力支持和资助的苍南县委宣传部、苍南县文化和广电旅游体育局、苍南县金乡镇镇委、金乡镇人民政府及金乡镇夏氏宗亲夏禹先生等部门和个人的大力支持、资助，在此表示诚挚的谢意。

今年是夏野士诞辰110周年，谨以本书缅怀和纪念夏野士一生的革命文艺生涯。

本书历经曲折，终于面世，得以告慰吾师夏野士先生在天之灵。

编　者

2022 年 5 月 31 日

总序

□ 徐宏图

《夏野士集》，是陈寿楠先生继《温州进步戏剧史料集》（上下集）《董每戡文集》（3卷本）《董每戡集》（5卷本）《董辛名集》《温州老剧本》之后，又一部为温州乡贤著述汇辑的文集。日前寄下目录与部分书稿，嘱我作序，出于乡谊我欣然接受。

夏野士(1912—1990)，原名夏公诒，平阳金乡镇张家坛（今属苍南）人。祖上曾是望族，提倡耕读并重，从小就受到良好的教育，并接受新文化思潮的影响与话剧艺术的熏陶，经常去城隍庙、玄坛庙、中所庙等处观看金乡"醒狮化装讲演社"演出《东亚风云》等抗日话剧。1925年小学毕业，因受温州学生联合会主席苏渊雷等抗日救国思想的影响，毅然离家赴上海投身抗日运动，主要是利用自己的爱好与长处，从事戏剧活动，开始国防戏剧创作。1937年"七七"卢沟桥事变的当晚，就投入独幕话剧《保卫卢沟桥》的创作，次日完成，成为我国最早宣传抗日的剧目之一。"八一三"淞沪战役爆发，随上海抗日救亡演剧第五队赴内地进行救亡宣传活动。同年11月，上海沦为"孤岛"后，返回家乡，参加办在平阳山门凤岭的"闽浙边抗日救亡干部学校"负责宣传工作。次年3月出任永嘉抗日自卫会创办的《先锋》半月刊主编，发表了不少宣传抗日和国防戏剧运动的文章，包括通讯与特写等，产生较大影响。同年秋，任海门东山中学教员期间，组织成立"春野救亡剧社"并任理事。1946年任温州建华中学教员期间，创作并排演校园话剧《学校小景》。新中国成立后，任上海吴淞中学教师。退休后，定居北京。1990年病逝，终年78岁。骨灰由子孙带回。夫人陈氏(1913—2004)因思念亡夫，把骨灰盒放置床头，同枕共眠十多年，直到2004年过世，子孙才把二人骨灰同穴合葬在金乡夏家祖坟。

《夏野士集》分为五部分。第一部分为"戏剧创作（话剧）"，收入《保卫卢沟桥》《复仇》《守住我们的家乡》《我们不受压迫与利用》《怒吼的村庄》《我们是胜利了》《九一八的晚上》《夜半》《享乐的人们》《海的怒潮》《希望》等11个剧本。第二部分为"各种文章"，收入《抗战期中剧运的检讨与展望》《话剧在内地的趋势》《庆祝国庆保卫武汉》《为真理而奋斗》《纪念我们自己的戏剧节》《纪念戏剧节告永嘉戏剧工作者书》《我军撤退武汉与我们应有的认识》《悼王良俭同志》《给青年以思想发展的自由》《游击队的开始》《妇女在抗战中的力量》《剧运工作同志们的联系问题》《巩固剧运工作同志们的团结》《评英文趣剧〈三个问题〉的演出》等 26 篇，包括剧评、短论、随笔、通讯等。第三部分为"诗词"，收入古体诗、词 200 多首，亦有少数现代诗，均为有感而发。第四编为"主编的话选录"，收入任《先锋》《生线》半月刊等主编的创刊辞、编后语、献辞等。第五部分为"集外拾遗史料"，收入时人与后人对夏先生著作的评价等。第六部分为附录，主要收入有关的信札。本集所收夏先生著作均为原创，几乎都是首次面世，其中话剧脚本与理论部分，尤为珍贵。

《夏野士集》的出版，其意义将超出文集的本身，因为它不是孤立的，而是属于已出与将出的同一时期温州籍话剧工作者众多文集之一种。若从中国话剧史的角度，将本书与已出的《温州进步戏剧史料集》《董每戡集》《董辛名集》《温州老剧本》结合起来看，至少具有以下几点特别意义：

一是展现抗战时期温州话剧创作与演出之盛，以反映温州人民同仇敌忾的抗日精神。温州地处东南沿海，是日本侵略者最早登陆之地，也是中国人民最早奋起抗日之处，带给革命知识分子的，则是积极投身抗战剧运之机。一个鲜明的特点是群体性，即同时出现一大群话剧作家创作出一大批抗日剧作。夏野士仅是其中之一，于"七七"事变的当晚就写出《保卫卢沟桥》，比上海话剧界集体创作的同名话剧《保卫卢沟桥》(三幕剧)要早出一个月，这是了不起的行动!其他温州作家尚有很多，例如：董每戡有《敌》《保卫领空》《神鹰第一曲》《俘虏》《最后的吼声》《孤岛的夜曲》《频伽》《给我们需要的》《孪生弟兄》《未死的人》《该为谁做工》《C 夫人肖像》《新女店主》《天罗地网》《秦淮星火》等16 种。董辛名，董每戡胞弟，著名导演，除导演《放下你的鞭子》《保卫领空》等几十部有影响的话剧外，还创作了《呼声》《胜利的启示》《游击队的母亲》《敌人的兽行》《最后胜利》《名优之死》《生命线》《照妖镜》等 8 种。王季思有《机声》《狗》《战创》《八点半》等。陈楚雄有《铁罗汉》《周天节》《血泪地狱》《黑旋风》《药》《韦菲君》《幸福的栏杆》《桐子落》《浦口之悲剧》《骷髅的迷恋者》等 10 种。尹庚，义乌人，长期在温州工作，与马骅、胡今虚创办《海防前线》杂志，写有独幕哑剧《锄头就是武器》《胜利的游击队》《艺术家与小丑》《两种宣传》《奇遇》等。池宁，舞台美术家，1937 年抗战爆发后，参加由于伶、阿英等组成的"青鸟剧社",担任过舞美设计的有《雷雨》《日出》《女子公寓》《这不过是春天》《武则天》等5种。马骅,散文作家,诗人,抗战期间,参加话剧演出的剧目有《放下你的鞭子》《三江好》《卢沟桥之战》《菱姑》《保卫领空》《胜利的启示》《天上人间》等。黄宗江,影剧艺术家,除主演夏衍《愁城记》《草林皆兵》等之外,还创作话剧《大团圆》《南方啊南方》《风雨千秋》《贺龙刀》《春天的喜剧》《安娣》《孤儿恩仇记》等。姚易非,青田人,长期在温州工作,除演出抗战名剧《绯色网》《国家至上》《凤凰城》《牛头岭》《前夜》等外,还据俄国陀思妥耶夫斯基小说《被侮辱与被损害的》改编同名话剧,连载于《浙瓯日报》。林斤澜,除主演董每戡《保卫领空》、夏衍《一年间》、曹禺《雷雨》、茅盾《清明前后》、陈白尘《群魔乱舞》等名剧外,还创作话剧,出版《布谷》等剧本集。黄宗英,黄宗江胞妹,电影演员,抗战时期与黄宗江一起进黄佐临组织的职业剧团,演出《鸳鸯剑》《甜姐儿》《君子好逑》《日出》《七重天》等话剧。总之,其时温州话剧之盛,我虽然不敢说是半壁江山,却敢说是东南重镇。夏野士先生只是其中佼佼者之一。

二是揭示温州话剧传入之早与兴盛之因。中国话剧肇始于1907年,是年,中国留学生李叔同等,在日本东京创建"春柳社",演出话剧《茶花女》,标志着中国话剧的诞生,"话剧"之名是后来由洪深取定的。据陈寿楠《温州话剧百年史料集》考,话剧传入温州是1912年。至1919年已在温州各县演出,时称"文明戏"或"新剧",例如是年5月,乐清高等小学为响应"五四"运动,在操场搭台演出文明戏《东亚风云》。次年,温州中学演出校长朱隐青编导的独幕新剧《钟雅生》。1922年,金乡城里相继组建"旭社"及"醒狮化装讲演社"两个社会团体,后者其实是早期的话剧社,演出《东亚风云》等抗日剧本,夏野士经常去观看,为他后来投身抗日从事话剧创作打下基础。案:《东亚风云》又名《安重根刺伊藤》,顾无为作,演的是朝鲜(高丽)国势衰微,日本吞并它,以无理条约强加于朝鲜,激起民众愤慨。爱国志士安重根趁伊藤博文去中国东北之际,在哈尔滨火车站将其刺毙。因所演剧目契合中国抗日形势,其时伊藤正好成了日本派来中国督战的统监,于是大获好评。据《申报》载,该剧由上海"任天知进化团"于1911年初首演于南京昇平戏园,一时誉满大江南北。至于温州话剧之所以如此兴盛,有两大因素是不能忽略的,一是温州是南戏故乡,已有一千多年历史,这里戏剧气氛浓厚,写戏的人多,演戏的人更多,向有"瑞安出才子,平阳出戏子"之称,瑞安最大的才子是《琵琶记》作者高则诚,平阳戏子占据浙南闽北。二是温州与日本交流频繁，留学日本的文化人也多，最有代表性是董每戡与董辛名兄弟。董每戡于1928年底东渡日本，入东京帝国大学文学院攻读戏剧，次年底回国，投身于左翼文艺运动。1931年创作《C夫人肖像》，轰动上海。1938年回温州小住，同年7月创作并演出三幕剧《敌》，轰动温州。董辛名于上世纪三十年代也留学日本，就读于日本东京剧校，1937年抗战爆发，毅然归国，投入国防戏剧运动，主要致力于话剧导演，合计数十部之多。董氏兄弟留学日本，对话剧在温州乃至全国的传播功不可没。

　　三是彰显温州话剧的魅力，促醒戏剧界要重视话剧，给话剧以应有的地位。话剧虽然是"舶来品"，但经过"民族化"的改造，很快就为中国老百姓所喜欢，在抗日战争与解放战争中均发挥了巨大的作用。抗日战争时期，温州话剧活动达到高潮。1937年"卢沟桥事变"一爆发，永嘉民众教育馆就组织救亡宣传队，演出洪深《死里求生》、田汉《呼声》、崔嵬《张家店》、夏野士《守住我们的家乡》等话剧。接着，温州市区及乐清、瑞安、平阳等县也相继演出《放下你的鞭子》《呼声》《烙痕》《血洒卢沟桥》《打日本》等剧。其中以董每戡创作、董辛名导演、马骍与林斤澜等主演的《保卫领空》《敌》最著名，《浙瓯日报》辟有公演特刊予以评介。解放战争时期，温州话剧仍存强势。其特点：一是所演大多为名剧，有陈白尘《汾河湾》《升官图》《结婚进行曲》、洪深《鹤顶红》、顾仲彝等《秋海棠》、茅盾《清明前后》、曹禺《雷雨》《日出》《原野》《北京人》、丁西林《压迫》、夏衍与于伶《戏剧春秋》、田汉《南归》、黄宗江《大团圆》、谢铁骊《不屈的人们》等。二是有了自己的团体保证，先后成立"永嘉青年工作队"与"温州市艺术工作者协会话剧团"，推选谢印心、董辛名等11位为执行委员。三是举办话剧讲座，分别由董每戡、董辛名、叶曼济等讲解。可见，话剧与传统戏曲均属综合性表演艺术，各有千秋。由于戏曲注重写意，话剧注重写实，更具舞台性、直观性、综合性、对话性，更贴切现实生活，更为年轻观众所喜爱。话剧的表演艺术，包括舞美设计等，早就为许多戏曲剧种所吸收，"话剧加唱"已成为某一戏曲剧种被话剧同化的口头禅。然而话剧并未得到应有的重视，导致剧团锐减，全国每个省只有一个话剧团，唯直辖市才另有人民艺术剧院。浙江连一个话剧团也不甚景气，对照抗战时期，仅温州市区就有"107师抗敌剧团""前哨剧团"两个专业剧团。业余剧团有"永嘉战时青年服务团演剧社"，校园剧团有"温中剧团""永中剧团""瓯中剧团""高商剧团"，瑞安的"瑞中剧团"等不一而足，不可同日而语。本书的出版，希望能引起有关部门的重视，促使话剧更健康的发展。

　　陈寿楠先生毕业于上海戏剧学院舞美专业，对话剧怀有深厚的感情。自上世纪八十年代初开始，即不遗余力搜集温籍剧人在"国统区"时期从事戏剧活动的业绩，使长期湮没、散佚各地的温州进步文化史料，尤其是话剧剧本得以再现，从而填补了中国话剧史于这一时期地域性戏剧史料的空白。更难能可贵是，这本《夏野士集》完成之日，已年过九旬，仍笔耕不辍，日夜赶撰新著。古人颂扬的"老骥伏枥，志在千里"的精神，在他身上得到淋漓尽致的体现，着实令人敬佩！

2022 年 5 月 6 日于杭州

序

李晖华

2015年，我时任苍南县文化广电新闻出版局局长，获悉温州陈寿楠先生有部书稿《夏野士集》首选推荐苍南申报出书的讯息，引起我的关注与兴趣，表示支持。

随后，我委托章鹏华同志与陈寿楠先生商议出书相关事宜，后因工作调动而搁置。

今年是夏野士先生诞辰110周年纪念。时隔七年，其间，承苍南县金乡镇老年协会会长林立科先生牵线，旧事重提，得以遂愿。付梓在即，陈老先生邀我为本书作序，盛情难却，欣然命笔。

夏野士1912年出生于抗倭古城金乡。少时受新文化思想熏陶，以及金乡醒狮化妆讲演社演出新剧的影响，立志从事进步文化事业。

1925年，夏野士高小毕业后，就离开金乡外出求学、谋业。曾在上海一家进步报馆从事新闻工作，做过校对，当过记者。与此同时，积极投身抗日救亡戏剧活动。

1937年"七七"卢沟桥事变爆发，他连夜创作了他的处女作《保卫卢沟桥》。据陈寿楠先生潜心研究考证，认为以卢沟桥为题材的同类创作中最早面世的一个剧本，乃为全国之首。

"八一三"淞沪战役爆发后，夏野士参加上海救亡演剧第五队宣传抗战，队伍几经辗转到达延安，受到毛泽东同志的接见。同年11月，夏野士回到平阳山门参加了"抗日救亡干部学校"。在校长粟裕，副校何畏（黄先河）、教务主任黄耕夫领导下，夏野士和林夫等负责宣传工作，为抗战时期温州戏剧运动做出积极贡献。

1938年初，各地抗战文艺运动日渐深入，夏野士在严北溟等主编的进步刊物《浙江潮》（1938年初在金华创刊）发表《抗战中剧运的检讨和展望》，一针见血地指出战时抗战创作和运动的不足，指明了戏剧创作和运动的道路，具有一定历史现实意义。

　　1937 年 7 月至 1941 年间，夏野士创作成果丰硕，独幕剧《保卫卢沟桥》、《复仇》《守住我们的家乡》（代表作）《怒吼的村庄》《海的怒潮》《希望》等。

　　1938 年秋，他应聘赴海门（今台州市椒江区）东山中学任教，在学校期间，他参加海门的"春野救亡剧社"，继续以话剧为工具进行抗日救亡宣传活动。

　　1949 年上海解放后，经上海市教育局军代表的推荐，被聘为上海市吴淞中学任教。1954 年任该校地理教研组组长。1963 年至 1965 年，除在吴淞中学任教外，受教育局委托，在上海华东师大附中示范讲学，培训师资，为上海的教育事业做出了贡献。1975 年退休（离休）后，定居北京，1990 年 2 月 17 日因病在京逝世，享年 78 岁。

　　《夏野士集》编辑出版，是对从金乡走出来的文化名人夏野士先生最好的安慰、最好的纪念；也是留给后人的一笔精神财富。

（作者系苍南县政协原副主席）

夏野士传略

□ 陈寿楠

夏野士（1912—1990），记者、编辑、剧作家。浙江平阳县金乡镇(现属苍南县)人。当过记者、工人、编辑、教员。

1937年"七七"事变后，投身抗日救亡宣传，积极从事抗战戏剧活动,开始国防戏剧的创作，处女作《保卫卢沟桥》是在"七七"一声枪响后的第二天就写成的剧本。是以纪念卢沟桥为题材的同类剧作中的最早面世的一个剧本，为全国之首。"八一三"淞沪战役爆发后，入由上海戏剧联谊社组织的以戏剧家左明为队长的上海抗日救亡演剧第五队(即原上海先锋演剧队)，随队奔赴内地进行救亡宣传活动。

同年11月，上海失守沦为"孤岛"后，他返回家乡——平阳县山门参加由中共闽浙边临时省委会创办的抗大式的"抗日救亡干部学校"(校长为红军挺进师师长粟裕同志兼，副校长为何畏，即黄先河同志)工作。1938年3月，干部结业后，在永嘉县(即温州市区——鹿城区)抗日自卫委员会主办的《先锋》半月刊社任主编，这期间，他发表了不少宣传抗日和国防戏剧运动的文章，通讯和特写，有一定影响，同时，为发起召开全县戏剧工作者座谈会并筹备组织省剧人协会永嘉分会，举行国防戏剧公演等，做出了贡献。

他的处女作《保卫卢沟桥》《复仇》《守住我们的家乡》（代表作）等剧，曾分别发表在上海的《群众新闻》《大公报》和由丁玲、舒群主编，于武汉出版(1938年3月20日创刊)的《战地》半月刊(第1卷第5期)等报刊。

成名作《守住我们的家乡》于同年夏，曾由上海小小流动剧团来温州进行救亡宣传演剧活动期间，首演于中央大戏院，深受欢迎。该剧巡回演出广泛，在温州、台州一带城镇、乡镇，相继上演多次。

1938年秋，他应聘赴海门（即今椒江区）东山中学任教期间，曾组织成立"春野救亡剧社"任理事。

1946年，应聘在温州建华中学教书，曾为该校校庆创作并排演校园戏剧《学校小景》《佳偶天成》。

剧作有《保卫卢沟桥》《复仇》《守住我们的家乡》《我们不受压迫与利用》《怒吼了的村庄》《我们是胜利了》《九一八的晚上》《希望》（被国民党列为禁演的剧目之一）和新近发现的《享乐的人们》等独幕剧。

出版有独幕剧集《守住我们的家乡》由永嘉（温州）游击文化社（系《游击》半月刊社游击丛书之一）于1938年9月初版。

1939年12月由上海剧友社以同名戏剧集出版，内收丁玲、塞克、保罗等独幕话剧10篇。

1949年解放初，经上海市教育局军代表的推荐，被聘为上海市立吴淞中学任教。1954年任该校地理教研组组长。1963年至1965年，除在吴淞中学任教外，受市教育局委托在上海华东师大附中示范讲学，培训师资。1975年退休后定居于北京。1990年2月17日在京病逝，享年78岁。

夏野士抗战戏剧活动纪要

（1937.7.7—1941.12.1）

□　陈寿楠

1937 年

7月

7日

温州平阳籍（今苍南县金乡镇人）夏野士作为沪土客籍青年文化人，当"七七"卢沟桥一声枪响后，连夜奋笔疾书（以10小时）于次晨写就他的抗战处女作独幕剧《保卫卢沟桥》，由浙籍（今义乌市人）上世纪三十年代"左联"作家尹庚（1908—1997）主编的《群众新闻》首刊。

（编者注：夏野士的处女作《保卫卢沟桥》为同题材剧作中创作、发表或出版时间最早的一个剧本，经编者考证，为全国之最）。

本月

夏野士参加由左明（1904—1938）组建的上海先锋演剧队。队长左明，副

（载 1937 年 8 月 6 日上海《时事新报》）

队长陈歌辛，秘书吴晓邦。

演职员有：左明（负责人）、吴晓邦、陈歌辛、艾林、艾叶、王芹、温容、马翎、仉平、金力田、莫耶、王菌、夏野士、赵清阁、梁白波、浪涯、许羽、余秋豪、晨帆、朱逸仙、徐渭、唐盛君、周守之、张大任、路玲、张毅等。

本月

抗日战争开始，永嘉县（今温州市鹿城区）民众教育馆迅即组织流动施教团宣传队，分赴郊区郭溪、瞿溪、雄溪进行救亡宣传，巡回演出国防戏剧有夏野士的代表作《守住我们的家乡》、《死里求生》（洪深、徐萱合编）、《张家店》（崔嵬编剧）、《三江好》（吕复、舒强等集体创作）、《电线杆子》（周彦编剧）、《民族公敌》（舒非编剧）、《全面抗战》（刘念渠编剧）、《亲兄弟》（金兢编剧）等11个独幕剧。

本月

乐清县民众教育馆国防剧团为筹募基金,在乐城公演《复仇》（夏野士编剧）、《呼声》（董辛名据田汉原剧《阿比尼西亚的母亲》改编）、《天津的黑影》（张季纯编剧）等剧。

8 月

先锋演剧队募集基金决定10日左右，在本市蓬莱大戏院公演左明新作《到明天》，夏野士的《保卫卢沟桥》及《开演之前》等三个独幕剧。

演员有徐琴芳、左明、金力田、路玲、张艺等影剧人。后因戏院方面某种困难，决议不演了。

（注：据1937年8月6日上海《时事新报》报道整理）

本月

"八·一三"上海抗战全面开始，上海话剧界救亡协会决定成立13支救亡演剧队。其中，第五队，原为上海先锋演剧队。队长为左明。该队是以日本回来的留学生为主。队员有何廷杰、艾林、周守之、浪涯、颜一烟、晨帆、王芹、路冷、夏野士、余秋豪、王菌、许羽、仉平、吕志忠、温容、莫耶、朱逸心、力田、艾叶、宋珍等21人。工作路线由上海至南京、至汉口、然后由平汉线北上。

（注：见1937年8月28日《救亡日报》）

10月

9日

夏野士在上海继处女作《保卫卢沟桥》（独幕话剧）之后，为了纪念一位朋友的牺牲，于双十节前夜撰写了抗战独幕剧《复仇》，发表在上海《大公报》上。

11月

上海失陷成为"孤岛"后，抗日救亡演剧活动更加艰难。夏野士辗转多地回到家乡，为配合当地农村抗战与民主的情势需要，创作了《我们不受压迫与利用》独幕剧。

本月

《抗战独幕剧选》阿英编 抗战读物出版社出版。

内收有阿英撰写的《淞沪战争戏剧初探》一文，记载了淞沪战时发表的剧本，有夏衍的《咱们要反攻》、《八·一三之夜》；尤兢的《一颗子弹》《我们打冲锋》，夏野士的《复仇》等26个独幕剧。

12月

夏野士携带胞妹如如（夏云，张毕来的夫人）参加平阳山门由闽浙边临时省委决定的国民革命军闽浙边抗日游击总队的名义创办的"抗日救亡干部学校"工作。

（注：校址选择平阳山门畴溪小学，因此又称"山门抗日干校"。由红军司令员、挺进师师长粟裕兼任校长，何畏（黄先河）任副校长。黄耕夫为教务主任，邓野农为总务主任。连珍、林夫、梅康、夏野士四同志负责校内外的宣传、墙报等工作）。

1938 年

1 月

15日

"干校"开学。后因形势需要，根据中央的精神，红军游击总队改编为新四军，北上抗日，"干校"于3月15日提前结业。

部分学员组成"随军服务团"编入粟裕同志率领的抗日游击队"新四军流动宣传队"，队长连珍、副部长林夫（1942年牺牲于上饶集中营），队员有李碧兰、谷玉叶、麻文芳（马朝芒）、徐鎏、周承栋、鲁林杰（林斤澜）等。

3 月

夏野士应海门（今椒江区）东山中学林尧校长邀请，从山门"抗日救亡干部学校"出来的张燕（1915—1942），夏野士来校任教。并参加海门"春野救亡剧社"。负责人张燕，林匡任理事长，贺鸣声、方正中、夏野士、应普汉为理事。

4 月

"春野救亡剧社"在海门印山俱乐部公演夏野士的处女作《保卫卢沟桥》后，自行解散。

5 月

5日

永嘉县抗日自卫委员会创办抗日时政、文化综合性的刊物《先锋》半月刊，由夏野士任主编，共出版了8期（1938年5月5日—1939年3月）

（载1938年5月5日《先锋》
半月刊创刊号）

（《先锋》半月刊第一期，夏野士主编，
创刊于1938年5月5日，浙江•永嘉）

（注：首任主编夏野士因另有他就，从第7期起改由文教界进步人士郑之光、
夏巨珍接任主编，后因该会改组而停刊。）

20日

由丁玲、舒群主编的《战地》半月刊（汉口版）第1卷第5期刊发夏野士成
名作《守住我们的家乡》（独幕剧）。

载《战地》半月刊（汉口）1938年5月20日

（注：《战地》半月刊1938年3月20日创刊于汉口。16开本，上海杂志公司
发行，共出版了6期，主要作者有塞克、李乔、杨朔等。）

25—26日

上海小小流动剧团在温州五马街中央大戏院举行国防戏剧公演，剧目有夏野士的代表作《守住我们的家乡》，章泯的《东北之家》，洗群的《中国妇人》，尤兢的《警号》（即《一颗子弹》）及姚时晓的《炮火中》等。

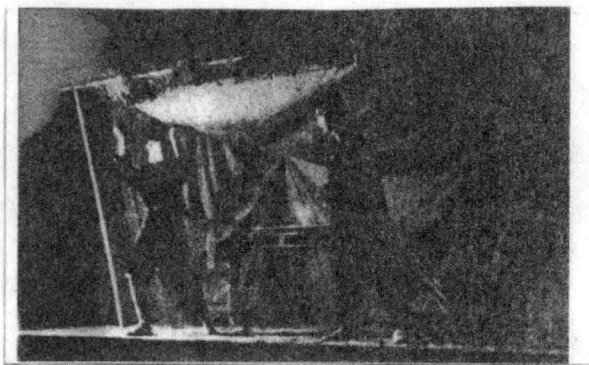

《守住我們的家鄉》劇照（夏野士編劇）
上海小小流動劇團首演于溫州中央大戲院1938年5月6日

（注：上海市文化界救亡协会属下的上海小小流动剧团一行17人，在团长陆静，副团长张建珍率领下，于4月30日由沪抵温，进行抗日救亡宣传演出。历时五十多天，至6月21日离温，北上奔赴延安。）

20世纪二三十年代位于五马街的中央大戏院(1940年10月遭敌机轰炸后的中央大戏院之一角)。

原中央大戏院(即今五马街大众电影院)

上世纪30年代成立的上海小小流动剧团副团长张建珍之女张岱和成员余晓晨,于2019年6月下旬,由京专程赴温访问,了解当年该团在温州进行抗日救亡戏剧巡回演出的情况,参观了剧团首演于中央大戏院的旧址,并与陈寿楠先生合影,左起张岱、陈寿楠、余晓晨。

6月

2日

《浙瓯日报》战时副刊"展望"刊发夏野士代表作《守住我们的家乡》(独幕话剧)。

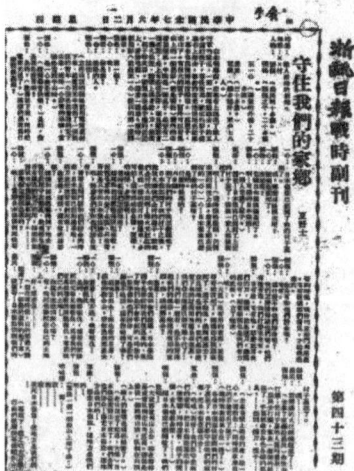

(载1938年6月2日《浙瓯日报》战时副刊第四十三期)

16日

《抗战期中剧运的检讨与展望》，载《浙江潮》半月刊（金华）1938年6月16日第15期。刊发《夏野士关于剧运方面的研讨文章》（作于1938.6.4青田）

（注：此文后被作者收选为独幕剧集《守住我们的家乡》一书为代序。）

7月

7日

永嘉民众教育馆流动施教团宣传队在郭溪宫举行"七七"全面抗战周年纪念演出，剧目有夏野士的《守住我们的家乡》、《黄鱼汛》（姚少沧编剧）、《电线杆子》（周彦编剧）、《死里求生》（洪深、徐萱编剧）等。

11日

《浙瓯日报·展望》副刊第82期，刊发署名炽（陈炽林）《守住我们的家乡》剧评一文。

本月

永嘉抗日自卫会宣传队救亡流动剧团在郊区梧埏演出夏野士代表作《守住我们的家乡》、《打鬼子去》、《汉奸的下场》等独幕剧。

本月

中央大戏院举行国防戏剧公演,参加演出的有上海小小流动剧团演出的《守住我们的家乡》，由夏野士执导。永嘉县学生联合会的《沦亡以后》（光未然编剧）、《汉奸末路》（姚时晓编剧）。上海战时服务团的《我们打冲锋》（尤兢编剧）、《太阳旗下》（陈渭编剧）等。

8月

15日

上海时代剧社出版 《时代剧选第二集》时代剧社编，1938年8月15日上海时代剧社初版，时代剧社丛刊。内收塞克独幕剧《争取最后胜利》、夏野士《守住我们的家乡》、保罗报告剧《夺回广武卫》和集体创作，谢达执笔的街头剧《站在岗位上》、胡绍轩《我们不做亡国奴》、刘念渠《活捉》（哑剧）、王光鼐《东北一角》等独幕剧。

22日

《话剧在内地的趋势》一文，初刊《浙瓯日报·展望》第123期。

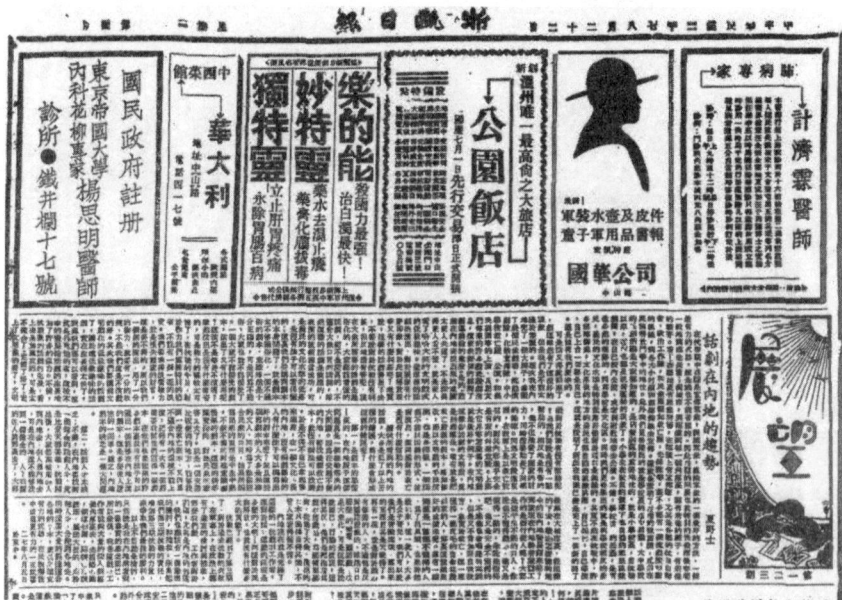

（注：该文旨在分析抗战时期中戏剧的作用，指出其过于深奥和过于低级趣味两种极端化的危机，呼吁戏剧工作者能组织、领导剧团、培训戏剧干部人才，创作适合各地的剧本，使戏剧在民族解放的斗争中，成为有力的武器。）

9 月

6 日

《浙瓯日报·展望》副刊138期发表署名舟子——《守住我们的家乡》作者夏野士先生访问记。

18 日

《浙江潮》半月刊第27、28期合刊出版"九一八"七周年纪念专号，发表了夏野士的独幕剧《九一八的晚上》。

（注：主编严北溟）

载 1938 年 9 月 18 日《浙江潮》半月刊第 27、28 期合刊，
"九·一八"七周年纪念专号

本月

夏野士独幕剧集《守住我们的家乡》游击丛书之一，由永嘉（温州）游击文化社出版。印数3000份，向全国发行。

内收独幕剧6个。剧目为《守住我们的家乡》、《复仇》、《怒吼了的村庄》、《我们不受压迫与利用》、《我们是胜利了》、《保卫卢沟桥》等6个独幕剧。

（载1938年9月6日《浙瓯日报》广告）

10月

10日

《先锋》半月刊（夏野士主编）国庆增刊号出版。刊发该社为纪念戏剧节而作的一则启事：《纪念我们自己的戏剧节》，号召全县戏剧工作者，团结起来加紧工作，以戏剧为武器去打击敌人，争取民族解放的胜利。同时还发表有夏野士以《纪念我们自己的戏剧节》为题的文章。

载 1938 年 10 月 10 日《先锋》半月刊庆祝国庆增刊

同日

永嘉县岩头乡举行抗日宣传演出。节目有救亡歌咏和话剧，剧目有夏野士的《复仇》、夏衍的《咱们要反攻》、陈白尘的《扫射》等。

30 日

《先锋》的半月刊新第3期，发表了陈芜的《本刊发起召开的戏剧工作者座谈会特写》一文。

11 月

12 日

浙江省战时作者协会永嘉分会成立，夏野士、马骅、郑之光、胡景瑊、王思本、王醒吾、陈炽林等7人为理事。

16 日

永嘉县抗日自卫委员会的机关刊物《先锋》半月刊，假座县党部大礼堂召开戏剧工作者座谈会。会上推选了胡今虚、董辛名、夏野士、谢印心、谢德辉、邹伯宗、张宪章（张明）、徐鋆、张古怀、王晓梅等11位为筹备委员。

25 日

浙江省战时剧人协会永嘉分会，在温州中学附小大礼堂召开成立大会，选出董辛名、胡今虚、夏野士、谢印心、马骅、王晓梅、徐鋆、陈继武、阙仲瑶、林保成、吴大浪、谢德辉、李碧兰等13人为理事，董辛名为理事长。

（注：11月30日，由夏野士主编的《先锋》半月刊新第3期，刊发陈芜撰写的《先锋》半月刊召开戏剧工作者座谈会特写的专文报道。）

本年

温岭县民众教育馆的"民众抗日话剧团"在城关公演《重逢》（丁玲编剧）、《守住我们的家乡》（夏野士编剧）、《有力出力》（王勉之编剧）、《盲哑恨》（李增援编剧）、《捉汉奸》（戈矛编剧）等独幕剧。

1939 年

1 月

28日

温岭县民众教育馆歌咏团组织抗日救亡公演。演出剧目有夏野士的《守住我们的家乡》、丁玲的《重逢》、王勉之的《有力出力》等独幕剧。

4 月

13—14日

本县私立新农小学举行校庆恳亲会，演出国防戏剧，剧目有夏野士的《守住我们的家乡》、《我们胜利了》；董辛名的《最后胜利》（哑剧）及张季纯的《打日本》等。

6 月

7日

永嘉县抗日自卫委员会宣传队，在塘下演出董辛名的《游击队的母亲》、《最后胜利》（哑剧），夏野士的《守住我们的家乡》、《怒吼了的村庄》等。

8 月

1日

金华文艺刊物《文艺新型》第1期转载（《浙江潮》1938年第15期）重刊夏野士关于剧运题为《抗战期中剧运的检讨与展望》一文。

12 月

由上海剧友社出版，救亡戏剧丛书之一，以夏野士代表作《守住我们的家乡》为书名的独幕话剧集出版，夏野士等著。

内收：丁玲的《重逢》、塞克《争取最后胜利》、保罗《夺回广武卫》、左明《王八蛋才逃》、阿见《为国旗而牺牲》、黑丁、曾克《游击队的母亲》、士志《饯别》等10个独幕话剧。

本月

夏野士的《夜半》（独幕剧）在《大风》（金华版）杂志上发表，载1939年113—114期合刊。

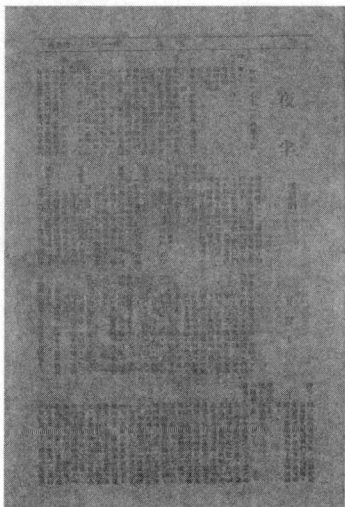

《夜半》（独幕剧）载1939年12月《大风》（三日刊）后改为周刊金华版

本年

上海《戏剧杂志》月刊 第3卷第3期"剧社动态"报道夏野士的一幕二场话剧《享乐的人们》由上海星海剧社排演中，导演戈戈。

本年

《享乐的人们》（一幕二场话剧）在上海《戏剧杂志》（月刊）第3卷第4期发表。

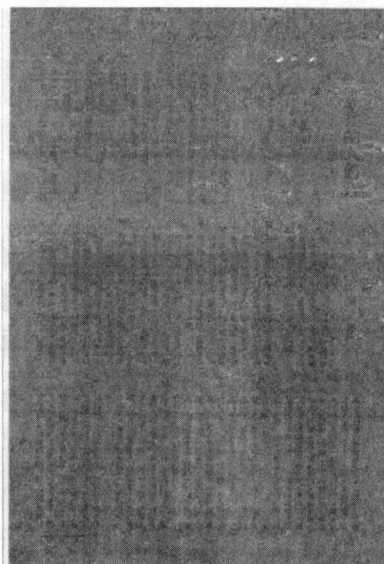

（注：《戏剧杂志》月刊，上海戏剧杂志社出版，1938 年 9 月 10 日创刊于上海，1940 年 9 月 10 日出至第 5 卷第 2 期后停刊。1941 年 9 月 20 日复刊，续出第 5 卷第 3 期后终刊。

这是上海沦为"孤岛"后出版的第一本戏剧专业杂志。）

1940 年

1 月

22日

《浙瓯日报·展望》第65期，发表夏野士敬献给中心剧团及前哨剧团的同志们的文章，题目是《剧运工作同志们的联系问题》。

6 月

7日

永嘉县抗日自卫委员会宣传队在塘下举行抗战戏剧演出，参加演出的有瞿溪小学、塘下小学等校，剧目有董辛名的《游击队的母亲》、《最后胜利》（哑剧）；夏野士的《守住我们的家乡》与《怒吼了的村庄》；等，并有抗战歌咏。

8 月

1日

《海的怒潮》（战地短剧）与周苏合作），载《战地》旬刊（金华）第5卷第11期，1940年8月1日出版。

10 月

10日

《巩固剧运工作同志们的团结》，载1940年10月10日广东《中山日报》（韶关版）。

本年

《狗马春秋与除奸》（独幕剧集），马彦祥、夏野士等著。第三战区司令部政治部编（抗战锄奸剧本之一）。

收马彦祥《狗马春秋》（一名《海上春秋》夏野士、周苏合作《除奸》等2剧（单行本共45页）。

抗敵鋤奸劇本之一

狗馬春秋與除奸

第三戰區
司令長官司令部　政治部編印

除　奸

地點：浙東海濱的一角
時間：抗戰期中
人物：（以出場先後爲次序）
車夫——老李
漢奸
船夫甲——吳（二）
乙——吳（三）兄弟倆
漁夫甲——大虎
乙丁丙乙
戊

1941 年

1 月

1日

《加紧新演剧工作同志们的联系》，载1941年1月1日广东《中山日报》（韶关版）副页第17期。

12月

1日

《希望》（独幕讽刺剧），载《戏剧春秋》月刊（桂林）第1卷第2期1941年12月1日出版。

（注：1940年11月1日创刊于桂林，1942年10月30日第2卷第4期后未见出版。抗战时期"文化城"桂林的重要戏剧刊物。主编、发行人：田汉。先后担任编辑工作的有欧阳予倩、夏衍、杜宣、许之乔和洪深等人。该剧曾被国民党当局列为禁演的剧目之一。）

2022年5月6日增补定稿于温州

一生只见过三次面的父亲——夏野士

□ 夏逢庆

小时候，父亲的样子，就比较模糊，"父亲"这个概念，自然也不太清晰。

我从很小开始就一直跟母亲生活。大约七八岁的时候，有一天，家里悄然出现了一个男人，灰色中山装，板寸头，说话的声调不高，略带严肃但有一股可靠的沉稳。在母亲的鼓励下，我怯怯地叫爸爸，他看着我笑起来，抿紧的嘴角舒展开，是另一番爽朗的风景。他摸摸我的头，然后把我托举起来老高，再放下来抱着，嘴里说着什么，我听不懂，但感觉特别温暖。

那天家里的大门一直紧闭着。母亲对我说话也较平时更加温和。一家人坐着吃饭，父亲不时给我夹菜，看着我吃。然后他们一直在不断地低声说话。看他们的样子，我也很自然地不敢出大声了。

到了晚上睡前，先是听到他们轻声的争论，然后沉默了一阵，又传来了母亲的啜泣，再过了一会，他们去了门外。

醒来时，母亲告诉我，父亲已经返回"大上海"工作挣钱了，让我好好学习，到时也去大上海。这是我第一次见到父亲的一年——1953 年 4 月间。他就带着我姐去外头工作了。

父亲很少和家人有书信来往，作为小孩的我，此后也似乎只是听母亲说"记者、编辑版本的父亲"、"剧作家版本的父亲"、"教育家版本的父亲"，来勉励我们成长。然而，我对他的那个印象版本，还是固定在上述小时候的那一次见面，直到我结婚后的一天，这个版本才又翻新了一回。

我第二次相遇父亲是在 1968 年 3 月间，缘于母亲的一场病。父亲是腾挪了好多事情后带了些钱回来一趟的。这回的父亲身着普兰褪色中山装，头发往后梳起，鼻梁和颧骨都比较高，笑起来眼角和嘴角都有些皱纹，略瘦，但很精神。他这次回来同样也是风尘仆仆，但说话的语气似乎没有上回那么神秘了，那杂糅上海腔的金乡话让人倍觉新鲜和亲切。父亲的嗓子浑厚且略带沙哑，十分健谈。他除了给母亲倒水、拿药、擦背以外就是和我俩口子说话，他问这问那的，介绍他在上海所任教的学校，勉励我夫妻俩将来有空去上海发展。母亲也许是生病的原因导致说话不多，也许是不知道该说什么，只是听父亲说话时，嘴角带着浅浅的笑意。父亲虽然健谈，但那天我们问起国家政事，他没有说很多，也没有时人的那种兴奋，眼角难掩那种淡淡的难以琢磨的落寞。

父亲回来的这一天，不停地干家务活，似乎要弥补一些什么。然而他还是当天傍晚赶车子离开了金乡。

时光荏苒，两次当天回家当天离开的父亲，他的青年与中年的不同模样版本，在我心里时常更替，而后随着日子的流逝，终究还是逐渐模糊，直到第三次的见面"版本更新"---1985 年冬天我们全家看望退休后住在北京的他。

由于我姐在中国农科院工作，父亲从上海吴淞中学退休后，就到北京住在中国农科院宿舍里，和姐姐一家共同生活。我们一家人前往时，天正下着大雪。他穿着亮灰色中山装，远远地在路口张望，朝我们大幅度招手后，竟一路小跑过来。那兴奋劲，让我想起小时候，他俯身抱起我时的笑容。

然而，他看起来真的老了，头发稀疏了，半灰半白的，皱纹很深。

农科院里的宿舍不大，但够我一家三口暂时栖息。姐姐和姐夫每天去单位，剩下父亲和放寒假的外甥在家。他总是起得很早，喜欢到院子里活动活动。吃完早饭后，他便会去买菜，有时去合作社买肉，有一两次还去老远的西单菜市场。买菜回来后，他这一把年纪的人为我们洗菜、炒菜做饭，我们也赶紧帮忙，这样也许吃起来更心安一些。姐姐他们也回来和我们一块吃，一家子从金乡张家台说到上海和北京，又从金乡老家看过醒狮化妆讲演社的演出说到温州五马街中央大戏院上海小小流动剧团演出他编导的代表作《守住我们的家乡》和他参加上海抗日救亡演剧队等等亲历的旧事。

在北京逗留的日子里，我看到父亲常常边轻敲桌子边酝酿诗歌，还不时分享给我们听，我们也似懂非懂地喝彩鼓掌，他便越发高兴。兴致来时，父亲还会讲他创作的《九一八的晚上》《怒吼的村庄》等独幕话剧，声调高亢，外加动作表演；偶尔讲到他的独幕讽刺剧《希望》（遭国民党当局禁演），会露出些许遗憾。有一次讲得投入，差点把饭烧糊了，在我们的提醒下，猛然去厨房关煤气灶。

晚饭后，他会给我们看一些他收集的邮票、好看的信封、字迹洒脱但有些发黄的明信片，从他一脸的虔诚和自信，我更确定那些都是宝贝。

在北京的十来天，父亲带我们去了好多地方。先是到景山公园、卢沟桥文化旅游区、西单、王府井等地，每到一处遇见熟人，他便会热情地招呼，事后告诉我们他与这人认识的"传奇"。这位富有传奇色彩人物就是尹庚（1908—1977），中国左翼作家联盟盟员作家、哑剧作家。父亲于 1938 年参加温州戏剧活动时认识他的，与他相知相交长达几十年的在京老友。然后是到天安门广场、

故宫。他站在天安门广场上和我们讲这里的清晨和傍晚，这位曾因误会而憋屈地被关了两年牛棚的老人——我的父亲在寒风中介绍起五星红旗升旗仪式，充满自豪，依然乐观豁达，谦恭自信。

夏野士先生的儿子夏逢庆先生（左）陈寿楠（中）夏逢庆夫人张贤林女士，2022年1月17日苍南县金乡镇夏宅

父亲说，等天稍暖一些，就带你们去八达岭，他仿佛忘了我们一家子马上就要返回温州了。

我们这次，和父亲一共相处了十来天。

这一生，和父亲的相遇，只有这三个不同时段的版本。

1990 年 2 月 17 日，我的父亲夏野士在京去世，享年78 岁，骨灰于同年由我与我的大儿子奔丧赴京护送回温州金乡。母亲将他的骨灰同枕 14 年，直到 2004 年 2 月 5 日母亲去世，享年 91 岁。两人的骨灰合葬于金乡镇老家杨府岭夏家祖坟。

夏野士(1912~1990)，又名夏公诒，平阳金乡镇（今属苍南）人，记者、编辑、剧作家，温州剧运开拓者之一。本文是其外孙所作　　——编者

我的姥爷

□ 罗京

我的姥爷和我们曾经一起生活了十几年。

儿时的事情已经过于遥远，很多记忆时断时续。记忆中的姥爷，总是穿一身中山装，最上边的扣子都扣上了，脚上是黑色皮鞋，显得很严肃。其实姥爷是非常的和蔼可亲，从不生气，就连我母亲有时候说他，也总是笑呵呵的。姥爷不会散步，走路只会大步流星，我跟在他身边，向来都是气喘吁吁地一路小跑，跟他外出实在是很艰辛的一件事。

夏公诒与外孙罗京、外孙女罗文（姐）合影（1984年）于北京

我父母都在上班，天天早出晚归，所以白天只有姥爷在家。平时都是姥爷给做午饭，吃的是什么已经记不清了，只记得经常有肉。肉是凭票供应的，但好像是买两毛钱以下的就可以不凭票，姥爷就会多排几次队，多买几块肉，回来再分成小块给小孩子们吃，那时我的表哥夏朝日来北京读书，也和我们住在一起。姥爷基本上每天一早就出去采购，近处就在大院（当时叫北京林学院，现在是北京林业大学)里的合作社，稍远一些就去八门（八大学院门市部，现在海淀成府路东口附近)或五道口，再远就是坐车去西单菜市场了。

姥爷在空余的时间经常写诗，写好了就摇头晃脑低声吟唱，所以我从小就

知道，诗是可以唱出来的。"平平仄仄平平仄，仄仄平平仄仄平"就是那时候学到的，只是那时的我，贪玩得紧，能学到的也就是这些了，多一点都没有。还有就是写信，姥爷的信多，寄走的多，收到的也多，每逢过元旦还能收到很多年历片，大小像现在的名片，正面是各种图案，花鸟风景人物，背面就是一年的年历，在上世纪七十年代，这就算是孩子们手里为数不多的好东西了。

很可惜，姥爷的手稿没能留存下来。不过有两张我小时候的照片，很庆幸保留住了。其一是我蹒跚走路时的，姥爷在照片背面题字：可爱小京京，向前稳步行。双睛凝远望，两耳竖倾听。不怕途凹凸，更欢路坦平。今年春二月，刚满一周龄。——夏公诒，于一九七二年四月一日吴淞中学。还有一张，是我稍大一些时，胳膊夹着一个皮球，姥爷又写道：京京爱玩大皮球，斗志高昂架势优。漫道雄关坚似铁，长驱直入水奔流。——公诒，一九七二年九月六日于上海。哦，姥爷在我一岁的时候还在上海吴淞中学，那么应该是他退休后才来到北京和我们住在一起的。

姥爷有很重的口音，我的同学到家里玩，基本上听不懂。我因为天天守着姥爷，听他说话没有一点障碍。舅舅来过几次北京，跟姥爷说话时，我是真的一句也听不懂。按姥爷自己的话说，年轻的时候跑遍了大半个中国，所以是天南地北的上海话。为什么是上海话？姥爷在上海吴淞中学教过书，具体教啥，我也不知道。在我小时候的印象里，姥爷以前是战地记者，很厉害的样子。

逢年过节的时候我还会随姥爷和父母去景山东街的姑奶奶（姥爷的妹妹夏云家），对于年幼的我来说，那叫进城，是最遥远的地方了。姑奶奶很能说，声调也高，姑爷爷坐在藤椅上，话不多，总是笑眯眯的。大人们具体谈什么，我不得而知，那时的我，只知道玩，景山东街那里，可是比自己家里大多了，屋里屋外，院里院外，忙得不亦乐乎，院子里居然还有一口压水井，更是孩子们的大爱。出院门就是景山东街，斜对过就是景山公园的东门，坐在院门口看车看公园，这个大院简直是我们心目中的圣地。时间充裕了，姥爷也会带我们去景山公园转转，那种感觉，真是太好了。

1983年前后，我们从林学院搬家到了中国农科院。姥爷仍旧是坚持不懈地写诗写信。我那时已经上中学了，中午也回家吃饭。因为姥爷天天在家，所以我们外出都没有带家门钥匙的习惯，回来就敲门和喊一声"姥爷"，这时就会听到门里传来踢踢踏踏的拖鞋声，姥爷一边叫"来啦来啦"，一边一路小跑地过来开门，天天如此。

　　姐夫和姐姐经人介绍认识后，经常到家里来做客。他和姥爷非常谈得来，经常在一起交流书法和诗词，一老一小在一起充满了和谐。后来两人结婚，姥爷还是主婚人。

　　这时的父母都在农科院上班，离家很近，也不用姥爷做饭了，他就会在写作之余到大院里到处走走。因为年岁大了，母亲也不许他外出太远。有时也有朋友和学生前来拜访，两三好友相聚，杯茶话当年。姑爷爷和姑奶奶老两口及他们的儿孙，逢年过节也会来家里，热闹非凡。

　　日子一天天过去，1989年下半年，姥爷开始锻炼身体，早上5点多钟就起床在阳台或屋内锻炼，运动量比年轻人都不差，一天都不耽误。我们都劝他不要运动过量了，可是收效甚微，我们想是不是因为年岁大了有点固执了。1990年2月15日左右，我还在放寒假，下午在家睡觉，母亲在单位工间操时间回来准备晚餐，发现姥爷摔倒在厕所里，于是赶紧找人找车送到海淀医院，没想到两天后姥爷因脑淤血永远离开了我们。在简单的葬礼上，上海吴淞中学的有关领导前来参加，送了花圈并致悼词。

　　姥爷去世30多年了，有时候我在开家门时，还会隐约觉得屋里传来姥爷一路小跑前来开门的踢踢踏踏的拖鞋声和一声声"来啦来啦"的回应。

　　睹物思人，对往日的回忆不禁使我潸然泪下。

载 2022 年 3 月 14 日《温州日报》副刊"文化周刊 主编/潘虹

第一部分 戏剧创作（独幕话剧）

保卫卢沟桥

（独幕话剧）

□ 夏野士

时间

民国二十六年七月七日晚。

地点

卢沟桥

人物

二十九军武装兵士甲，乙，传令兵，老农，中日军各一队

布景

卢沟桥石桥，雄伟地静立在夜色苍茫中，水在石桥下流着，桥的四周是原野。

幕　启

二十九军兵士甲，乙两人。站在桥上远眺，态度很是自然。

甲　老张，你看。这一片风景多么美丽，那边山这边水，加上这雄伟的石桥，可惜今晚没有明亮的月光，不然……

乙　老王！你真是一个诗人！我每次和你一同站岗，我总听到你来了这样的一套！呵！你既然这样的爱好这里，那么你就永久不要下岗，永远站在这里吧！

甲　的确，我实在不愿意离开这样美丽的地方。告诉你，我愿意死也要死在这里。

乙　你愿意死也死在这里吗？　你的老婆和你的儿子。那么就跟别人走了。

甲　为什么？

乙　哈哈！　哈哈！

甲　不，我告诉你，我的儿子和我的老婆，是再也不会跟别人走的。请你不要讥笑，我要告诉你，我会和我的老婆孩子都死到这里来。

乙　好得很！老王！假如真的有这样一天，你死在这里。我一定给你建造一座又美丽又雄伟的坟墓！

甲　真的吗？老张！那你真够交情，我不知要怎样的感谢你了。

乙　我不只为你建造坟墓，我还要为你在这里铸一个像，一个诗人的像！

甲　啊，不要打趣了，老张，我那里是什么诗人，不过你真的要为我铸铜像，我也不反对。

乙　到每年的春天，我还要给你送一束鲜花！

甲　呵，鲜花……

乙　不过，不过你爱的是什么花呢？玫瑰花呢？还是喇叭花呢？牡丹花呢？还是兰花呢？桃花呢……

甲　这些花。我都不爱，我所爱的是血花！你懂得吗？血花！用血灌溉长大的鲜艳的花！那花的姿色，胜过玫瑰花、牡丹花、喇叭花、兰花、桃花，一切花……

乙　真是一个诗人！老王！　你的幻想好得很！

甲　你以为这是我的幻想吗？　那你错了。老弟兄，告诉你这种花，你没有看见过。是的，不过我也没有看见过，因为这样的花现在还没有开。

乙　什么时候才开？

甲　不久了，不久了，就在我们的眼前，等着吧，我的好弟兄。

　　（传令兵上，时天色墨黑。）

传令兵　喂！老王！老张！

甲　乙　你什么时候来的？　老赵！

传令兵　你们两个，一对糊涂虫！怎么人来了都不知道！你们谈些什么？谈得这样地起劲！

乙　在谈着老王的死后问题；太有趣了！你要听听吗？

传令兵　真是没有出息，现在是什么时候？还在谈这些无聊的屁话，告诉你们，有一个消息，真气人！

甲 乙	什么？气人的消息？
传令兵	是的！一个气死人的消息！
甲 乙	快说，快说，是什么消息？
传令兵	听说，鬼子军队今晚又要在这里附近演习了。
甲 乙	（愤怒）又是演习吗？他妈的！这里是我们的地方，我们中华民国的地方，怎么容得鬼子们来演习！
传令兵	鬼知道……
甲	老赵，这种耻辱，我们怎么还受得下去？我们的地方容得敌人来演习……
传令兵	谁还忍受得下去啊！可是……
甲	我们赶走他们吧，我们也有刀，也有枪，他妈的，我们就去和他们拼一下吧。
传令兵	弟兄们都这样的讲，都有这样的决心，可是……
	（附近枪声大作）
甲	听，敌人已经在我们的土地上开始演习了。
传令兵	那里是演习，在别人的土地上演习？那是示威！是挑战！
甲	是我们的耻辱。
乙	我们不能许可敌人在我们的领土上这样的放肆了！我们一定把这些鬼子赶走！
传令兵	对！我们一定要把这些鬼子赶走！
甲	老赵，现在我们的长官打算怎样？
传令兵	谁知道，大概对于鬼子们的演习没有什么异议吧！刚才我来的时候，在路上看到一张安民的布告，大意是说：今晚日军演习，居民切勿惊慌，不过有一个命令给你们。
甲	什么命令？
传令兵	命令你们好好的守住这里！当心别和敌人发生了冲突！
甲	这是怎样说的？
传令兵	这我也说不上来！不过，倒霉的总是我们中国人（突然想起）啊！我不能在这里久留了！再会！（转身欲下。又站住。）好弟兄，好好的守住卢沟桥，这里是我们的地方，这里不允许鬼子们闯过一步！
甲 乙	对的，我们守住卢沟桥！

（大家互相挥着手，喊着"再会"，传令兵下。）

甲　今晚鬼子们演习，如果闯过来一步，那不客气的就给他们一个教训吧。

乙　非给他一个教训不可。

甲　老张，我们预备，我们等着他们。（突然似有所悟）妈的！

乙　什么事！

甲　呵，老张，我们要守住卢沟桥呵，不过，并不只守住这卢沟桥就完事的，我们要守住整个的中国。现在强盗已经闯进我们的大门来了，枪声已经响在我们的身边来了。你听这枪声，炮声……我们怎样还能捺住我们的血性呢？应该不只守住卢沟桥，我们还应该冲上去，冲向敌人演习的地方去，把所有的鬼子都赶走！不走，就杀死他！

乙　是的，我们要冲上去把所有的鬼子都赶走！都杀死！中国的地方是不能给鬼子演习的！

甲　奇怪，鬼子演习的枪声，怎么突然的静了？老张你听。一点声音没有了，呵！桥那边有人跑过来了。

乙　看！老王！那边有人跑过来了。

甲　不要大声，等他跑近来再说，老张！你把枪预备好。

乙　（把枪快举起。瞄准那边跑来的人影）看！一个老头了！

甲　口令！

人影　我……我是……是老……老老百姓！

乙　站住！

（人影不动了）

甲　老张，你去把他带过来。

乙　（过桥去，一会，和一个老农上。）

甲　你是什么人？

老农　我我我是这这里的老百老百姓

甲　黑夜里为什么这样乱跑？

老农　我我我啊……请请放放了我吧！

乙　妈的！你这家伙是奸细（抽出刀来一挥。）

老农　（吓得跪下去。）啊……啊……我……

甲　站起来，好好的说，我们是中国人，不会随便杀人的，除非对付汉奸。

老农　（快乐状。）啊！啊！你们是中国兵吗？唉！我看错了，我还以为是鬼

　　　　　子！

　甲　　你说，黑夜里为什么这样乱跑？

老　农　（悲哀愤怒）老总！真气死我啦！妈的！那些鬼子，那些强盗，我要
　　　　　杀死他们！妈的……

　甲　　喂，老头子，你什么事？发疯了吗？

老　农　啊！老总！我没有发疯，我是再也忍受不住了，我的儿子都被杀死了！
　　　　　杀死了！无缘无故的……

　甲　　谁杀死了你的儿子呢？

老　农　是日本鬼子！妈的，日本鬼子，这这……

　甲　　鬼子杀死了你的儿子吗？妈的。远东的野兽！没有一天不在欺侮我们，
　　　　　在压迫我们，老头子，告诉我们，他们为什么要杀死了你的儿子？让
　　　　　我来为你的儿子报仇，为整个的中华民族报仇。

老　农　我是前面村子里的人。今晚上鬼子兵到我们那里来演习，事前地方当
　　　　　局曾经通知我们，不许声张，不许点灯，门要闭紧，不然，"格杀勿
　　　　　论"，可是我的大儿子恰巧在生病。呵！为什么不许我们讲话？不许
　　　　　点灯？不许开门？我们这样的自由都没有了！

　甲　　是的，这里是我们的地方，我们并不是亡国奴，我们要争取我们的自
　　　　　由，以后呢，以后怎样了？

老　农　鬼子演习的时候，我的儿子因为在生病，一方面也因为受敌人的刺激
　　　　　太深了，所以他呐喊起来了，于是鬼子们就闯进来，把我的大儿子杀
　　　　　死了！还有，还有我的小儿子为了抵抗，也被杀死了，我的媳妇被捉
　　　　　去了！妈的，这许多强盗！我我……

　甲　　真真岂有此理，鬼子们太欺侮我们了，一次一次的演习，我们一位八
　　　　　九岁的同胞，只轻轻的说了一声"鬼子"，就被鬼子捉去丢到轮下碾死
　　　　　了，那多么的惨啊！

　乙　　鬼子这样的欺侮我们！我们怎么忍受下去！我们非立刻赶走他们不可！
　　　　　我们的地方不能给敌人演习！我们的同胞！不能给敌人惨杀！

　甲　　真的，我们非赶走鬼子不可，老头子，你怎么样逃出来的？

老　农　我吗？那时我正在后房烧药，听见儿子喊救命，并且……我晓得不好
　　　　　了！定是鬼子来了，所以我就去寻刀，预备和鬼子拼命！那晓得我的
　　　　　刀还没有寻到，鬼子听见房内有声音，就闯进来了！我因手里没有兵

　　　　　器，所以我逃出来了，鬼子也追了来，我以为这条老命一定完事了！
　　　　　可是到底给我逃脱了！呵……我要报仇！

甲　　鬼子们为什么突然又不演习了，你知道吗？

老　农　不知道。

甲　　老张！什么缘故！我们……

　　　　　（桥那边传来了一阵脚步声。）

甲　　口令！

声　　勇敢！

甲　　是老赵吗？

声　　是的。

　　　　　（传令兵上。）

传令兵　这老头子是什么人？

甲　　是逃难的同胞，现在怎样了？鬼子们为什么突然又不演习了？

传令兵　事情不大妙，我们宛平县城，给鬼子们包围起来了。

甲　乙　是怎么一回事？

传令兵　鬼子演习的时候，突然地说有二个兵走失了，硬说是我们中国人把他
　　　　　们架跑的，他们就把城包围起米，要求进城去搜查！

乙　　笑话！走失了兵，管我们什么事！

传令兵　那里走失了什么兵，还不是有意生事！

甲　　是的，完全是在那里捣鬼。从前，南京的什么外交官失了踪，于是兵
　　　　　舰一只一只的开到下关去，也说要搜城。后来，丰台什么马又给拉走
　　　　　了，于是又调兵遣将，说是找马，结果，我们中国倒霉，把丰台让他
　　　　　们去了。这次，还不是同样的把戏，鬼子是在想我们的……什么兵走
　　　　　失了，妈的，他们野心已经看穿了！

传令兵　正是这样！

甲　　现在我们打算怎么办？主张决定了没有？让他们来搜城呢？还是……

传令兵　一定不给他们搜！现在的中国不是从前的中国！对于敌人的无理要求，
　　　　　无论如何再也不答应的！现在我们已经预备和他们拼一拼！

乙　　一定和他们拼！

传令兵　上面的命令说。卢沟桥是很重要的，城内一开火，鬼子一定要来抢的！
　　　　　叫你们守住，不可放松一步！

乙　老赵，这里要更大的兵力。

甲　是的。

传令兵　是的！要守住这里！要更大的兵力！这你放心，我们的大队援兵，很快可以开到！我们一定要守住这里！我我……

老　农　喂！老总！让我也守住这里，我这条老命不要了！让我留在这里和他们拼了吧！我的大儿子被鬼子杀死了，还有媳妇……

甲　呵……

传令兵　老头子！你有种！

（远处传来了猛烈的枪声）

传令兵　包围县城的鬼子在开火了，当心！要守住这里！要守住这里！我我还要……

（远处传来嘈杂的人声，并且有微傲的火光）

传令兵　预备！

乙　呀！老头子没有枪怎么办？

传令兵　我这里有，我还有一把刀！（转对老农）老头子！你要枪还是要刀？

老　农　随便。

传令兵　你会枪吗？

老　农　会。

传令兵　给你枪！

（老农接了枪，大家一起在桥头偃卧下去）

传令兵　我我……（急下）

（大家偃卧下去不久，敌人一大队奔上，那带头军官拖着指挥刀，当奔近桥头的时候，偃卧着的队伍开枪了。敌人给打倒三个，急忙四下散开，敌人采取包抄的形势，渐渐地冲上来，枪声大作）

甲乙　老农（一齐跃起大吼）杀！杀！（终于因为寡不敌众，甲第一个被刺死。接着老农也倒下去了，受了伤了。但大家还是奋勇应战，鬼子冲上桥来了，就在这刹那间，中国的大批援军开到了，枪声大作，（鬼子纷纷倒下）

声　（震天动地的）杀！杀！杀！冲过去！赶走日本鬼子！

赶走日本鬼子！

这地方是我们的！这地方是我们的！

（鬼子不支，退下桥去了，我军正预备上桥）

（幕急下）

选自《守住我们的家乡》 夏野士独幕剧集
1938 年 6 月永嘉 游击文化社初版
《游击》半月刊丛书之一

《守住我们的家乡》剧照（夏野士编剧、导演）上海小小流动剧团首演于温州中
央大戏院 1938 年

复 仇

（抗战独幕剧）

□ 夏野士

时间

双十节早晨。

地点

后方无论何地。

人物

父（受伤军官五十余岁）

母（四十余岁）

子（二十左右）

女（十七八岁）

布景

一个普通人家的会客室。

幕启

母女两人在为着前方战士们缝棉衣。母立在桌子旁边剪裁衣服，女坐在桌子旁边缝衣。

女　（立起来走近母亲的身边去，把衣服放到母亲的面前）。妈！这怎么缝？

母　孩子！你真笨，缝了这么久，连这一点都还不知道吗？

女　（撒娇的笑。）

母　把这块布放在这里。

女　知道了，知道了。（回到原座位上去。）

母　玲儿！昨天晚上我做了一个梦，一个很可怕的梦……

女　梦见什么？

母　梦见你爸爸，你爸爸被炮弹炸死啦！

女　不会有的事，那是你心里在挂念着他呀！

母　真的，我真为他担心，这么大的年纪了。并且昨天李先生来说，他去前线慰劳的时候，没有看见你爸爸。

女　喔，李先生昨天来过的吗？

母　是的，昨天傍晚的时候来的。

女　关于前方的情形，有什么新的消息没有？

母　是的，他说近来前方的战士非常的勇敢，差不多每天都冲向敌人的阵地里去和敌人拼命，那种壮烈的牺牲精神，使敌人胆寒，啊！有一个军官真勇敢，当敌人的坦克车冲过来的时候，他竟独自一个人拿了许多手榴弹跳出战壕去炸毁敌人的坦克车有七辆之多。可是那个军官是受伤了，伤得很厉害，手臂都断了。可是他的名字没有人知道。

女　啊，真勇敢，真勇敢，中华民族有了这样不怕死的战士，还怕什么日本小鬼呢。他还有说什么别的没有？

母　他还问起你，问起你哥哥，真的你哥哥这几天不知道为什么天天都不回来，已经有三天啦，每天这样的在外面东跑西跑，也不知道干些什么，听说他又组织了一个什么前线服务团，你知道吗？

女　我不十分清楚，大概有这么一回事。

母　他没有告诉过你吗？

女　没有。

母　你的哥哥也是和你爸爸一样的是一个十分爱国的人，并且又是一个非常急性的人，许多地方你得帮我劝劝他。

（子上）

女　哥哥你回来啦。

子　是的，（转对母）妈，早安！（坐在椅子上，现不安状。）

母　平儿，这几天什么事这样地忙，每天都不回来。

子　没有什么事，不过……啊！（欲言又止）。

母　什么事？为什么说说又不说下去呢？

子　（不自然的笑）喔！没有什么。

母　你还没有吃过早点吗？（转对其女）玲儿，去拿些点心来给你哥哥吃。

　　（女放下针线，立起欲下。）

子　不，我吃不下去，玲妹，你管自己，快一点为前方战士们缝棉衣吧！天气已经很冷啦！

女　你自己的身体也得当心一点，不要为了救国连自己的身体都不顾。（下）

子　（望着他的母亲）妈！

母　什么事？

子　我有件事要和你谈……

母　你讲，什么事？

子　我想我想……

母　你想什么？平儿！

子　我想……妈！你肯答应吗？

母　你讲，我一定答应。

子　真的吗？

母　你讲！

子　我想想到前方去！

母　什么？到前方去吗？

子　是的，到前方去你答应吗？妈！

母　啊！到前方去！亏你想得出，你想你妈会答应你吗？

子　妈！你不肯吗？

母　不是我不肯，你得想一想，你的大哥"九一八"到东北去打日本强盗，到现在没有半点音信，你的二哥"一二八"参加上海战争，在敌人的炮火下牺牲了，你的爸爸几十年来都是在炮火下生活着，从辛亥革命开始，推翻了满清，建立起中华民国，于是就隐居在乡下，一直到了"九一八"，他看不下敌人那种抢夺我们土地，惨杀我们同胞的情形，愤怒地一口气就跑到东北去参加义勇军，和敌人拼命。不幸受了一点伤，回到上海来，也不给我们知道，等伤好了，又去参加了"一二八"的抗战，这次第二个"一二八"战争发生，他又不顾一切地去和敌人拼命了。这样地在炮火中来去，那能预料未来的一切，并且他的年纪也很大了，已经是不久于人世的人了。所以现在的一切，都是在你一个人身上，你怎么忍心离开我们呢？

子　不，妈！

母　你不能去，不能去！

子　是的，我知道，不过……

（女拿点心上，放在哥的面前）

女 哥哥！

子 妹妹！我和你说过，我吃不下去。

女 你的身体也应当保重一点，你看！你近来的身体更不像样了。

子 我真不懂你们，为什么要这样的关心着我呢？在这时候，还能管得了这许多吗？

女 哥哥！你要晓得，我们如果不把身体好好的维持下去，怎么好和敌人去斗争呢。

子 话是不错，不过……

母 先把点心吃下去再说，等回要冷啦！

子 真讨厌，（拿起筷子来吃，只吃了一点就放下。）

母 怎么？你不吃了吗？

子 我吃不下。

母 你爸爸很久没有信回来了，你知道他近来的情形吗？

子 不知道。

母 前天我听李先生来说起你爸爸没有在前方，不知道为什么？

子 什么？爸爸没有在前方吗？（若有所思）没有在前方吗？（起立欲下）

母 你又到那里去？

子 有点事，出去就来。（下）

母 顺便探听你爸爸的消息。

女 哥哥近几天来为什么这样地不安呢？

母 他说要到前方去。

女 是他吗？

母 是的。

女 你给他去吗？

母 我怎么能给他去呢？你想，我现在只有你们两个人在我的身边了。

女 是的，只有我们两个人。

母 所以我怎么能够给他去呢？

（打门声，女下。）

母 （独白）小孩子真不懂事，这样的时候还要到前方去。

（女上）

女 妈！爸爸有信来。

是你爸爸的信吗？

女　是的。

母　你快念给我听，他信里，怎么地讲呢？

女　（看信）他说双十节的早上回来，和我们同过国庆日，大家快乐一回。

母　双十节早上回来吗？喔，那么今天是什么时候了呢？

女　今天吗？（走近日历边望着）怎么的，今天还是五号吗？

母　什么？今天还是五号吗？胡说，我们开始为前线战士缝棉衣时记得就是五号。

女　我们真过昏了日子，为了缝棉衣，弄得连日历都忘了撕啦，那么今天是几号呢？（想着）

母　恐怕是九号了吧！

女　妈！今天是十号，是双十节。

母　是双十节吗？

女　是的，你看！（手指窗外）外面的国旗都高挂起来了。

母　啊！今天是双十节（快乐）你爸爸今天可以回来了。

女　今天是双十节，并且又是爸爸回来，我们真是快乐。妈！爸爸是两年没有回来了，是吗？

母　是的，足足有两个年头了。

女　所以今天爸爸回来，我们应当做一点好的小菜来欢迎他老人家平安的回来才是。

母　一定，一定，我要亲手做些他喜欢吃的小菜来欢迎他。（回忆着）他是喜欢吃吃红烧牛肉，碎肉丸，还有炒蛋，这些都是他最喜欢吃的。

女　妈！这些小菜叫女仆人去买吗？

母　不要，我自己去！（起立欲下）你把房间收拾一下，等你爸爸回来。（下）

女　晓得。（开始收拾房间。）

　　（汽车到，门开，子和受伤老人上）

女　（见状大惊）哥哥，这是谁？

子　是我们的爸爸！

女　是爸爸吗（上前扶着父）怎么？爸爸！你受伤了。

父　是的，受伤啦！

　　（扶着父坐在椅子上）

女　（含泪慰问着）你怎么会受伤的，伤得这样地重，啊！手臂都断了。

父　不要紧……

女　爸爸，你是那一天受的伤？

父　（想）大约是二十二吧，那天我们驻守在罗店，敌人用飞机大炮掩着向我们进攻，我们的弟兄们都镇静着向他们还击，经过了半个钟点，他们冲过来的军队被我们击退了，就在这时候，敌人的坦克车队排成了一字形，向我们冲过来，在这种情形之下，我们是眼看着我们的阵线是要败退下去的，我们的弟兄们都要牺牲在敌人的炮火之下了，在这个时候，我们怎么办呢？就等着敌人杀死我们吗？等着敌人来强占去我们的土地吗？不，不，我们绝对的不，我们要与我们的阵地共存亡，为了我们全连的弟兄的生命，为了我们中华民族的解放，我就独自一个人先跳出了战壕，手里拿着手榴弹，向敌人的坦克车丢去，接着我们的弟兄们一个一个，也都拿着手榴弹跳出来，轰，轰的一个一个手榴弹向敌人的坦克车丢去，只是那坦克车一辆一辆都被我们炸得不能动了，就在这时候，我被打伤倒下去了。我虽然是受了伤，可是我们是胜利了，胜利了。（说时很吃力，到最后大有上气接不得下气的样子。）

子　不要让爸爸多讲话，给他休息一会儿吧。

女　是的，爸爸，休息一下吧。

父　（有一点自言自语的样子）你妈妈呢？怎么没看见她呀？

女　妈妈吗？今天我们看到你从前方寄来的信，说在双十节的早晨回来，这使我们快乐得不得了，妈妈为了欢迎你的回来，她要亲手做些小菜来欢迎你，现在去买小菜去还没有回来。

父　啊！来欢迎我吗？可惜我受伤了。

女　受了伤的战士，更值得欢迎呢。

　　（母上，见状大惊，呆立于门口，父见之，欲言，一时又不能出口，只是把嘴张了张，女见之，回头。）

女　妈！

母　怎么啦！你……（奔至父身边，握着父的手。）怎么你受伤啦！亲爱的（哭）

父　亲爱的，不要悲伤，这伤是光荣的，为了中华民族的生存，就是死也都是应该的。

母　啊！日本强盗太残酷了，我的儿子在他炮火之下牺牲了，现在把我的丈夫又弄成这个样子……

父 日本强盗不单只把我这弄成这个样子，把我们两个孩子杀死了，在我们的土地上不知道有多少同胞被他们残酷的炮火所惨杀了。（炮声和飞机声起）你听！大炮又响了，飞机又盘旋在我们的头上了，这杀人的远东野兽，我们非把他驱逐出去，把他杀死了不可。

子 （立起，走到父前，握紧了拳头。）爸爸，我为你去报仇，为着我们全中华民族的同胞去报仇！（转向母）妈：我去了。

母 那里去？

子 杀日本鬼子去！

母 你……

子 妈！你要原谅你的孩子！你看，我们的爸爸被敌人伤成这个样子，我的大哥二哥都被敌人所杀死啦，我不去杀死这些野蛮的日本强盗，怎么对得起我们受伤的爸爸！已死的哥哥，还有成千上万的被惨死的同胞呢。

父 孩子！你真有这样的决心吗？

子 我早就有了这样的决心。

父 啊！我真快乐，你能为着我去报仇，为着整个的中华民族去报仇！

子 爸爸！我去啦！请保重你的身体吧！

母 孩子！你真的去了吗？

子 去了，妈妈、妹妹，再见！（下）

女 哥哥，等着我，我也去！（跟着下）

父 好，你们好好的去吧！等你爸爸的伤好了的时候，再到战场上来和你们一同杀敌吧！（说后身体倒在母的身上）

幕速下

选自《守住我们的家乡》夏野士独幕剧集
1938 年 9 月永嘉（温州）游击文化社初版
《游击半月刊》游击丛书之一

守住我们的家乡

（独幕话剧）

□ 夏野士

时间

敌人来时的刹那

地点

某村

人物

张　强　农民四十多岁

张　松　张强之子，二十多岁

王一心　张强的外甥，二十多岁

农　民　三十多岁

群　众　越多越好，至少七八人

在未开幕前，在幕布上现出了敌人行军的队伍，一个一个地通过去，约五分钟的样子，幕后灯熄，队伍的影子从幕布上消去，幕前的灯光慢慢地亮起来，幕布也就慢慢地拉开来。一座屋于，在山下，有很大的窗子，窗外可以看见山上的一个黑影（就是张松），屋内的布置很简单，中间是一张桌子，桌旁有二张长凳，桌上有茶壶茶杯，并且还点着一盏火油灯，墙壁上挂着枪、刀、锄头、棍子等武器。张强坐在桌子边的长凳上，看着地图，一边看一边想。这时一个黑影（就是王一心）从山的那边转过来。

张松　哪一个？

一心　我！

张松　你是谁？

一心　过路的人。

张松　站住！

（立在山顶的张松就用电筒直射下来，从电筒光中现出了一个狼狈的青年一心，张松就慢慢地走下山来，这时一心非常的恐吓当张松走到半山时。）

张松　是一心表弟吗？

一心　（听到声音快乐。）是的，你是张松表哥吗？

张松　是的，（说着就下来，同时把电筒光熄了。）这样的黑夜为什么到这里来？

一心　日本强盗已经到了我的村子里来了。

张松　噢，那么姨娘姨夫呢？

一心　被强盗杀死了。

张松　表姊呢？

一心　也被日本强盗奸死了。

张松　啊！可恶的日本强盗！

　　　（两人走进了屋子。）

张松　爸爸！日本强盗已经到了上面的村子里了，姨娘一家都被杀死了。

张强　哦，（这时张松退开，仍到山顶的岗位上去。看见了跟在后面的一心）一心，日本强盗已经到了你的村子里啦？

一心　是的。

张强　什么时候来的？

一心　六点钟。

张强　到了你们的村子后怎么样呢？

一心　日本强盗到了我们村子之后，就放火烧我们全村的屋子，杀我们全村的人民啊！那火光红红的像火蛇一样的从村口烧过来，多可怕，还有那喊救命声，哭声，呐喊声，多凄惨啊！……

张强　这时候你们怎么样呢？

一心　妈妈和姊姊都吓得哭起来啦，爸爸也被吓得失去了主张，只有哥哥和日本强盗拼命！

张强　哦，那么你们有和他们拼命没有？

一心　哥哥正开门要和他们拼命的时候，日本强盗已经冲进来啦，一刺刀就把我哥哥刺死了！

张强　你爸爸，妈妈，还有你的姊姊呢？

一心　妈妈和姊姊都吓得倒下地去，爸爸就死守在那里，就这样也被日本强盗的刺刀刺死，妈妈和姊姊被日本强盗强奸死了。

张强　那么你怎么逃出来的？

一心　我一当日本强盗刺死我哥哥的时候，我恰巧立在门角落里，没有被强盗们看见，才给我逃出来的。

张强　你没有和他们拼命吗？

一心　没有。

张强　为什么不和他们拼命呢？

一心　我们怎么拼得过他们呢？他们有枪有炮，我们什么也没有。

张强　没有枪，没有炮，那么就用我们的刀，锄头，就是连刀，锄头都没有，两只拳头也是我们有力的武器。（立了起来）

一心　哦……

张强　（大骂）没有用的东西，爸爸、哥哥被杀死了，妈妈姊姊被强奸死了，还不报仇，逃到那里去？并且这地是我们的，我们祖宗遗留下来的财产田地都是在这里，我们住在这里已经有几十代了……我们想一想看，是不是对得起我们祖宗，你这没有用的东西，逃，逃到哪里去！

一心　舅舅……

张强　我早就和你们说过，日本强盗迟早是要杀到我们这里来的，来了对我们是不会客气的．叫你早一点准备和他们拼命，可是你们总是不听话，现在你晓得了吗？

一心　舅舅！

张强　给我滚出去！谁是你的舅舅，逃你的狗命去，看你逃到哪里去！

一心　舅舅！我不逃，我要报仇！

张强　你要报仇！

一心　是的，我要报仇，为着我被惨死的父母兄姊报仇！为着我们千百万被惨杀的同胞报仇。夺回我们已失的土地！

张强　你真有这样的决心吗？

一心　有，我死也要死在自己的土地上。

张强　好，那么你……

　　　　（就在这个时候，山的那边火烧起来了，一个农民很快地跑了来）

农民　张强哥！日本强盗快到我们的村子里来了。

张强　噢！……

農民　看那边的火已经烧起来了！

张强　（去拿了面锣给农民）你快去打锣：把村子里的人都叫拢来。（农民去打锣，群众一个个的都来了，手里都拿着各色各样的农具——锄头、镰刀、棍子……）

张强　（去拿着壁上挂着的枪，给一心）这给你。（同时还拿着自己的手枪走出了屋子。）

　　　（这时群众都集合在一边了。）

张强　各位：日本强盗快要到我们的村子里来了，我们要守住我们的家乡，把日本强盗赶出去！

群众　（呐喊）对呀！我们要守住我们的家乡，把日本强盗赶出去！（枪声响，同时还有孩子的哭声、女人喊救命声……

张强　听！日本强盗已经开枪了，我们散开！

　　　（大家都散到山上去，躲在树林里或者卧倒在山角落里。张强是最后一个爬到山顶，卧倒在顶上。）

　　　（敌人的枪声是越来越响了。）

张强　（在山顶立了起来，大声）日本强盗冲到山下来了，我们去同他们拼命！赶走日本强盗，这地方是我们的！

群众　赶走日本强盗，这地方是我们的！

张强　冲……

　　　（群众一个一个从山上冲下去）

呐喊声

　　　冲……

　　　杀……

　　　冲……

　　　杀……

　　　杀死日本强盗！这地方是我们的！

　　　（幕速下，继之唱"大刀进行曲"的歌声从幕后起。）

　　　　　原载 1938 年 6 月 2 日《浙瓯日报》战时副刊"展望"第 43 期

我们不受压迫与利用

（独幕话剧）

□　夏野士

时间

现代

地点

某地方的一个穷人家的灶间

人物

李　大　农民五十岁性刚但胆力略小

王老爷　绅士五十岁左右性刁滑

李　华　李大的儿子，二十多岁性刚

老　陆　警察

布景

一个穷人家的灶间中央有一张桌和两张长凳，近前台有一门通外室，门对面是锅灶等烧饭用具，桌之右有一门通内室。桌子上面有点着的火油灯。

幕启

李大坐在灶边烧火，他的儿子李华从内门出。

李　你妈妈的病怎么啦！

华　（摇摇头）

李　那怎么好呢？

华　假若再不请医生来医病，恐怕……

李　可是我们一个钱也没有。（低下了头）

华　（沉思了一会）爸爸！

李　（仰起头来）

华　我想……

李　想什么？

华　我想去拿点东西来。

李　钱呢？

华　要什么钱。

李　那不是偷了吗？

华　是的。

李　不可以，不可以，你要晓得，偷是犯法的，要坐牢的。

华　我晓得，可是不偷又有什么法子呢？我们穷人。

内声　啊唷！啊唷……

华　你听，妈妈病得这个样子，连吃药的钱都没有，又有谁来可怜我们呢。

李　不能，孩子，绝对的不能去偷。

华　爸爸！你错哟，如果我们不去偷，我们又有什么法子可以活下去呢！我们
　　不是要眼看着妈妈白白的死去了吗？

李　（想了一回）孩子！我们为什么不拿那些人送来的钱呢？

华　不能，爸爸！我们接受了那些人的钱，我们就要选举他的。

李　这不比去偷好的多吗？

华　不，爸爸？偷，犯了法只是我一个人的事，吃苦也只有一次，如果选举了
　　他们，我们穷人以后的生活，就没有法子可以好起来啦，我们就要永久这
　　样的苦下去了。

内声　啊唷！啊唷！……

李　你真的要去偷吗？

华　是的，爸爸！不要怕，我现在就去。（下）

李　（立起来欲追去）孩子！（这时李华已经下去了，同时病人的呻吟声又起来
　　了，他停住了，在发了一回呆，在舞台上转了一个圈子，走到门边去听了
　　听，又回转来，在烦恼与骇怕的心情下，门响，他以为是儿子回来，非常
　　的快乐，仰起头来看着门，先是电筒的光亮射进来，接着王老爷进来，这
　　又使他呆住了。）

王　李大！你这里还有一笔救国捐未交来。

李　是，是，王老爷！对不起得很，今天……

王　今天有了是吗？

李　不，不，今天还是没有。

王　今天还是没有吗？哈哈……

李　真对不起，再过几天送给你吧。

王　不要放在心上，我们都是自己人

李　王老爷真是好人。

内声　（凄惨的哭着）啊唷！啊唷……

王　这是谁在哭，哭的这样……

李　（很悲痛地）是我内人生病。

王　病得很重吗？

李　很重，饭都不能上口。

王　好可怜！几天啦？

李　五天了。

王　有请医生看没有？

李　请医生看，哪里来的钱。嘿！穷人生病真是要命。

王　真可怜！（伸手到衣袋里去拿去一叠钞票，有意给李大看看似的，从这叠钞
　　票里又拣出一张来，掷给李大。）这块钱给你去请医生吧！

李　不敢接，并且很觉奇怪，（因为他本来是一个一毛不拔的人）
　　那怎么可以呢？

王　自己人算什么呢。拿去吧。

李　（接钱）王老爷真是好人。

王　（不声注视着他的动作）

李　（已经是好久没有看见过一元的钞票了，并且又是在他妻子病的现在。他
　　是十分的快乐，他特别把这张钞票看了一下，心里在想着怎样来支配这块
　　钱。）

王　（看李大这种情形，晓得他是上了当了。在他正想得出神的时候，比较大
　　声地叫了几声）李大！

李　（似乎吃了一惊）啊！

王　你还不赶快去请医生给你妻子看病。

李　是的，我现在正在想请哪位医生来看好呢？王老爷你看哪一位医生好一
　　点？

王　张一平先生好，我家里人生病都是请他看的。

李　张一平先生他的价钱大得很，我这样穷的人家哪里请得起呢？

王　钱不要紧，不够，我这里有。

李　那怎么可以呢？

王　算什么，大家都是自己人，快去请吧。

李　（非常的快乐预备去）王老爷！你坐在这里玩一下吧！

王　好的，你快去吧，病人要紧呀。

李　（正走至门边预备开门时）

王　李大！

李　（回头）什么事？王老爷！

王　等一会儿，我有句话要向你讲。

李　什么话？

王　坐在这儿慢慢的同你讲。

李　（在他对面的一张长凳上坐下）

王　我有一件事要请你帮忙。你肯吗？

李　什么事？

王　你肯不肯呢？

李　这叫我怎么能够讲呢？如果做得到的，当然帮忙。做不到的，那就没有法子可以帮忙啦。

王　当然是你做得到的，做不到我也不会请你帮忙啦。

李　这我一定帮忙，你老爷这样地好，哪有不帮忙呢？

王　我晓得你一定肯的。

李　什么事呢？

王　告诉你，这件事你帮我忙，其实还是帮了你自己的忙。

李　啊！有这样事，你讲，我一定帮忙。

王　就是这一次的普选。

李　普选怎么啦？

王　选举谁决定了没有！

李　这……我也不知道选举谁好，来叫我选举他的人多得不得了，都送了东西来给我吃，并且还说等普选好了，还要送钱给我。

王　真的吗？有些什么人来叫你选举他呢？

李　这我想还是不要说他吧。

王　讲给我听听，我们都是自己人。

李　那个一向在南京军队里的张排长，杨副官，有本乡的李乡长、王事务员……真是太多了，我记都记不清楚。

王　他们打算给你多少钱呢？叫你选举他。

李　张排长说选举票每张一元，杨副官说两元，李乡长说一元八角，王事务员只讲八角。

王　啊唷那么你打算卖给谁呢？

李　我谁也不卖。

王　对呀，那么现在卖给我吧。

李　卖给你？

王　是呀，卖给我，我算二元半一张给你，现在先付钱给你。
（伸手到衣袋里去摸出先前那叠钞票自言自语地说）你家里有一个，二个，三个，三个人是不是？一个人一票，二元半二个人二票，五元，三个人三票，七元半。（拿出六元钞票放在桌上）这里是六元钞票，加先前给你的一元，一共是七元。（又伸手到衣袋里去摸出角子来，数在桌上）这里是半元，总共七元半。

李　（看都不看的转过身去。）

王　李大！怎么？这里钱拿去。

李　谁要你这样的钱。

王　你选举票不卖吗？

李　王老爷！你不要看错了人，我不是那样要钱的人。

王　不要钱，你这个真是讨死的人啦，一家人天天饿着肚子，老婆病着没有钱请医生。

李　这不要管。（立起走至一边）

王　不要我管，哈哈！这样多的钱不要，情愿饿肚子，给老婆病，真是傻子。等会不要后悔。

李　就算是我傻，也是我自己的事，有什么后悔。

王　不要这样，钱拿起来吧。

李　如果我要你这样的钱，那我就早有了比你更多的钱了。

王　你是说我给你的钱太少吗？那不要紧，再加你一块钱吧！（李大不动）怎么？还说太少吗？再加一块。

李　王老爷！请你出去吧！我没有功夫同你讲这些空话，我老婆还在生病呢！

王　你的选票真的不肯卖吗？好的，等会不要后悔。并且我也不一定要你选举我，现在选举我的人多得很，我不过是看你们太可怜，送一点钱给你们。

李　我不用你来可怜我们。

王　我并且将来抽壮丁到前方去打日本的时候，我还可以不抽到你的儿子。假若你选举了我。不然，哼，不要说我对不起你。

李　当兵，打日本，那是我们每一个中国人应该去的，我不要你来帮我们什么忙，并且我们很懂得，我们要有饭吃也只有打走了日本强盗。

王　很好，（把桌子上的钱都拿了起来）还有一块钱也还给我。

李　（把一张钞票丢到王老爷面前的桌子上）还你！这种臭钱谁没有见过。

王　臭钱，没有见过？老婆生了病看医生的钱都没有，还搭什么死人架子。

李　（气得讲不出话来）

王　还有半块钱的救国捐，今天要捐出来。

李　你不是允许我过几天给你的吗。

王　现在是不允许啦。

李　那你真是一个戴假面具的骗子。

王　怎么？快一点，什么假不假，我要的……（就在这时其子李华急促的推门进来随即又将门上闩）

李　什么事？阿华！

华　（转身见王老爷大惊）

王　阿华！什么事？

华　没……没有。

声　（打门）开门！开门！

李　谁？

声　我。

李　（欲开门）

华　（上前阻止）爸爸！

李　什么事不开门？

华　（不得已）警察来捉我。

李　（大惊）怎么办呢？

声　（打门声更急）开门！开门！

王　阿华！你躲起来吧，不要怕，有我在这儿。

华　你不会告诉他们吗？

王　不会的，我们都是自己人。

李　（这才镇静下去）

华　（跑向内屋躲起来）

李　（去开门，警察进）

王　什么事？老陆！

警　啊！王老爷你在这里，刚才有一个偷儿跑进来，看见没有？

王　没有。

警　没有吗？那我走了。

王　你在门外等一等，我还有事同你讲。

警　好的。（出门）

李　王老爷！谢谢你！还好你帮助。

王　自己人，当然帮忙。算不得什么，李大，这次的普选，你也应该帮帮我的
　　忙，选举我啰。

李　当然，我一定选举你做我们的代表。王老爷！你这样的救了我的儿子。

华　（从内出）爸爸！你说这次的普选，选王老爷做我们的代表吗？

李　是的。

华　不能，不能，我们不能选举一个压迫我们的人做我们的代表再来压迫我们。

王　什么？你敢不选举我吗？你这忘恩负义的东西。

华　王老爷！你错啦！你救了我，我应当感谢你，可是我不能用选举来感谢你。
　　因为选举是大众的事，你救我是我私人的事，我不能拿大众的事来报答你
　　对于我个人的恩，除非你能替我们大众得幸福。

王　混帐！你敢不选举我吗？不选我就把你捉进去，你这不要脸的贼。

李　王老爷！我一定举你，这孩子不是人，请你不要听他的话。

华　爸爸！你不能选举他这种贪官污吏的东西，我们要晓得我们几十年来所以
　　弄得这样连饭都没有得吃，是谁害了我们？老实说一句，都是这些不要脸
　　的假公济私的狗东西想出的种种的法子来，把我们的钱一个一个地括去，
　　括得我们天天饿肚子，括得使我妈妈病着连请医生的钱都没有。

王　你这个偷东西的贼，胆敢骂起我来。

华　偷东西，这是你们这些狗东西压迫着我们去偷的。假如没有你们这些狗东

西的压迫，我们的家里也不会弄得天天受冷挨饿。妈妈病着没有钱请医生吃药。我为我妈妈的病，我不忍看我妈妈死去。我不得不这样干的。谁敢说我为着妈妈吃药的钱去偷，是贼呢？

王　狗东西，你还说自己不是贼吗？

华　我是贼？可是你们要比贼还厉害十倍百倍。

王　老陆！来把这个贼带进去。（警察上拉李华）

华　哼，你以为我是怕警察吗？

李　王老爷！你你你不能把我的儿子捉去。

王　滚开！

警　（拉华）走！

华　爸爸！坚强我们的意志，这次的普选是我们民众求生活解放的时候，我们不要再受恶势力的压迫金钱的引诱，而选出那种压迫我们的狗东西，再来压迫我们。不然，我们就只有死路一条。

李　孩子，孩子，孩子！

华　爸爸！别怕，不要紧，虽然我一个人现在是暂时的失了自由，可是我们的生路就在眼前。

——闭幕——

选自夏野士独幕剧集《守住我们的家乡》

1938 年 9 月永嘉（温州）游击文化社

初版《游击半月刊》游击丛书之一

怒吼了的村庄

（一幕报告剧）

□　夏野士

时间

一九三八年一月七日傍晚

地点

平汉线西的一个村子里

人物

张村长　六十多岁

张勇　　村长之子，二十左右

汉奸　　四十上下岁数

张蘋　　村长女儿，十八九岁

村人　　甲、乙

游击队长

游击队员　Ａ　Ｂ　Ｃ　Ｄ

群众　　十余人，男女都有

日本兵　三人

布景

是张村长的家里，左边有一门通外面，门边有一窗，可以看见路上走过的行人，右面有一门通内室；在右面的墙壁上挂起了几张中国画，画下放着两张椅子和一张茶几；室的中央有张老式的写字台，台旁有张老式的椅子。

开幕：张村长坐在桌子旁的椅子上，手里拿出长烟筒在吸着烟，约一分钟后其子张勇上。

张勇　爸爸！不好啦，听说鬼子兵快要到我们这村子里来啦。

村长　什么？（一惊）是谁讲的？

张勇　小王讲的。

村长　小王？他怎么会知道呢？

张勇　他刚才从前村来，他说他亲眼看到有一小队的鬼子兵已经到了前村了。

　　　（就在这时候，外面有敲门声。）

村长　谁？

声　　我！

　　　（张勇上前开门，汉奸进。）

汉奸　你是这里的村长吗？

村长　是的，你……

汉奸　他是谁？（指张勇）

村长　是我的孩子。

汉奸　我是帝国皇军派来的。

村长　（惊慌）噢，有什么事？

汉奸　（拿出信来给村长）

村长　（接过了信，看着，越看越惊。）

汉奸　看懂了没有？

村长　噢噢

张勇　什么事，爸爸？

汉奸　不管你的事，（转对村长）看懂了没有？叫你派十五个花姑娘到城里去慰劳我们大日本帝国的皇军。限你三天之内，要送到，晓得了没有？

村长　这这这我们村子里没有女的。

汉奸　什么？你违反我们大日本皇军的命令吗？如果三天不送到，就派兵来把你们全村的人杀光。现在把十五个花姑娘的名字先开给我带去。

村长　这这。

　　　（这时张勇气得不得了，握紧了拳头，预备冲过去。）

汉奸　（好像有点觉到，拿起了手枪）快一点儿！

村长　（不得已，拿起了笔来预备写。）

张勇　爸爸！不……

汉奸　（把手枪转向张勇。）不准讲！

张勇　（在汉奸手枪的威逼之下，只好不讲话，在一张椅子上坐下了。）

村长　（用他颤抖的手在纸上写了几个字，又停住了。）

汉奸 写好了没有？

村长 我们村子里真的没有这许多姑娘怎么办呢？

汉奸 不行，（把手枪对准了张村长）如果你不赶快的写出来，当心你的狗命！

　　（这时张勇见有机会可以逃脱，就偷偷的从内门溜下去了。）

村长 是是（只好又拿起笔来写）。

汉奸 送去的姑娘要漂亮的，美丽的，年轻的，如果把年老的、丑陋的送来，那么就打死你，晓得不晓得。

村长 晓晓得晓得。

　　（过了一分钟。）

汉奸 好了没有。

村长 还还

汉奸 快一点。

村长 是是

　　（写完，数了一下名字，把名单给汉奸。）

汉奸 （接过了名单看了一看，放到衣袋里去，）还有件事要告诉你的，就是今天晚上杉山小队长要来你们村子里住夜的，赶快预备猪肉，牛肉鸡子鸭子……好吃的小菜来招待他们，并且还要预备几个好看的姑娘伴他睡觉，晓得吗？现在杉山小队长正在前面的村子里休息，半点钟过后就要来的。

　　（下）

村长 （把汉奸送出去，再回转来，在室内徘徊着，气得不得了。）真是不讲理的强盗，我活了这样大的年纪，从来就没有看见过这样的强盗。

　　（村长的女儿张蘋上）

张蘋 爸爸！吃饭吧！

村长 （望了望他的女儿，摇了摇头，坐到椅子上去。）

张蘋 爸爸！你什么事这样的烦恼？

村长 没有什么事，你哥哥呢？

张蘋 不晓得到哪里去。

村长 你没有看见他吗？

张蘋 没有。

村长 好！你吃饭去吧！

张蘋 你呢！爸爸！

村长　我现在吃不下。

张蘋　爸爸！你有什么心事，告诉我吧！

村长　告诉你有什么用哪。

张蘋　就是没有用，告诉我也不要紧啊！

村长　并且告诉了你，你又要……

张蘋　又要什么？爸爸！

村长　没有什么。

张蘋　爸爸你一定要告诉我。

村长　（摇了摇头）

张蘋　爸爸

村长　（望了望女儿）还不是为了你们女人的事。

张蘋　什么？为了我们女人的事，这是怎么讲呢？

村长　是的，日本强盗写了一封信来，要我们村子里派十五名花姑娘去慰劳什么狗养的皇军。

张蘋　什么花姑娘？

村长　就是女人。

张蘋　什么？日本鬼子要女人？

村长　是的

张蘋　你答应了没有。

村长　（后悔啦）孩子，答应啦。

张蘋　什么？答应啦？

村长　是的，并且我还把名字都写给了他们了。

张蘋　爸爸你……

村长　没有法子，那个汉奸用手枪对准着我，有什么法子呢？

张蘋　唉！

村长　不过我没有把你的名字写给他。

张蘋　这不是我不我的问题，这是我们全村女同胞的事，虽然现在我一个人是幸运地逃过了。可是将来还是逃不了日本强盗的毒手。并且我们更不应该为了保全自己一个人就牺牲了别人。……

村长　孩子，请你不要讲吧。我心里真是难受得不得了，我还有什么法子呢，我只有死……

张蘋　爸爸！你——

　　　　（这时窗外有很多人走过，并且大家还高喊着"打汉奸去""打汉奸去"等口号，接着这许多人就涌进了张村长的家里来。）

声　　打汉奸！

　　　　打死汉奸！

　　　　汉奸在什么地方？

　　　　汉奸在什么地方？

　　　　快把他拉出来！

　　　　把汉奸拉出来！

村长　　诸位！汉奸已经走了。

群众　　什么？汉奸已经走了？

　　　　为什么放走汉奸呢？村长！

　　　　为什么不捉住他呢？

村长　　我怎么能捉住他呢？他有手枪！

群众　　你怕手枪吗？村长！

　　　　没有用的东西！

队长　　喂！大家静一静，请村长报告给我们听，汉奸到我们村子里来干什么？

村长　　诸位！那个汉奸是帮日本强盗送了一封信来，要我们村子里派十五个花姑娘去城里慰劳他妈狗养的皇军。

群众　　你答应了没有？

村长　　答应了！

群众　　什么？答应了！

村长　　是的，答应啦，并且我还把名字写给他们了。

群众　　什么？名字都写去了？

　　　　你把谁的名字写去？

　　　　有没有把我女儿的名字写去？

　　　　有把我妹妹的名字写去？

村长　　（吓得发抖，并且非常的后悔。）

群众　　请村长报告，写去的十五个名字有些什么人！村长！快报告！

村长　　这……这……

群众　　讲呀，村长！是什么人呀。

快，快讲！

村长　有……有林……菊……花……

群甲　什么你把我的女儿写进去了，你你这老贼。我只有这一个女儿。（从人群
　　　挤出来，像和村长拚命的样子。）

群众　这家伙真是老昏啦，他只有这一个女儿！

　　　没有良心的东西！他妈的！

　　　汉奸！不要脸的汉奸！

村长　（很难受的，同时又是很害怕。）我太对不起你们啦，我真的是老昏哟！
　　　可是我又有什么办法呢？他手枪对着我。

群乙　手枪对着你，那你就要把别人的女儿送去了是不是？你这个没有良心的
　　　老贼！

村长　啊！我的良心现在难受得很，……我只死，死啊，诸位请你们把我打死
　　　吧！

群丙　死这不是死的时候，你一个人死了有什么用，又不能救活我们大家死……

村长　那么我又有什么法子呢？

群乙　有什么法子，我们和日本强盗去拚！

群众　对了，只有和日本强盗拚！

　　　（村长抱着头，坐在椅子上，一句话也不说。）

群乙　不能迟了，村长，我们只有拚，除了拚，还有什么别的办法，现在我已
　　　经叫来了几个游击队同志，你说，你打算——怎么办？

游击员　队长！你下命令，非把这老家伙捆起来不可。

张蘋　同志们，慢一点，这是我爸爸的错，我爸爸是不应该这样做的，可是我
　　　爸爸也是没有法子，现在敌人既然是要我们的命！要我们活不下去，那
　　　么我们没有别的法子。只有和日本强盗拚命，除了拚是再没有别的好法
　　　子了。（回转头看她父亲）爸爸，你说！

村长　……

张勇　（从人群里挤了出来）爸爸！我们只有一条跟鬼子拚的路，除了拚还有
　　　什么别的法子呢？刚才那汉奸，用手枪威迫我们，那种耻辱我们受得了
　　　吗？如果日本鬼子来了，火烧我们的房子，奸淫我们的姐妹，屠杀我们
　　　的同胞，那时我们不知要受到怎样的痛苦呢？所以我们只有和鬼子拚，
　　　爸爸你快说。

村长　……

群甲　（跳上一步，把枪口对准了村长）村长！说吧，你打算怎样？

　　　（队长和大家都拦住了甲）

队长　不要急，最好是老先生能够自动的起来干。

村长　（慢慢的从椅子上立起来，身体颤抖，半天才伸出手来，迅速地一挥）
　　　老乡们！你，你们不用逼我，干吧！我拼了这条老命，（噎气，停了一会）
　　　我年轻的时候还不是和你们一样不好惹的孩子，年纪一老，家里有点财
　　　产，就怕事啦。如今日本鬼子不让我们活命，反正是死。干吧！你们有
　　　姐妹女儿，我还不是和你们一样有女儿吗？你们晓得耻辱和日本强盗拼
　　　命，难道我不晓得吗？退后吗？同胞们！起来吧！准备和日本强盗去拼
　　　啊！

　　　（说着跳上椅子，两眼向大家扫视）

群众　对呀！咱们只有拼，和日本强盗拼命去！

村长　弟兄们！不干便罢，要干就痛痛快快地干他一下，现在我想出一条妙计，
　　　你们以为怎样？

群众　什么妙计？

村长　我们和日本鬼子硬打是打不过的，就是打胜了，给逃走了一个，去报信，
　　　日本鬼子兵大队一来，咱们就一个也逃不掉，所以我们要用计杀他鬼子
　　　一个不留。

群众　好的，好的，什么妙计，村长，快说。

村长　鬼子不是要欺侮我们女同胞吗？我们就用一个美人计，来骗他们上当，
　　　我们说：女人怕兵，你们拿枪，是不方便的，她们害怕，不敢来伺候你
　　　们日本人了，最好你们把枪丢了。这样日本鬼子为了行奸的方便，一定
　　　会答应不带枪的，这一计他们如果答应了，那我们就进一步说村公所地
　　　方小，请他们来我们家里来住宿。

群众　他们怎么肯分开呢？

村长　是的，他是不肯分开的，可是我们可以告诉他，一家住三个人也可以，
　　　这样我想他们一定肯的，我们摆好了这样的阵线，那么弟兄们！我们报
　　　仇的时候到了。

群乙　女人怎样打得过日本鬼子呢？

村长　我们的女人不是真正的女人，我们是"男扮女装"的假女人。

群众　好的，好的，村长的计划好。

　　　　（现在天已经慢慢地暗下来了，农民乙慌张地上）

农民　报告村长！日本鬼子已经到了我们的村子里来了。

村长　老乡们，日本鬼子已经到了我们的村子里来了。

　　　　我们现在立刻就要布置起来和他们拼，我们赶快选出几个强有力的青年
　　　　来化装女人。

群众　（他一句，你一句的）李桂子，张方人，王强，李银秀，张勇，刘毅，
　　　　金仁，张九如，陈定波……

村长　化装女人的人已经选出来了。这几个人，我们分为三队，张勇，刘毅，
　　　　张方人三人在我家里，李桂子，王强，李银秀到王强家里去，张九如，
　　　　陈定波，金仁，到金仁家里去，其余的多埋伏在各处来帮助他们杀日本
　　　　鬼子，好不好！

群众　好！

村长　现在大家都散开，预备和敌人拼命。

　　　　（于是大家都散开，室内只剩下了张村长，张蘋和张勇，刘毅，张方人
　　　　等。他们把写字台，椅子，几子等都移放到窗子下面去，在画的一边搭
　　　　起了一张床，张蘋帮着三个人化装，继之大家把武器藏好，一切都布置
　　　　好了，天已大暗，张蘋在桌上燃起火油灯。于是张村长，向外面门下去，
　　　　张蘋向里面门上去。这时室内只剩下了三个"男扮女装"的女人在等候
　　　　着敌人来。

外声　怎么你们这里一个花姑娘都没有。怎么讲的？我叫你们预备的花姑娘？

外声　预备好了，请跟我来吧！

外声　跟到哪里去？妈的！（皮鞋打人的声音。）

外声　噢唷………

外声　到了没有？妈的！（又是皮鞋脚打人的声音。）

外声　就在那里！就在那里！

外声　哪里？哪里？

外声　那个有灯火的房子里。

　　　　（这时外面皮鞋声，慢慢的近来，继之在窗口，现出三个日兵的脸孔。）

外声　哈……好漂亮的花姑娘！

外声　喂！花姑娘哈……

外声　进去！进去！

（日本一兵推进了门就哈…地向三个假女人走去，当日本兵到舞台中央时，张勇就把灯吹熄，拿出刀来向日本兵刺去，在室内的三个日兵和三个假女人就打起来，约一分钟，"杀……"一声的群众手执火把，刀枪，棍子聚了起来，冲进屋子里来。

群众　打！打！打！　打死日本鬼子！

　　　杀！杀！杀！　杀尽日本鬼子！

　　　中华国民万岁！

（幕速下）

选自《守住我们的家乡》　夏野士独幕剧集

1938年9月永嘉（温州）游击文化社初版

《游击半月刊》游击丛书之一

《守住我们的家乡》剧照

我们是胜利了

（独幕话剧）

□ 夏野士

时间

是一个晚上

地点

一个村子上

人物

媳妇	二十三四岁
婆婆	五十五六岁
王三	二十六岁
儿子	二十七八岁
日兵	甲
	乙
游击队	数人

布景

是乡村的一角：舞台的左边有一座茅屋，大门是斜朝着，走出大门就是一片青草地，有许多树木，月光从树林里射出，一条弯曲的小路，直通过去。在茅屋里的布景是这样的：右边有张方桌，桌上放有碗筷等物，表示正吃过晚饭，桌旁有两张长凳；左边有张床，床上放着单被和枕头等物，室的后面有一窗可以看见外面的树林。

幕启

孩子睡在床上，媳妇和婆婆在收理着桌子上的碗筷，约半分钟，"轰——"大炮声。媳妇和婆婆吃了一惊，孩子被惊醒，呱呱的哭，媳妇走至床边，坐在床沿上，用手抚摸着孩子。

媳　嗷嗷……宝宝好睏觉，不怕炮，不怕炮……

（这时孩子的哭声慢慢的和了去，接着炮声又"轰轰"
　"拍拍"孩子重又大哭起来。）

媳　嗷嗷……宝宝不怕枪，不怕炮，大起来把东洋鬼子赶跑……

婆　东洋鬼子又开炮啦！大生不知怎么连饭都不回来吃。

媳　（孩子哭声更大，不得已抱起来，把衣服解开，奶给孩子吃。）奶，奶……
　　（"轰，轰，轰……拍，拍，拍"孩子不肯吃奶，更哭得厉害。这时王三从
　　小路慌张的走来。）

媳　好宝宝。不要哭，不怕枪，不怕炮，吃饱奶，睡好觉，大起来，去把日本
　　强盗赶跑，把日本强盗赶跑，我的小宝宝！

王　（慌张的走进了大门），妈妈，大生哥呢？

婆　你没有看见他吗？

王　我正找他，他是什么时候出去的？

婆　吃过午饭。

王　没有回来吃晚饭吗？

婆　没有。

王　他走的时候，有什么话没有？

婆　没有

媳　有，婆婆！他不是说有谁送东西来，就交给我们吗。

婆　哦，是的，我忘了。

王　（走至门口，向外面望了望，回转来，很小心地从衣袋里拿出一封信，又
　　四面看了看，给婆婆）这封信，等大生哥回来时交给他。

婆　（接信、点头，把信放到衣袋里去）

王　我走啦，不要忘了。（走出大门）
　　（枪炮声又响了。当王三在路上走了没有几步，飞机声在天空大作，接着，
　　就是"轰隆"炸弹落地爆炸声。王三就立刻躲到树林里去了，屋子内的人
　　骇得不得了，孩子大哭起来，婆婆躲到桌子下去，媳妇和孩子吓得乱作一
　　团。一会儿，"轰隆，轰隆"丢下了几颗炸弹，后面起火，火从窗口可以望
　　见，机声轻了一点，不一会又更响了起来，"轰隆，轰隆"连着几颗炸弹，
　　落在门前的草地上，这时满台都是烟火，在烟火里有叫喊声，"唷呀"随着
　　一颗炸弹又落在屋子里，媳妇和孩子被炸死，屋内也全是烟火，慢慢地飞
　　机声远去了，没有声音了，约二分钟过，舞台上烟火消散，一切都现出了

轰炸后的样子。婆婆吓昏在桌子底下，慢慢的清醒过来，看见孩子和媳妇被炸死的尸身，就爬出桌子扑到尸身的身上去哭了，昏过去了，同时门外树林里继之有人慢慢地爬出来，这人就是王三，他满身是血，"嗳呀！嗳呀！"的喘着气，用力地爬着，爬着，爬到路旁来，这时小路那边有一个人逃来，一跛一跛的，左脚是受了伤了。）

王　是大生哥吗？

子　（看不清楚）你，你是谁？

王　我，我是王三！

子　（走过去）是王三吗？你怎么啦！你……（坐在地上，把王三靠到自己的身上来）你……呀！都是血……

王　大生哥！信……信……

子　什么？

王　信……信……有封……信给……给你……

子　信吗？

王　是是在在妈……妈妈那……那……（喘气）

子　安静一点吧！

王　大生哥！我……我不……不中……中用……（死）

子　（悲伤地流下眼泪，轻轻地把王三放在地上，自己再慢慢地立了起来，痛，"嗳呀！"身子弯了一弯，跛进了大门，看见了屋内那种悲惨的景象，尤其是抱在媳妇身上的自己的孩子，血肉模糊的孩子，他扑倒在孩子的身上哭了。继之，愤怒地把头仰了起来，看到倒在他旁边的婆婆，他用手去推着）妈妈！妈妈！……

　　（婆婆慢慢地醒过来，看见了他的儿子）

婆　杀千刀的，日本强盗（扑过去）。

子　（抱住妈）妈妈！是我……

婆　你，你这狗娘日本强盗！你……你，我要把你咬死，吞下肚去（张开了嘴）。

子　妈妈，是是我，我是你的孩子！妈妈。

婆　（稍清醒过来）什么？是你！你……

子　是大生，妈妈！

婆　啊！大生，你回来啦！

子　是，妈妈！（这时因为流血过多，也支持不住了，也就倒下去了。）

婆　孩子，你……（把大生拉到自己的身上来，抚着受伤了的地方）啊！你受伤啦！

子　妈！信……信，王三交给你的信呢？

婆　在我这里，你……

子　妈！你不要再管我了，我要求你一件事。

婆　什么事？

子　妈！我是再不能走路了。

婆　是的，你……

子　妈！我要求你！你把信送到隔岸去，给我们的弟兄们吧！

婆　好，好，可是你……

子　不要再管我了，你赶快的送去吧！赶快的……

　　（婆婆立起，流着泪，望着儿子，媳妇。）

子　赶快走吧，妈妈！

　　婆婆悲愤地走出了大门，不几步，"拍拍"两声枪响，婆受伤再倒下地去，又挣扎起来，再走两步又是"拍拍"两声枪响，婆再受伤倒地，挣扎，大生在室内听到了外面的枪声，晓得事情不好了，他挣扎了起来，拿出了腰间的枪，冲出门去，一时支持不住，又倒下地去，再挣扎起来。这时婆婆挣扎着蛇行的爬着，两个日本兵持枪过来寻找，日兵甲先发现了婆婆在爬动，走过去，拿起刺刀正要刺下去，大生看见了，一枪把日兵甲打死了。这时婆婆更加倍的挣扎爬了去。日兵乙闻枪声，见甲被打死骇极，一边乱开枪，一边逃了去。二分钟过，枪声又大作，子弹向大生这边飞过来，大生又被打中一枪，倒下去挣扎，就在这时候，游击队蛇行的爬过来，和敌人对开枪，约一分钟，呐喊"杀——！""冲——！""杀——！""冲——！"游击队冲进了树林。

子　（慢慢地立了起来）啊！我们是胜利了。（微笑倒下去。）

（幕徐徐下）

选自《守住我们的家乡》夏野士独幕剧集

1938 年 9 月永嘉（温州）游击文化社初版

《游击》半月刊 游击丛书之一

九一八的晚上

（独幕话剧）

□　夏野士

时间

民国二十七年九月十八的晚上

地点

关外的一个城市

人物

舞女（二十多岁）

青年（游击队员，二十多岁）

日警

布景

舞女的寝室，布置得非常的精美，舞台的中央有张圆桌，桌上摆有香烟、啤酒、自来火、茶壶茶杯……等物。桌边有两张椅子。左边靠后台的角子上，有张长沙发，旁边置有梳妆台，台上放有很多的化妆品。并且还有一只时钟和一盏绿色的台灯。右面有一床，床上放有很漂亮的被褥，一盏百支光的电灯高悬在舞台的当中。左前台有一门通外面，后面当中有一门通浴室，右边有一窗，路灯光可以从窗口射进来。

幕启

室内的电灯光开得非常的亮，但是没有一个人，静静地，只有滴得滴得的钟摆声，和浴室里传出来的洗浴的淋水声。约两分钟，浴室的门慢慢地开了，现出一个穿浴衣的女人，她跑出来，随即就把门关上，慢慢地走到窗边，把窗门打开，很大的风从外面吹了进来。

舞女　啊！好大的风！（于是把窗子关好，很烦恼地走至桌边，坐在椅子上）。

舞女　（叹了口气）这种生活怎么过得下去呢。

（非常烦恼地拿起桌上的啤酒瓶斟满了一杯，狂饮。继之又点起了一支香烟，踱到梳妆台旁边，对着镜子照着）。

舞女　（痛苦地）啊！这种生活已经过了七年啦，在这七年里把我的一切都牺
　　　　牲完了。
　　　　（于是又踱到沙发去，烦恼地躺在沙发上，吸着烟，约一分钟，又立了
　　　　起来，把烟头丢了，再点上一支烟，开起桌头绿色的台灯，把当中的
　　　　电灯关了，这时室内的光线非常的暗淡。外面路灯光从窗口射了进来，
　　　　她又踱到沙发边，躺在沙发上，烦恼地吸着烟，慢慢地疲倦了，于是
　　　　把她还没有吸完的半支烟就丢了，似睡非睡地躺在沙发上，约一分钟，
　　　　外面警笛声大作。）

舞女　（转了一个身）讨厌，又闹什么事了。

　　　　（这时候警笛声外，还有枪声。）

舞女　啊！（带一点惊慌的神气）还有枪声！（边说边立了起来）多可怕啊！（走
　　　　至窗口），就像是九一八的晚上！（在窗口望着），啊，已经七年啦！（这
　　　　时外面电筒光乱射着，不时的射进窗子里来），啊——（害怕的退了几步）。
　　　　九一八，九一八，把我的一切都牺牲完了，父母兄弟被杀死了，姊妹被
　　　　强奸死了，现在只留下了我一个，在这里活受着罪，真是再也忍受不下
　　　　去了。（颓丧地、无力地、悲哀地坐到沙发里去，把两手捧住头）。
　　　　（现在枪声是慢慢地稀少了，没有了，静约一分钟，窗口现出了一个黑
　　　　影，在动着）

舞女　（仰起了头，看见了窗口的黑影，骇怕地望着）
黑影　（推着窗子）
舞女　（怕，立了起来）
黑影　（推开了窗子）
舞女　（更怕）
黑影　（跳下窗来）
舞女　（骇极，叫）救——
黑影　（举起了手枪）不准响！
舞女　（把两手举了起来）你……
黑影　不会伤害你的。（说着把手枪放下）
舞女　（稍镇静）你，你是什么人？
黑影　我是游击队。
舞女　（放心）啊！你是游击队吗？

黑影　是的，不要怕。

舞女　你来这里干什么？

黑影　没有干什么，不过到这里来躲避一下，他们要抓我。

舞女　谁？

黑影　日本鬼子。

舞女　（把电灯开亮）

青年　（就是黑影，以下都用青年）（注视着舞女。）

舞女　（也奇怪地注视着青年）

青年　你……

舞女　（奇怪）是你吗？哥哥！（立刻跑上前去，握着青年的手）你怎么来这里的？

青年　真是想不到，我们会在这里碰到的，我们分离了已经有七年啦，足足的七年啦。在这七年里，妹妹，我是多么地想念着你，我到处的打探你的消息，一点也得不到。可恨的日本鬼子，害着我们分离了。妹妹！这七年来，你是怎么样的过生活的？

舞女　七年来，我真是痛苦死啦！自从日本鬼子兵到了我们村子里之后，他们把父亲用刀刺杀了，母亲肚子里正怀着孕，把她的肚子剖开了，把那还没有变全的孩子血淋淋的拿出来啦，就是这样妈妈是惨苦地死了，姊姊被强奸了，十二岁的妹妹也被强奸死了。啊！那时候我，真想死，可是我为了要报仇，我终于又活下去了。这几年来，天天是在地狱里过着生活，被敌人蹂躏，被敌人侮辱，没有一天不是在痛苦里过日子。唉——

青年　妹妹，不要伤心吧！这种耻辱我们是要血洗的，这种仇恨我们是要报复的。

舞女　是的，这种耻辱我是再也忍耐不下去了，我们要报仇，我们要雪耻。啊，哥哥，刚才是怎么一回事呀？

青年　刚才吗？是的，他们要抓我，日本强盗要抓我，因为我是游击队。不错，自从我们的家乡被敌人占领了之后，我就投入了游击队，和敌人拼命，几年来东来西去的，在敌人的后方活动着，给敌人以打击，有时在关内，有时在关外，这样的生活已经过了整整的七年啦！

舞女　你是什么时候到这里的呢？

青年　刚才，没有一会儿。

舞女　有什么事？怎么来了就给他们晓得呢？

青年　妹妹，你忘了今天的日子了吗？

舞女　啊，今天是九一八吗？

青年　是的，今天是九一八，日本强盗为了防止我们的暴动，步哨是两步一岗
　　　的在看守着。我们要混进城来真是不容易，因此我们就用声东击西的方
　　　法。不然我们就没有法子可以进来了。

舞女　啊，今天我能够看到你，我是多么地高兴呀！

　　　（外面有脚步声）

青年　（静听着）

舞女　哥哥！……

青年　听！外面有人来啦！一定是来抓我的。

舞女　那怎么办呢？

　　　（脚步声由远而近）

青年　不要紧，你赶快把我藏起来吧！

舞女　藏到哪里去呢？他们要搜的。

青年　不要紧，我自有法子对付的。（看了看表，同时台钟正敲了十一下）现在
　　　是十一点钟了，只要你能够想法子敷衍那些狗到十二时，我们就有救了。

舞女　……

青年　并且今天晚上也就是我的报仇雪耻的时候。

舞女　……

青年　我们已经决定今天晚上十二时暴动，由我在城内发号令，里应外合的给
　　　敌人以痛击，收回我们已失的土地。……

　　　（打门声）

舞女　（慌张）怎么办呢？

青年　放大胆点，赶快把我藏起来。

外声　（边打门边叫）开门！开门！快！

舞女　（走至浴室边，把门开了。）

青年　（走进浴室的门，在门口说）不要忘了敷衍到十二点钟，再给他搜查。

舞女　（点头，把门关上，下锁）。

外声　（打门声更急）快开门！

舞女　（娇声的）哪一个？

外声　快开门！再不开，我就要打进来了。

舞女　（开了门日警上）

舞女　啊！原来是警察先生！我以为是谁？

日警　（东张西望的）

舞女　警察先生，有什么事，是不是查户口呀？

日警　……

舞女　啊！我晓得啦！你刚才下了班，到这里来休息一会，是不是？

日警　……

舞女　请坐吧，这里有烟，还有啤酒，警察先生，吸烟吧！（拿了一支烟给日警，日警接着，随着又擦了自来火给点上，自己也吸着一支，继之，斟酒）喝酒吧！

日警　（望了望舞女）喂！我问你，刚才有什么人到你这里来没有？

舞女　什么人？

日警　一个游击队。

舞女　游击队？没有。游击队怎么会到我这里来呢？

日警　我看他到你这里来的。

舞女　什么？你看他来的吗？你看！什么也没有，啊！不要那许多讨厌的事吧，来，我们喝酒吧！

日警　（喝干了杯酒）一定有游击队躲在你这里。

舞女　警察先生，真的没有，你为什么要这样的疑心呢？

日警　你说没有吗？不见得吧！你看，这窗子为什么到现在还开着呢？夜已经很深了！（看表）已经是十一时十分钟了。

舞女　天气热呀！

日警　天气热，一点也不，风是这样的大。

　　　（说着走至窗边察看）

舞女　因为喝了酒。

日警　啊，这里还有脚印，你看，一定有游击队从这窗口爬进来。

舞女　什么？脚印吗？（也走至窗边看）

日警　你能说不是吗？

舞女　啊！警察先生，你为什么要这样的多心呢？这脚印有什么稀奇呢？这是泥水匠修理屋子的时候留下来的。喝酒吧！（斟酒）这酒多好，这是太阳牌啤酒呀！

日警　你一定要把游击队交出来。

舞女　什么游击队，没有，警察先生，不要管这些吧！这是难得的机会呀！

日警　你要晓得，窝藏游击队是犯法的，在我们大日本的军法上，是要枪毙的，晓得吗？

舞女　我早就晓得了，可是谁藏了游击队呢？警察先生，我还会骗你吗？我们已经有了七年的交情了，你还不相信我吗？

日警　今天，我还真有点不相信你。

舞女　相信也好，不相信也好，今天这样的机会是难得的，不要把他放过吧！警察先生！（坐在沙发上）

日警　啊，我想搜一搜你的家。

舞女　好的，这有什么不可以呢，你要搜就搜吧！

日警　（预备搜）

舞女　不过，警察先生，你坐下来休息一会儿吧！我觉得你是很疲倦啦！（使了一个眼色）。

日警　（看看舞女那迷人的吸引力，呆住了。）

舞女　我们可以坐在这里谈谈。不很好吗？喂！警察先生，你家里有太太吗？

日警　没有。

舞女　没有吗？我想应该有一个。

日警　是的，应该有一个。（说着踱到床边，躺在床上）。

舞女　没有太太是多么的寂寞呀！

日警　（坐了起来望着舞女。）

舞女　你可以在床上多躺一会，我想你这样的床，一定很久没有睡过了吧！

日警　是的。

舞女　那么今晚你就在这里过夜吧！

日警　（很留恋地又躺了下去）

　　　（这时冷场约一分钟，日警突然地想起了什么东西，立起来）。

舞女　（很警觉地）啊，警察先生，再躺一会儿，早得很呢。

日警　我不能再等在这里了，（看表）啊，快十二点了，我得赶快的搜一搜。

舞女　早得很呢，再休息一会儿吧！

日警　不能。

舞女　真的要搜吗？

日警　当然。

舞女　好，你搜吧！横竖也没有什么可搜的。

日警　（东张西望的，把床下都搜了，失望地看看舞女。）

舞女　没有吧，我早就和你说过，没有呀！

日警　（一个新发现）这里还有一个门。

舞女　这吗？我想你也不必再看了，也是不会有的。

日警　为什么不看呢？一定是藏在这里面。

　　　（过去欲开门）

舞女　（很快地走至门边挡住）你晓得这是什么地方？

日警　那我怎么会知道呢？

舞女　告诉你，这是浴室和厕所呀！怪脏的。

日警　那也要看一看，游击队是最喜欢藏到这样脏的地方的。（把舞女拉开，开门，锁住）

舞女　那门锁了！

日警　（命令地）把钥匙拿来。

舞女　失掉了！

日警　骗话，快拿来！

舞女　没有呀！

日警　不行。

舞女　这里面没有人呀！

日警　一定是躲在这里面。

舞女　我想还是不要看吧！怪脏的。

日警　快！

舞女　真的要看吗？好的（看了看手表），啊，警察先生，喝杯酒再看吧！（斟酒递给日警）

日警　（看了舞女一眼，接过酒来干了）。

舞女　再来一杯吧！（斟酒）啊！酒没有了！那么来支烟吧！（送烟给日警）

日警　也好。（接烟）吸一支烟再搜吧！（坐在椅子上吸着烟）

舞女　（看手表）

　　　（半分钟过）

日警　现在要搜了！（立起来）

舞女　真的要搜了吗？

日警　当然是真的，哪有假的呢。

舞女　好的，让我来给你开门吧！（从衣袋里拿出钥匙来，走到门边，把钥匙放到门洞里去）。我想你还是不要看吧！这里面是没有游击队。

日警　（预备好手枪）开呀！

舞女　不要看吧！

日警　快！

舞女　好，你看吧！（把门开了）看，一个人也没有。

日警　（向浴室的门走了进去）

　声　站住！

　声　（骇怕声）啊！——

　声　把手举起来！

　声　妹妹，来，把手枪拿下！

　　　（舞女进，台上无人，约半分钟）

日警　举起了两手，慢慢地退出。

青年　（把手枪指着日警，跟了出来）

舞女　（也跟了出来，手里拿着手枪）

日警　（骇怕得发抖）

青年　你也有今朝的一天的。

日警　（跪下哀求）求求先生，饶了我这条狗命吧！

舞女　你这强盗，七年来，你杀死了我的父母兄弟，强奸了我的姊妹，枪杀了我们千千万万的同胞兄弟，烧毁了我们无数的财产，天天被你们这些强盗压迫，被你们欺侮，把我们同胞当做奴隶一样地看待，现在叫你晓得我们中国人不是好欺侮的。（这时台钟铛铛地敲了十二下）。

青年　现在是我们报仇雪耻的时候了，先送了你的狗命吧！

　　　（一枪打死了日警）

　　　（青年拉着舞女的手同下，舞台上静寂，约半分钟，一声炸弹声响了起来，随着警笛声、枪声炮声大作。幕就在这些声音里下。）

载 1938 年 9 月 18 日《浙江潮》

第 27、28 期合刊

夜　半

（独幕剧）

□　夏野士

时间

　　夜半

地点

　　东北的一角

人物

　　伪队长、伪传令兵、伪分队长、伪兵、青年（伪队长的弟弟，现为游击队）

布景

　　是一所老百姓的平房，现在是暂时作为队长的办公室，用一块白布把舞台划分为前台与后台，所谓后台，是队长的寝室，是看不见的。前台，就是舞台面，也就是队长的办公室。景是这样的：左边有一门通外面，门边有一窗，紧闭着，右边是一张普通人家用的桌子和一张椅子，在桌子上置有很简单的军队里必需的用品，如纸、笔、墨、砚台、印油、图章、掀铃……等物。墙壁上挂有一张不大日历，日子是"9·17"。

幕启

　　幕启时舞台上没有一个人，只有一盏半明不亮的火油灯点在桌子上，现着孤独的样子，静静地没有什么声音。不过有时也会听到从远处传来的一二声狗吠声和口令声，就是这样静寂了有两分钟的样子，远处有脚步声传了来，慢慢地近来。继之，就是打门声，起先是轻轻的，因为里面没有人答应，就慢慢地重了起来，同时，还叫"队长！队长！"

白布后　（有人翻身转侧和伸腰声）。

门外声　队长！队长！

白布后　谁?

门外声　我，队长!

白布后　你是谁? 有什么事?

门外声　我是内田顾问派来的，有重要公事。

白布后　就起来。

　　　　（约半分钟过，队长从白布后出来，边走边扣衣服）

队　长　（嘴里噜唆着）。真讨厌，什么公事，公事，早不送来，迟不送来，到
　　　　现在三更半夜了，送来干什么的，有什么这样重要的事呀!（把门打
　　　　开了）。

传令兵　（进门）报告队长! 这是内田顾问叫送来的公文。（把公文给队长，同
　　　　时把送文簿也给队长），请队长盖章。

队　长　（接过了公文与送文簿，走至桌边，盖了章，还给传令兵）。

传令兵　（接过送文簿，行礼下）。

队　长　（拆开了公文来看着）他妈的，又是游击队活跃，加紧戒备，真倒霉，
　　　　队伍刚从前线调回来，正可以好好地休息一会，又被游击队晓得啦。
　　　　什么? 明天是九月十八吗? 那么，今晚上是没有法子可以睡啦。游击
　　　　队的消息真灵通。（想了想，按着铃，按了好一会儿，没有一个人来）。
　　　　妈的，这些家伙睡得像死猪一样的。（立了起来，走至门边，开了门，
　　　　把头伸到门外去，叫着）。王三! 王三!

内　声　什么事? 队长!

队　长　妈的，睡得死猪一样的，赶快去把刘分队长叫来，说有要紧的事。

内　声　是。

队　长　（回到桌边，坐下，拿起公文来再看了看）。妈的!（把公文丢在一边，
　　　　顺手拿过一支香烟，吸着）。

　　　　（舞台上静寂了好一会，刘分队长上）

分队长　队长! 有什么要紧的事?

队　长　刚才顾问有公文来，说是今晚游击队又要向我们这里袭击，要加紧戒
　　　　备，如果有什么可疑的人，都给我抓住了送到这里来。

分队长　是。

队　长　赶快去!

分队长　是（下）。

队　长　（看着分队长出去了，立起身来，伸了伸腰，又坐下去，拿出他的手枪，把手枪里的子弹拿出来，看看只有两颗了，于是又拿出几颗子弹，装到手枪里去，放在手里玩着，就在这时候，远远地传来了流亡曲第一部的歌声，歌声是非常地悲惨的，他呆呆地听着，听着，当歌唱到"九一八、九一八，从那个悲惨的时候"的时候，他慢慢地立起来，眼睛望着壁上的日历，把手枪放到桌子上去，用手去撕下了一张日历来，在那日历上面立刻就出现了"九一八"三个血红的大字，他呆着了一会，于是再向着窗边走去，把窗子打了开来，月光从窗外射了进来，他望着月光，听着歌声，他悲痛地按不住他的情感，流下了眼泪，一直到了歌声唱到最后一句："爹娘呀！爹娘呀！爹娘呀！什么时候才能欢聚一堂！？"他也悲痛地跟着唱了起来。于是一切是死一样的静止了，他痛苦地望着天空的明月，悲痛地，几乎要哭出来了，他慢慢地回到桌子旁边，坐下来，叹了口气，又无限悲痛似的合上两眼）。

（这时舞台上的灯光也就慢慢地暗下去了，景象是更加静寂，更加凄惨，没有一点声音，约半分钟过，那白布后面突然灯光亮了起来，继之，那白布上现出了影子来，那影子是：一个女人抱着一个孩子来吃奶，突然一日本强盗冲了进来，女人看见了骇极，日本强盗就向女人扑过去，抢夺女人手里抱着的孩子，女人不肯放手、挣扎，孩子终于被日本强盗抢去了，用力地把孩子往地上一摔，女人向日本强盗扑了过去，日本强盗抱住了女人，把女人的衣服脱了下来，要强奸。这时，一个老太婆进来，向日本强盗扑了过去，抱住了日本强盗，日本强盗把女人一推，女人跌了一交，回转身去捉住老太婆，拔出身边的刺刀，对准老太婆刺去）。

队　长　（就在这时候，跳了起来，向白布上扑过去，叫着）：妈妈！

（幕后的灯光立刻就暗了，影子也不见了，随着舞台上的灯光也回复到先前的原状）。

队　长　（望着那块白布，失望地、悲痛地、愤怒地、伤感地把两手捧住了头。继之，又把两手伸向天空，痛苦地叫着）：妈妈！已经七年了，我真太对不起你老人家呀！在这七年里头，我不但没有为你老人家去报仇，相反地还做了仇人的刽子手，杀死了许多自己的同胞。妈，我是太不孝了，妈，可是我又有什么法子呢？妈，你能原谅你的孩子吗？妈！

（颓然地又把两手捧着头）。

（舞台是整个的坠入到悲惨的境地了，约一分钟，门外有敲门声，这才把队长从梦中惊醒过来）。

队　长　谁？

门外声　我，队长！

队　长　进来。

伪　兵　（推进门。）报告队长，抓到一个可疑的人。

队　长　什么地方抓到的？

伪　兵　就在我放哨的地方。

队　长　把他带进来。

伪　兵　是。（下）

（伪兵下去，一会儿带着一个青年上）

队　长　（看着青年的样子，很像是自己的弟弟，非常的惊奇。）你叫什么名字？

青　年　（不响，把头回了过去。）

队　长　你说，你叫什么名字？

青　年　有什么可说的，你要杀就杀吧！

队　长　（听到了声音，更加奇怪，因为这声音是完全像他弟弟的声音，于是转对伪兵）你出去！

伪　兵　是。（下）

队　长　（立了起来，走到青年的旁边，轻轻地说着。）喂，你是不是叫张国华！

青　年　既然晓得我是张国华，就算了，有什么好问。

队　长　弟弟，是你呀！（伸手去握青年的手。）

青　年　（把身转了过去。）谁是你的弟弟！

队　长　你不认识我么？弟弟！

青　年　谁认识你。

队　长　你真的不认识我么？是的，我们已经有七年没有见面了，足足的七年了，那时候你才只有十五岁呢？难怪你是会忘记了的。

青　年　……

队　长　弟弟，你连张国强这个名字都记不起了么，怎么，你说呀！

青　年　哼！哼！张国强，我早就晓得你是张国强，好一个无耻的张国强！

队　长　弟弟……

青　年	谁是你弟弟！告诉你，我也没有你这样的哥哥，一个卖国做汉奸的哥哥，不要脸的东西！
队　长	弟弟，我真太对不起你了，请你原谅我吧！
青　年	有什么对不起我，要我原谅什么，既然今朝被你捉到了，你要杀就杀，要怎样就怎样。
队　长	不要误会我的意思，弟弟，我们到底是亲兄弟呀！为什么要这个样子呢？
青　年	还有什么话好讲呢，从前你是我的哥哥，我是你的弟弟，并且也是非常亲爱的兄弟。可是，现在不是啦，现在，你是伪满军的队长，是日本皇军的走狗。而我呢，我是你们的俘虏，是你们的阶下因，再也不是你的什么兄弟啦。
队　长	你真是这样的忍心么？弟弟，连自己的亲兄弟都不承认了么？
青　年	哼！哼！忍心，是谁忍心，自己的孩子给日本人杀死了，自己的妻子被日本人强奸死了，妈妈被日本人用刺刀刺死了，这些，你难道都忘记了么？假若，你还真有一点良心的话，还会去帮助着自己的仇人——日本帝国主义来惨杀我们的同胞么？来……
队　长	不要再说下去吧！弟弟，我心里难受死了！
青　年	哼哼，心里难受死了，不要再假装这许多鬼样子，老实告诉你，你想从我嘴里得到游击队的消息，给你去升官，那只是做梦！
队　长	弟弟，我没有这样的意思，你相信我吧！
青　年	相信你，哼哼！相信你！
队　长	弟弟……
青　年	我不愿再看到你这样的脸孔了，赶快的杀了我吧，告诉你，我是一个游击队，是一个专门和日本强盗捣蛋的游击队，是一个专门和你们伪满军作对的游击队。
队　长	弟弟，你太不了解我的心吧！
青　年	我怎么会不了解你的心呢？我晓得你的心是一颗汉奸的心！
队　长	到现在你还不能原谅我，还不能了解我，弟弟！（内心非常地难受。）
青　年	我们没有什么话可说的了，我们始终是一对仇人，你不杀死我，我就要杀死你。现在我是你的俘虏，就杀死了我吧！
队　长	弟弟，你真的要把我们亲兄弟认为是一对仇人么？我晓得这错误不是

　　你，而是我，我不应该忘记了杀母、杀妻、杀孩子的仇恨，还要帮助
　　着仇人来杀我们千千万万的同胞，甚至是自己的亲兄弟。弟弟，我的
　　罪是太大了，我是再也没有脸孔生存在这世上了。（拿起桌子上的手枪）
　　弟弟，这是一支手枪，现在我把它交给你，请你杀死了我吧，杀了我
　　可为着我们的妈妈，你的嫂嫂和你的侄子报仇！为着千千万万的被惨
　　杀同胞报仇！

青　年　……
队　长　弟弟，拿着呀！
青　年　……
队　长　（把手枪送到青年的手里。）
青　年　（手里握着枪，心里和先前是完全不同了。立在那里呆望着队长。）
队　长　把枪向我瞄准！
青　年　……
队　长　瞄准呀，弟弟！
青　年　（听到了枪声，突然清醒过来。）哥哥！……
　　　　（一颗子弹从窗口飞了进来，恰巧打在青年身上）。
青　年　啊唷！（倒地昏了过去。）
队　长　（看到自己的弟弟被子弹打中了，悲痛欲绝，就扑到弟弟的尸身上去
　　　　痛哭。）弟弟，弟弟，我杀死了亲爱的弟弟了，弟弟，弟弟，几年来，
　　　　我做了天大的错事了，我真太对不起你了，弟弟，弟弟，我不能为妈
　　　　妈报仇，还帮着仇人来杀死自己的亲弟弟，唉，弟弟，弟弟，你醒醒
　　　　啊！
　　　　（这时伪兵上。）
伪　兵　（喊着）报告队长，报告队长！
队　长　弟弟，我太对不起你了，我太对不起你了，你能原谅我吗？弟弟！
伪　兵　报告队长，报告队长！
队　长　（听到了伪兵的声音，仰起头来。）
　　　　你吵什么？你……你……（立了起来。）
伪　兵　报告队长，游击队打来了。
队　长　（逼向伪兵。）什么？你打死我的弟弟！你……你……
伪　兵　（见势不对，逃下。）

队　长　你，你这强盗，你这日本强盗，你强奸死了我的妻子，你杀死了我的
　　　　儿子，你刺死我的妈妈，现在还来杀死我亲爱的弟弟！你这强盗！（走
　　　　至门边，又回转身来，跑到弟弟的尸身旁边，俯下去。）弟弟，弟弟，
　　　　你醒醒吧，我亲爱的弟弟，你现在了解我了么？弟弟，弟弟，我为你
　　　　去报仇，为着妈妈去报仇，为着妻子去报仇，为着千千万万的同胞去
　　　　报仇！弟弟，你醒醒呀，再看我一眼吧！
　　　　弟弟，弟弟，唉，弟弟，你安睡吧！现在我为你去报仇。（拿起地上的
　　　　手枪，向门边走去，走至门边时，又回转头来望着地上的弟弟。）弟弟，
　　　　你好好地安睡吧！我去拿着敌人的头来祭奠你！
　　　　（于是向外面冲了出去。）
　　　　（这时舞台上静寂了一会，外面枪声更响。）
声　　（从外面传来。）同胞们！我们都是中国人！我们不能忘记了我们的父
　　　　母是谁杀死的？我们不能忘记了我们的妻子是被谁强奸死的？我们不
　　　　能忘了我们的房屋财产是被谁掠夺去的？同胞们！我们不能忘了这些
　　　　耻辱仇恨！我们再不能帮助着我们的仇人——日本强盗来杀我们的兄
　　　　弟姊妹！我们现在立刻就反正，我们掉转枪头来，对准日本强盗杀去！
青　年　（慢慢地清醒过来，听到外面反正的声音，非常地兴奋，忍痛地挣扎
　　　　起来。）哥哥！……（于是又慢慢地倒下地去。）（在这时候，幕也就徐
　　　　徐地下，在幕后还有呐喊声：中国人不打中国人！把枪头都对准日本
　　　　强盗杀去！打倒日本帝国主义！中华民族解放万岁！最后喇叭吹出了
　　　　冲锋曲。）

　　　　　　　　　　　　　　　　　　　　　　　　　　　　　　剧终

载 1939 年《大风》（三日刊，后改周刊）（金华）113-114 期合刊

《夜半》（独幕剧）载 1939 年 12 月《大风》（三日刊）后改为周刊金华版

享乐的人们

□ 夏野士

人物

父

子　刘耀明

媳　依琴

女　刘耀英

小王　朋友

仆人　周富

第一场

布景

一个中产阶级的小客厅，装饰非常华丽，后方有门一，通内室，右前方有门通外面大门，左后方有窗一；台中略靠右方有一双人沙发，沙发前放一小圆桌。窗前有茶几椅子一套，壁上挂有油画数幅，室中并有衣架，香烟架等用具。

时间

约晚上六时许，开幕时，耀明坐在沙发上读报，依琴盛装从后方门上，口中吸着香烟，手里拿着皮箧。

明　（听得门响，回过头来望了她一眼，放下报纸。）你就去了吗？

琴　（瞧了瞧手表）还早呢，现在才六点多一点，耀明你再给我四十块钱吧！

明　什么？你又要钱了，上个星期你不是拿去了五十块钱吗？

琴　（吸了一口烟）嘿！五十块钱，那算得什么？打一场牌输赢还不止这一些，你自己呢？今天回力球，明天跑狗场，什么总会，什么公司……一掷千金，眼睛一瞬，几百块钱就断送了，自己不算上一算。今天问你要几块钱，又是这样推三阻四的。……

明　不，不是不给你，你自己想一想，最近一年来，自从我们家里搬到上海后，你用掉的钱也不止几百了！这，给父亲知道了，每月亏空这许多钱，可不是玩的，可是你在故乡的时候，不见得每个月都花费这许多数目倒也平平稳稳的过去了。

琴　此一时，彼一时，还说什么呢？那个时候应酬少，当然花不了这许多钱！

明　但是，依琴，你得明白，好不容易我找到这个职位，每个月进款也不过百来块钱，然而，上个月你的服装费，就花去了大半，什么交际啊！应酬啊！都得问我要钱，叫我从哪里来这许多钱给你花？

琴　得了得了，我说了一句话，倒引起你这么唠唠叨叨一大套，亏你还有脸说这种话，你现在的职位还不是靠着我舅父得来的吗？交际，应该，也不是为了你吗？你自己又不出去应酬，每天只知道赌钱，什么"古巴龙"呀！"亚尔培地"呀！自己不管管，倒要来说我。你想，我出去，也有我的道理，今天经理请客，明天主任请客，都是我舅父的几个好朋友，不去吧，好像不给人家面子。……　上海比不得内地，如果不去和他们这一班人周旋一下，说不定你这位置给人家钻了去，你得知道，不是我舅父的面子大，不是靠我舅父的介绍，谁会让你做这管钱的好位置，不够用，尽可以暂时移借一下。……你不给钱我，那也不要紧，我不去应酬，让我去，看你这位置做得长么？

明　好了，我听你的教训好吧！就是我只有百来块钱一月，怎能和他们经理主任相比呢！你出去应酬，谁叫你去花钱？

琴　花钱？谁替你多花了钱，跳舞场也难得去玩玩，打打小牌，输赢总是有的，就是请客吧，上馆子，看电影，难道天天白吃了人家，白用了人家，自己一次也不拿出钱来吗？我没有这么厚的脸皮！

明　好了吧！太太，请你不必再噜苏了吧，难道天天晚上出去，都为了应酬吗？自己也贪着玩罢了，我可不来管你，爸爸时常在说，他懊悔逃难搬到上海来的，把我们都学坏了，他说早知道这样，死也情愿死在乡下。

琴　你相信他的话吗？他老了他懂得什么？他早就不合潮流了，在这社会上，尤其在上海，那样少得来应酬，他只知道挣钱，买地皮，造房子。现在呢，房子也烧了，地皮也给人家毁了，钱也用得差不多了，倒不如我们有几个钱花几个钱，这样图个目前的快乐再说。

明　但是，琴，你不应当这样说，如果父亲不积下几个钱，现在也恐怕不能过这样安适的日子吧？并且，我也用空了他不少的钱……（稍停）这几天我的手气太不兴了，前次总会里输了一场牌九，约摸五百块钱，这几天回力球又输了五百块，连上个月输的，亏空的，已有四五千了，现在手中还剩一千块钱，你先拿五十块钱去用吧！（摸出皮篓，数了五十块钱给依琴。）今晚再到大利公司去一次，如果继续赌着上两次，不是就有一千多块钱弄回来，至少行里亏空的总可设法补上一些回去。

琴　行里你亏空了多少！

明　大约二千多块钱。

琴　嘿！你倒好！别人知道的没有？

明　小王他知道的。

琴　那太不稳当，如果他告诉了经理那怎么办？

明　那——恐怕不会吧！

琴　这也说不定，况且他又是张主任的亲戚。

　　（耀英从左方门出，口中哼着舞场中流行的调子。）

英　嫂嫂，你还没有出去吗？

琴　我就要去了。

英　今晚是不是经理太太请客？

琴　（点了点头）是的。

英　嫂子，你昨天不是说过吗？请你教我跳最新式的"勃罗司"舞是怎样跳的，是不是右足退后，再转一个圈子。……

琴　哈哈，好妹子，你要疯啦！怎么每天都想学跳舞，你要学，你叫你的好朋友王先生教你好了。

英　好嫂子，你非但不教我，反而打趣我，我可不依……我可不依（天真地走上前去，想打依琴）喔？我记起来了（向门外）周富。周富，你来！

　　（仆人周富从右方门入）

富　是，小姐，有什么事？

英　你把这定单拿去（把定单给周富）到中国服装公司去看看，我的那件新装做好了没有，钱已经付了，你快些替我拿来了，今儿晚上穿了要出去呢！

富　是！（下）

明　（向耀英）又要出去，到哪儿去？

英　前天王先生约我到大福利去吃晚饭，再到白宫舞厅去跳舞。

明　（瞪了耀英一眼）嘿！女孩儿家，成天成晚的贪着玩，跳舞，溜冰……父

　　　亲在骂呢！

英　又不是我要去，王先生约我去的。

明　王先生约你去，你不去好了，腿生在你自己身上的。我问你，这新装是谁替你做的，父亲是决不会做给你的，我这里也没有给过你钱……

英　是王先生替我做的。

明　嘿！你也太不懂事了，你别以为小王是好人，当心受他的骗，我想，你还是少和他来往为妙，今天你不要去了吧！

英　不，哥哥，我要去的。

明　你去，我告诉爸。

英　（黯然不乐，轻轻地说。）你告诉好了，我去了再说，王先生本来是你的朋友，嫂子出去你不管，倒来管我。

琴　你们说话不用提起我，我不用你管。

英　（怒）我也不用你们管！

明　妹妹，你火气太大了，我并不是不让你去，年纪轻轻的女子，意志薄弱，往往听信了人家的花言巧语，不由得心不由主的跟着别人走，可是结果又受了人家的骗，一失足成千古恨，酿成了一幕悲剧，像这种事社会上不知有多少，你别看小王面子上讲得甜蜜，他是情场上的老手，心眼儿顶坏的，如果他不是主任的亲戚，谁愿意去巴结他。

英　不去就不去好了。（哭）我又不是小孩子，不用说这种话推托。
　　　（赌气走到椅子上坐下，两手伏在茶几上哭着。）

明　（叹气）唉真没有办法。

琴　好脾气！
　　　（少停，周富上，手中拿着衣服的纸匣）

富　小姐，衣服已经拿来了，外面有位王先生要找少爷。

英　（哭着说）不要了，不要了，谁要穿这种衣服！

明　周富，你把衣服搁在这儿（指茶几）去请王先生到这里来坐坐。

富　是。（下）
　　　（周富把门推开，王先生入）

王　老刘。你没有出去吗？啊！嫂子也在。

琴　是，王先生你请坐吧！
　　　（耀明敬烟，周富送上茶）

王　（坐下）嗳，嫂子，你今天不去了吗？

琴　去的，停一会儿我就走了，经理太太的面子，我怎能不去呢！

王　是的，现在时候还早，刘嫂子的面子也不小呢！经理太太请客不去也说不过去啊！哈……（回过头去，注意耀英）呀！刘小姐，你怎么一声也不响？

英　（止住了泪，不回答）

王　（向耀明）喔，老刘，今儿晚上我请令妹去用晚饭，再去跳舞……怎么啦？刘小姐，你怎么老是不作声，前天不是说得很好吗？

英　（稍停）哥哥不让我去。（说毕又哭）

王　嗳，刘小姐，你怎么还是这样小孩子脾气，你哥哥真的不让你出去吗？他是和你说着玩的（向耀明）老刘，对不对？我们是知己的朋友，好像自己人一样，你的妹妹就是我的妹妹，难道我会把她卖掉了不成？哈……

明　不过，老王，我倒没有什么关系，我父亲时常在说她，我看还是不去的好！

英　你听见吗？王先生，我不要去了，我也不要去了。（走过来顺手把衣服的那个纸匣推在地上，一面哭一面入内。）

王　唉！何苦呢？这不是前次去定制的新装吗？唉！又弄脏了！（走去把衣服拾起放在桌子上）

琴　让它去好了，王先生，你瞧，女孩儿家生成这副好脾气，我走了，我可受不了这种闲气再见！（从左首门出）

王　嗳！老刘，你怎么啦？年轻的人总爱玩玩的，像你也喜欢这么一手儿做个输赢，她也喜欢听听音乐，跳跳舞，这也不错呀！老刘，你想对不对？

明　但是，女孩儿家跟了男人在外面玩给人家见了说出来那不是太不好吗？

王　哪有什么关系，现代的女子，应当出去多多交际交际，难道再把她关在闺房里头吗？况且令妹又是聪明伶俐的，真的怕我骗去了不成？哈……喔！再有一桩事想和你说一说，你不是私用了公款？

明　是的，你不是已经知道了吗？也不过是二千多块钱。

王　可是，知道的不止我一个，不知是谁放了风，经理也知道了。

明　什么？经理也知道了？我不相信。

王　难道骗了你不成，他还让胡主任调查一下，不过。这还好办，胡主任不是我的亲戚吗？我可以设法疏通一下。

明　如果查了出来，那不是我的位置要丢掉了吗？

王　（冷然）不单这样，也得尝尝铁窗风味哩！

明　那怎么办？

王　怎么办？我想，这还是容易的事。

明　那末，一切都托你想法好吧！你是我最知己的朋友，将来我重重谢你。

王　那还用谢吗？这一些些小事还记在心上干吗？不过，今天晚上我不知怎样去消磨它才好，我本想和令妹一同出去玩玩的，可是……

明　这样吧，我还是让我妹妹和你出去。不然，好像太不受抬举了。可是早一些回来，父亲又要多说话了。

王　这才对了，嗳，你们的仆人呢？喔！周富！

富　（从右首门入）是，谁叫我。

王　喂！周富，你把这衣服拿给小姐，说少爷叫她和我一块儿出去。

富　是！（拿纸匣从后方门出）

明　老王，我问你，行里用空的款子该怎么办呢？

王　不过，我想！总得设法弥补一下，只要他查过了账那就好办了。

明　可是我哪里有这三千块钱，有了，我也不会私用公款了。

王　让我替你想想法子吧！

明　（沉思片刻）我想，这样，今晚我到大利公司去拼上一拼，如果真没有办法，那再向你借三千块钱吧！

　　（周富从后方门入）

富　小姐就要来了，王先生，小姐好像很高兴的样子。

明　不跟你多说，你快出去吧！（周富从右门下）

王　真的，令妹真可爱，又活泼，又天真，我从来没有看见过这样温柔的女子，又会唱歌，又会说话，哈哈哈！

明　（苦笑一下）听说你不是已经结婚了吧！

王　嗳，你怎么又讲这种不合时代的话了，难道结了婚的人就不该有这么一位漂亮的女朋友吗？

　　（耀英穿了刚拿来的新装，脸上涂着脂粉，跳跳跃跃入内）

英　（天真而快乐地）哥哥，哥哥，你不是让我去了吗？

　　（点了点头）

英　哥哥，你瞧，这件衣服做得很配身吗？晚上出去穿着很漂亮呢？（一手拉着衣角，把身子旋了一个圈子）

王　真漂亮，真漂亮，脸蛋儿又生得美丽，穿什么衣服都好看的，今晚到跳舞场去，人家看见了一定会注意你。你真像草丛中仅有的一朵美丽的鲜花，群星中的一颗明月，天上的安琪儿……

英　得了吧！得了吧！别做诗了。哥哥，我刚下来，好像听得父亲的声音，他怕也就要下楼来了。

明　你们快走吧！停一会他来了又麻烦。

王　好，刘小姐，我们就走吧！再见，老刘。

英　我们去了，哥哥。

明　你自己留意一点，早些回来。

英　那没有关系，我又不是小孩子。

　　（小王和耀英从右首门出）

明　（站起身来，在室内徘徊走着）怎么办？怎么办？父亲那儿用去了五千块钱，还没给他知道，行中又亏空了三千……

　　（听得外面有脚步声，忙停止说下去，父上）

父　少奶奶又是谁请去吃晚饭了吧？方才我看见耀英穿了漂亮的衣服走下楼，又是那个姓王的小子约她出去玩了吗？

明　是的，今晚经理太太请客，依琴去赴宴去了。妹妹是王先生请她出去的。

父　我也管不了许多了，依琴是你的妻子，随你的便，可是耀英年纪还轻，跟了男子出去成什么体统，我不知跟你说过多少次了，你总是当作耳边风不理会我，终有一天吃了亏，才知道我的话是金玉之言。……我老了，不中用了，你做哥哥的人，应当好好地管教她才好，不要把她引坏了。

明　是的，爸爸，我也这样想过……

父　再有，你现在挣了百来块钱一月，可是一个钱也没有拿回来，家里的开支，那一样不是靠着我以前的几个接济，但是坐吃山空，现在什么东西不涨上好几倍还不节省一下，只知道把金钱滥用，看你们还得多少好日子。

明　爸爸，话不是这样说的，譬如今天经理请客，叫依琴不要去，那不是看不起人家了吗？至于英妹，她自己情愿和他做个朋友，不关我什么事，她也十八岁了，不致于会上他当吧！

父　朋友，我从来没有感觉过女人和男子做朋友的。（稍停）嘿！说什么应酬，我也五十多岁的年纪了，也做过一番事业，也挣过一点钱，并不天天出去应酬，也不叫妻子妹妹去陪客，倒也安安逸逸的过去了。……

明　……

父　还有，我听得一些风声，说你爱赌钱，亏空了不少，有这样的事么？

明　赌钱是有的，可是也难得陪朋友去，钱没有亏空。

父　这——我不相信。

明　（看钱）不相信也罢，我要出去了，有话明天说。

父　你到哪儿去？

明　有一点事。

父　恐怕去赌钱吧？

明　爸爸，请你不要问我。

父　（稍含怒意）什么？我不能管你吗？一天到晚家里走得一个人也不在，那还成什么样子。

　　（耀明不作声，拿起了大衣帽子，很匆忙地从右首门出）

父　（望着门）岂有此理，越大越变了，连得父亲也要不认识了，好吧！你去吧！看有什么好结果。（幕下）

第二场

布景

　　同上。

时间

　　翌日清晨

开幕时台上无人依琴从后方门上，不涂脂粉，精神疲倦，像昨晚尚未睡醒。

琴　周富，周富。（周富从右门上）少爷回来了没有？

富　不在楼上房里吗？

琴　不，没有。

富　那恐怕晚没回来吧！

琴　蠢东西，你怎么这样糊涂的。

富　是，少奶奶。

　　（依琴往来走着）。

琴　（自言自语）为什么还不回来呢？往日他从没有在外面过夜的，难道他睡在朋友家中吗？不，不会的，他总得回来关照一声。……喔！我明白了，一定他外面又有了女人。一定的，不想回来了，非给他看点颜色不可。（向周富）周富，你知道少爷外面有女人吗？

富　大概没有吧？

琴　你每天看见他进出的，难道一点也不知道吗？

富　不，一点也不知道。

琴　本来，像你这样蠢，他也不会告诉你。

富　是，少奶奶，你也不必问我。

琴　不许多说，去！（周富下）

父　（在门后）少奶奶，少奶奶，耀英回来了没有？（父上）

琴　爸爸，英妹妹没有回来，明哥也没回来呢！

父　真该死，女孩儿家深更半夜还在外面，连得睡觉也不回来了。（焦急）女孩儿家，女孩儿家还没有婆家呢！怎么可以在外面过夜真要命，一有了错误还了得，说我没有家教，连我的名誉也坏了。

琴　我想，爸爸，大概不致有什么错误吧！

父　你知道？你懂得什么？昨晚是同那个姓王的出去的，一夜不回来……我只有这么一个女儿，唉不要她了，永远不要她回来！她还有这脸来见我！……

琴　焦急什么呢？她又不是小孩子，等她回来了再说吧！可是——明哥也没回来呢！

父　我不管他，他现在长大了，眼睛里也没有我这样一个穷父亲，耀英也是她引坏的，他是罪魁祸首。（稍停）昨晚你什么时候回来的？

琴　还早，一点多一些就回来了。

父　没遇见耀英吗？

依　没有，爸爸——明哥外面又有了女人了，他不要我了。（眼圈微红，像要哭的样子。）

父　胡说，我问你耀英的事，你怎么说到耀明了。我问你，凭什么你知道他又有女人呢？

琴　他昨晚没回来！

父　平日他什么时候回来的。

琴　他不到两点钟就回来了，没有不回来的。

父　那没有什么，也许有什么事情。

琴　不会的，这几天我就看他心神不定似的，他一定不要我了，他一定有了别的女人。

　　（依琴哭着，摸出手帕揩眼泪）。

父　嗳！你太胡闹了，你也要麻烦我吗？真要命，真要命，我的脑袋也给你扰昏了。……唉！让我休息一下吧！等一会耀英回来的时候就告诉我。（下）

琴　是。

　　（稍停片刻，周富上）

富　少奶奶，少爷回来了。

　　（周富把门推开后，随即退去耀明入内，头发蓬松，酒喝得大醉，站也站不住的样子，摇摇摆摆地走进来，走至椅子旁，颓然坐下）。

琴　怎么啦？昨晚到哪里去的？整夜不回来，你瞧又喝了酒了。

明　唔！

琴　我知道，你外面又有了女人，把我忘掉了，你还想到回来吗？（说毕又哭）。

明　哈哈，女人！女人！什么都完了，还要女人！哈！

琴　昨晚到底在哪儿？

明　还不是告诉过你吗？在赌场里。

琴　你骗我，从赌场里出来后，你到哪里去了？

明　谁来骗你，谁有功夫去玩女人！

琴　那末，你又输了吗？

明　不输？不输也不会这时候才回来了。……我出了赌场，又喝了整夜的酒，真爽快，醉了真爽快，什么事——都能忘掉了……

琴　那你输了多少呢？

明　五千块钱，带去的输了不算，又亏空了人家三千。我本来就想走的，可是输了想翻本，哪知道输掉这末许多的。

琴　你那儿来这许多钱去赌。

明　父亲那儿拿的。

琴　你输了这么许多的钱，不想想将来怎么办吗？

明　将来？现在的日子过一天算一天，谁会想到将来呢？

琴　喔！还有一桩事要告诉你，英妹昨晚同小王出去后，到现在还没有回来呢！爸爸焦急得了不得。

明　我不管，我疲乏极了，让我去睡一会吧！

（站起，打呵欠，欲入内。）

琴　你为什么不管？……

　　（耀英蓦地入内，头发蓬乱，隔夜的脂粉尚在。走入后突然倒在沙发上，
　　大声哭起来。）

琴　怎么了？英妹。

英　（不作声，仍哭）

明　（惊异地大声问她，酒醒了以后。）你说，你说，谁欺侮了你？是不是小王？

英　（抬起头来点了点头）

明　你和他吵了嘴不成？昨晚到哪儿去了来？

英　不，没有。

琴　英妹，你有什么委屈，说给哥哥听，哥哥会替你作主的。

英　喔！不……我怎能说得出口呢！喔……

　　（父推门入，但各人都没有注意。）

明　小王对你有什么举动吗？

英　……好，我告诉你们吧！他——他昨晚把我灌醉了……

明　把你——灌醉了？

英　是的，趁着我糊里糊涂的时候，我说要回去了，他却把汽车送到旅馆里，
　　让我睡在床上，他就……（悲泣）

明　好，这小子他竟欺侮你吗？这——人面兽心的东西，我去……我去找他。
　　（耀明站起，头晕状，又倒在椅上。）

琴　（扶他）你瞧，你喝得这样醉了，该歇一会儿，等一等再说吧！

英　（继续说下去）……今天早上醒来的时候，我明白了，他还对着我冷笑，
　　我愤怒极了，穿好了衣服，我要出去，他却拦住了我，被我打了两记耳括
　　子，我就逃了出来。……谁想不到他平时待我很好的，现在却来欺侮我。
　　我听得他还在说，叫我留意些，再要把你做的事报告经理。

明　（苦笑）哈哈，那没关系，难道我怕他不成！

英　（稍停回过头去，一眼看见了站在门旁的父亲。）啊！爸爸，（跑上前去，
　　抱着父亲的手臂又哭。）

父　（冷笑）嘿！我都明白，你们不听我的话，现在干了好事，我早知道，年
　　轻轻的姑娘，怎么可以跟着男子出去玩。（大怒）你替我滚，我不要你这种
　　女儿！

英　（哭着说）爸爸，爸爸，你——你饶了我吧！

父　我不认识你，你还有脸来见我，你这败辱家风的女子，你给我去死，我不要见你。（把她推在地上。）

英　好！（愤怒，爬起，向内室走去。）

明　（问依琴）依琴，你去看看她！（依琴下。）

父　（怒气未息）本来，闹得太不成话了连得晚上也不回来，瞧！有什么好结果，都是你交的好朋友。

明　谁知道。（无力地抬起头来。）爸爸，这不能怪我。

父　不能怪你？还不是你的朋友，是你介绍的吗？……我问你，昨晚你到哪儿去过，又是赌钱输了吗？

明　唔。

父　你总是瞒着我去赌钱，把钱都输完了；问你，又说是应酬应酬，你说，输了多少？

明　也不必瞒你了，不多，也不过五千块钱。

父　什么？不多，五千块钱，好大的眼界，那不是要几年的薪水吗？你昏了，你昏了，你怎么把钱看得这样轻，看你怎样去还给别人。

明　嗨，连以前的还不止呢！

父　你从哪里来的这许多钱？

明　好吧！完全告诉了你吧！是你那儿拿的，其余亏空的也有。

父　我这儿拿的，你把我的存款拿去用了吗？（大怒）你简直是浑蛋，你不想想，我要靠着这些钱活命的，叫我以后怎样过日子，你真要我的命哩！……（气喘）

　　（周富入，手中拿着封信。）

富　少爷，这儿有人送来一封信。（把信交给耀明，即下。）

明　（接信看了一会，把信撕碎。）哈……

父　是谁给你的信，快说，有什么事？

明　（冷冷地）经理的信，有什么事！用空了钱！

父　什么？用空了钱，用空了行里的钱吗？多少？

明　不过二千多一些。

父　这封信是问你要钱的吗？

明　是的，信上说，如果不马上还给他们，要把我带进捕房哩！这不是太笑话了吧？一共只有二三千块钱……（无力地）我知道，准是小王捣的鬼，除了他以外没别人知道，一定是吃了英妹的亏，他去报告的。

父　你——你太混账，私用了我的钱，还要用空行里的，好！我管不了你，你太能干，你年纪还轻，你不想想你的地位，（大声）不想想将来的生活吗？

（依琴忽然奔入，手中拿着一张纸条。）

琴　你们看见英妹吗？她到哪里去了？

父　她不是到楼上去的吗？什么事？

琴　不好了，她走了！

明　走了？什么地方去了，你不是和她一块儿上楼的吗？

琴　是的，我同她上楼以后，劝了她一会，看她卧在床上不哭了，我才回到自己房里，停了一会，我再去看她，她已不在了，桌上留着这张纸条，说不定她从后门出去了。

父　（接过纸条阅读）她，她走了，也许！她自杀去了，快，快去找她，周富。

（周富入）

富　什么事？老爷。

明　（忽然大笑）哈……我害了她，（大声）我害了她……（发疯）好，小王你这人面兽心的东西，我——我要你的命……

琴　明哥，明哥，你怎么啦？

明　哈……（依琴把他扶在椅上。）

父　耀明，耀明你发疯了！

明　二三千块钱，有什么希罕，我有的是钱，我赢几万给你看？……（稍停）哈……（突然站起）英妹，我害了你，我害了你，你哪儿去了，我要找你，我同你一块去，（大声）我同你一块去。（说毕，狂奔出外。）

富　少爷，少爷。

琴　明哥，明哥。（跟着狂奔下。）

爷　喔！天哪，天哪！（把手击着自己的头，无力地倒下。）

富　（惊慌）老爷！老爷！

——幕急下。

载《戏剧杂志》第 3 卷第 4 期（1939 年）

海的怒潮

（战地短剧）

□ 夏野士　周苏

地点

浙东海滨的一角

时间

抗战期中

人物（以出场先后为序）

车夫老李

汉奸

船夫甲吴二　乙吴三（兄弟俩）

渔夫甲大虎

乙

丙

丁

戊

布景

在舞台的右侧面，有一座大山，因为受舞台地位的限制只能看到山的一部分。山麓下，有一岩石矗立着，高度仅占山之三分之一，山上下有树木草丛，山后有一小路横贯在舞台的前面，这是到××去的一条必经之路。一边是海滩，海滩上满布沙石。在岩的后方，现出了敌舰的烟囱顶部，及桅杆，灯塔照下，日本旗随风舞着。向海的远处望去，隐隐地现着许多山岭，因为被晚雾笼罩着，看上去有些模糊。

幕启

开幕时。舞台上寂静无人，只有节奏的海浪声，被一阵阵的海风吹送到岸上来。天空，泛现出了金黄色的晚霞余光，因为太阳已快跌进山里去了。片刻，只听见从山的那边小路上，有辘辘的车轮声，由远而近。同时，在岩石的后方，有两人坐着一只小船，正向岸边靠拢。这时有一辆独轮车，从山后推出。在车夫的背后，跟着汉奸上。

车　夫　（在岩石前停下堆满货物的独轮车，拭着汗）唔，好远的路！

汉　奸　二十六里路算什么，好了，现在总算到了，找只小船送去就完事。

　　　　（这时船夫甲乙两人捅着鱼网及鱼篓等用具，走上岸来）。

汉　奸　两位朋友！能不能够帮我点忙，将这东西送一送？（指着独轮车上堆着的那些物件）。

船夫甲　（缩回脚步，回头看了他一眼，又向那车上看过去）。你们要我给你送到哪里去呢？

船夫乙　（不待汉奸开口，抢先说），大哥！天快黑了，我们还是早点回家吃饭吧。（二人转身欲去）

汉　奸　（恳切地央求）两位老大哥，请你们无论如何都得帮点忙，把我这些东西送到那边船上去。

船夫甲　是那儿船上！

汉　奸　（指着海中的那只日本军舰），就……就是那只兵船上。（面带笑容）

船夫乙　那不是日本兵舰吗？！

汉　奸　（刁滑地）那不……不是日本兵舰，（顿时换转语气）——是法国的兵船。我有个朋友在那上面做事，托我将这些东西送给他的。

船夫乙　（故意地）朋友！你的朋友怎么会到日本兵船上去做事呢？这真奇怪了，那桅杆上明明挂着太阳旗，你怎么说是法国的兵船呢？

汉　奸　（无言可答）……

船夫乙　（鄙视的态度）请你放明白点吧，慢说我们没有工夫，就是有工夫，我们也不愿给你送的。

汉　奸　（倔强地）不送就不送，说这些废话干吗？

船夫乙　什么废话不废话，我们不愿给你送，请你还是另找别人吧！（转身走了几步）。

汉　奸　（又喊住）两位朋友，我是有钱给你们的，又不是打你们的白差，难道说连这点小忙都不肯帮吗？

船夫甲	我们不要钱，我们没有工夫。
船夫乙	（向船夫甲）大哥！别跟他多说了，我们走！（边走边说）哼！他妈的，这家伙恐怕不是好人。
汉　奸	（乘机上前）站住！你在骂谁？
船夫乙	（恶感地）你管我骂谁！我骂那些不要脸的东西！
汉　奸	谁不要脸？你说！你说！
船夫乙	谁把东西偷偷地运给残杀我们同胞的敌人，就是不要脸的东西！
汉　奸	（回头叫车夫）老李，你站过来！他妈的，非得要问问他，谁不是东西，谁不要脸！
船夫甲	咦！你这个人，怎么像狗皮膏药似的，一黏就黏上了！人家说过没有工夫帮你送，难道你硬逼着人去不成！
船夫乙	（倔强地）老实告诉你，什么地方我们都可送，只有那兵舰上我们不愿送，你去找不要脸的汉奸送吧！
汉　奸	王八蛋！（顺手从腰中掏出手枪对住）你骂谁？
车　夫	（拦住汉奸，向船夫甲、乙）两位朋友！犯不着这样子，大家都是自家人有话好说！
船夫乙	谁跟你是自家人，他妈的！真是不要脸！
汉　奸	（威胁地）老李，让开！（逼近船夫乙）你骂谁？你送不送？
船夫甲	（胆小地）莫怪，莫怪，先生！我们并非是骂你的，用不着这样生气，我们给你送就是了。（屈服地向乙）老三，马虎一点吧，我们就给他送了去。（向汉奸）先生，我们给你送！
船夫乙	（勉强地随着船夫甲行动，内心里抑压着忿怒！）
	（这时车夫将独轮车推到岩石后方的海边去，将车上的货物都卸到那只小船上；小船不见，只有四个人搬移的动作。船撑开，划动，渐远，桨声，隐没……）
	（少顷，海中又有一只小船，向岸边划来，船上隐约可以听见有人谈话的声音，一忽儿，有五个渔夫，各自捎着鱼具走上岸来。当他们正欲向左边树林中那条路上走去的时候。突然"砰！"的一声枪响，接着是喊救命的声音，从海中传来，大家闻枪声，都停住了脚。）
渔夫甲	（机警地）哪儿打枪？（说着便跑上岩石去，向海中探望。你们来看，哎哟！那个人给打落水里去了，哟！你们看！快来看！（渔夫甲乙丙

丁一齐向海中探望）。

渔夫乙　（向渔夫甲）大虎！你看那个人不是向这儿游来了吗？

渔夫甲　（走下岩石，）是的，那个人是给打伤了的。

渔夫丙　把他救上来吧。

渔夫丁　对了，把他救上来，问问他究竟是怎么一回事。

　　　　（天渐暗，落日余辉也已收了去。渔夫们这时都走到岩石靠海的近处）

渔夫戊　（着急地）大虎！他游不动！你快点去用篙子将他拉上来！

渔夫乙　（怜悯地）我去，我去！（迅速地卷起了裤脚）大虎！你把那篙子递给
　　　　我，让我下水去啦！

　　　　（渔夫乙下水，甲亦热情地跟着去帮忙）。

渔夫乙　（将竹篙伸到海中）朋友！你再用力划几下！捏紧了我这篙子……你
　　　　捏紧了！大虎！你来相帮拉呀！

　　　　（渔夫甲，乙用力将水里人拉近，架上岸来）。

渔夫丙　（上前仔细一看）唔，这不是吴二的兄弟——吴三吗？

船夫乙　（呻吟）谢谢你们！

船夫丙　吴三，你怎么会被他们打得这个样子？究竟是怎么一回事？

渔夫甲　（同情地）唉！他伤得很重。

船夫乙　（按住创处呻吟，微声地）。嗯……那些强盗，真不讲情理，刚才，那
　　　　个跟车的，硬逼我们给他送……东西，到日本兵舰上去，……（呻吟）
　　　　起先，我不肯帮他送，可是那家伙（呻吟）便手枪对住我，咱二哥怕
　　　　惹事，便就答应了他，将那些东西都送到船上去，想不到走到半路，
　　　　（略停）嗯嗯啊……哟（剧痛）

渔夫乙　这些杂种！真不讲理！

渔夫丁　（向大家）你们看，吴三伤得这样重，我们赶快抬到树林里避风一点
　　　　的地方去吧！等会儿，那跟车的家伙转来，我们得问问他，要是他答
　　　　话不对，就跟他算账！

渔夫丙、戊　（船夫乙架向左边树林中路口走去）。

船夫乙　（呻吟地）那些强盗呀！那些日本的狗！

渔夫乙　听吴三的口气，那跟车的恐怕不是好人！

渔夫甲　哪儿会是好人呢！如果那家伙是一个好人，还会送东西给日本人吗！

渔夫丁　（若有所悟地）对了，那家伙一定不是好人！昨天上村刘太爷家里，

来了县里的差人，将他的侄儿抓去了，不是说因为他送东西给日本人吗？

渔夫甲 （惊奇地）怎么，刘太爷的侄儿怎么会被抓去？我看他决不会做这样犯法的事吧！

渔夫丁 哪有什么不会呢？人一黑了良心，就什么也想得出，做得到！只要日本人有钱给你，他便就和日本暗下里沟通，将桐油、茶叶等东西偷偷地运出去，卖给日本人。据说，日本人和我们打了这些时候的仗，现在枪弹，炮火都用得差不多了，所以就想利用那些汉奸，专门收买我们值钱的东西，运到外国去换军火，好来杀我们中国人。

渔夫乙 （长叹）唉！那就难怪了，上个月，听说县里还贴了告示哩。

渔夫甲 那告示怎么说呢？

渔夫乙 告示上说：桐油，茶叶，还有丝绸，这几样东西，都是很值钱的，每年可以运到外国去卖，换着很多的钱，这些钱，可以换得很多的飞机，大炮，机关枪，所以这几样东西，都是很宝贵的！希望我们老百姓不要把这些东西偷卖给日本，免得鬼子们拿去换了飞机来掷炸弹，炸死我们中国人！（稍停）县里现在对于这些东西查禁得很严，要是没有执照，查出了就要送去吃官司，当作汉奸定罪的。

（月亮渐高，海滩上一片灰白色。此时，由海中又划过来一只小船将要靠岸）

渔夫甲 （机警地）你们看！那边划过一只船来了，大概就是那打吴三的家伙！

（大家凝目注视）

渔夫乙 他妈的，一定得问问他，要是果然是他的话，非得跟他算账不可！我们一齐上前去吧！

（这时，小船已靠岸，跳下汉奸和车夫两个人）

汉　奸 （走上岸来，指挥着船夫甲）快点将东西搬下来。

渔夫乙 （勇敢地走近汉奸）朋友！你这船装的是什么东西？

汉　奸 装的是布，你问干吗？

渔夫甲 （逼近汉奸）我们要问，你这布是从哪里运来的？

汉　奸 你们问了干吗？管你们什么屁事！

渔夫乙 莫跟他多讲，搜他身上！（说着，将汉奸抱住，使他不及掏出手枪）

车　夫 （看看情形不对，偷偷地逃下）。

渔夫乙　赶快把车夫拉住，别让他逃走！

渔夫甲　（很快地把车夫拉回来）妈的，你要逃！

船夫甲　（听出是大虎的声音，狂喜）大虎！大虎！是你们么，好啦！莫放了他，他把我家的老三用枪打落在海里去了，莫放他，莫放他！

渔夫丙　啊！是吴二啦，吴二！你家老三已经由我把他救起来了，在树林里的避风的地方躺着。

船夫甲　快快带我去看看！没得危险吧。没得危……（说着从树林的方面走去）。

渔夫乙　吴二莫忙，你先告诉我们，吴三是不是被他开枪打的？（指着汉奸）。船上的布由那里装来的？

船夫甲　就是他开的枪，布是由日本兵舰上装来的，（向渔夫丙）快快引我去看我家吴三呀！（渔夫丙同下）。

汉　奸　（惶悚无语）。

渔夫甲　（先在汉奸外衣袋里搜查了一番，摸出一根手枪，和许多零碎的东西：皮夹，烟盒，火柴之类。最后，从皮夹里搜出了一封信，向乙。）喂！你来看看，这是一封什么信？

渔夫乙　（走拢去，接过那封信，读着：）什么？"烦交火神桥上村刘老先生"（再拆看里页，继续读着：）"兹有人送上花标布五十匹，请点收。茶叶三十袋已收到，望再继运。大日本……"紧捏了那封信，更严厉地对着汉奸。）他妈的，我说你不是好东西，你还要装腔！（转身对渔夫们）朋友们！这是汉奸！偷卖茶叶给日本人的就是这些不要脸的混蛋！上村刘老太爷，就是他们的头子。现在汉奸的证据已经有了，（高举着右手，扬着那封信），我们应该怎样处置他？

渔夫甲　送县吧，送县，送到县里去办！

渔夫乙丁戊　（同声）好！送县吧！

渔夫乙　（向丁）拿根绳子来，把他捆起来！

船夫甲　（与渔夫丙同上大哭）狗杂种，把我家吴三打死了，打死了，啊！狗……

渔夫乙　吴二！不用哭了，我们把凶手送到县里去办吧！他是通敌的汉奸，又是杀人的凶手，定会要他的狗命！

船夫甲　送县？送——县？（带着哀恸与激怒的神情），老子非和他拼了不可！非和他拼了不……（猛力一拳打在汉奸的脸上，又举手要打第二下）。

渔夫乙　好吧！弟兄们！汉奸的证据，和杀人的证据都已有了，我们不把他送县，就在这里把他打死了吧！好不好？

渔夫甲乙丙丁戊　（同声）好！好！就在这里打死他了！（一拥而上，乱拳如雨点般的落在汉奸身上）。

（幕就在汉奸的惨叫声和吴二的怒骂声中急落）

载 1940 年 8 月 1 日金华《战地》旬刊

第 5 卷第 11 期出版

希 望

（独幕讽刺剧）
□ 夏野士

时间

抗战第四年

地点

后方某城市

人物

吴鲁

张英

房东太太

饭店老板

勤务兵

布景

是一间旧式的厢房，有床、写字台、椅子，以及置在写字台上的笔、墨、砚、墨水、洋装书……等等，看上去很像是一个大学新毕业的小政客，官僚们的家庭。

幕启

张英——是一个姨太太式的女人，默默地坐在写字台旁边，不发一言，像是有着无限的心事

吴鲁——是一个摆臭架子的假小官僚，拿着一双破皮鞋在不断地擦着。

吴鲁　英！昨天我去算了支命，他说我明天就有大官做了。

张英　……

吴鲁　真的，这算命的算得真准，我告诉你。

张英	……
吴鲁	你为什么这样不高兴呢？我要做官啦，你应该快乐。
张英	……
吴鲁	（走近张英身边）英，你为什么生我气？我没有对不起你的地方。
张英	为什么你不知道吗？
吴鲁	我怎么会知道呢？
张英	不知道就算了。（哭）
吴鲁	怎么，怎么，好好的为什么又哭啦？
张英	……
吴鲁	好妹妹，你有什么不舒服吗？
张英	……
吴鲁	真是……
张英	我要回家去。
吴鲁	什么事又想起回家去呢？
张英	什么事你不知道吗？
吴鲁	又是我知道。
张英	当然你是知道的。
吴鲁	我真的不知道。
张英	你知道我是为什么嫁给你的？
吴鲁	为什么嫁给我？
张英	是呀，我为什么嫁给你的？我不嫁姓黄的也不嫁姓李的，偏偏要嫁给你。
吴鲁	这……
张英	你忘了吗？
吴鲁	我没有忘。
张英	那我为什么嫁给你的？
吴鲁	是为了要过些好日子，才嫁给我的，是吗？
张英	那么，现在过的是什么日子？
吴鲁	我当然要给你好日子过的，不要着急，我正要告诉你……
张英	谁知道完全是做梦，完全是受了你的骗，好日子，好日子是永远也不会来的。

吴鲁　好日子明天就来。

张英　明天，明天，我听得多了，早知道这个样子，我真不嫁给你。

吴鲁　真的好日子就要来了，你看，今天就有好消息，明天我就要有一个
　　　很好的差事，至少也是一个科长这样大的官。

张英　谁听你这种鬼话，从前还没有嫁给你的时候，说自己是做什么少校
　　　主任啦，又是上校参谋啦，穿着那么漂亮的衣服来向我求婚，后来
　　　嫁了你之后，才知道只是一个中尉指导员。

吴鲁　中尉指导员也不小。

张英　一个中尉指导员还说是大官啦，真是笑话。

吴鲁　那是过去了，说他做什么，现在是真的要做大官了。

张英　我天天听你说是做大官，大官，到现在大官在什么地方？

吴鲁　好妹妹？不要着急，现在机会真的来了，明天我一定做大官了。

张英　哼！

吴鲁　这个好消息，我本来要告诉你的，怕你又说我吹牛，所以我想还是
　　　不说的好，等明天让事实来告诉你。可是现在我又不能不告诉你，
　　　我明天……

张英　好啦，你这种明天的鬼话，我听得够了，像你这种人有什么出息？

吴鲁　我没有出息？

张英　你有出息，天下人都有出息了，天下人都做大官了。

吴鲁　你不要看轻我，我呀，你看我这付大官的架子，算命先生都说我一
　　　定做大官。

张英　你呀，我早就看穿了，什么也不懂，一封信都写不好。

吴鲁　信写不好，有什么关系，做大官的人都是不要自己写信的，有秘
　　　书……

张英　哼！

吴鲁　并且做大官的都是饭桶，都是靠着别人的，你不知道吗？

张英　也要有资格。

吴鲁　资格，当然最要紧，我是一个大学毕业生，还不够资格吗？

张英　大学毕业生，你骗谁。一个连小学生都不如的东西，还说是大学毕
　　　业生，不怕难为情，从前我听你骗，现在你还想我听你骗吗？

吴鲁　就不是一个大学毕业生，也没有什么要紧！只要能做到大官就是了，

陆委员已经答应给我一个大官做，至少科长那样大。

张英　做梦，人家眼睛不是瞎的。

吴鲁　现在你当然不相信，等我做了大官，你自然会知道我不是没有出息
　　　的。那时我买漂亮的旗袍，高跟鞋给你。

张英　谢谢，我不想。

吴鲁　这一次实在是不会再骗你了，明天一定有钱，陆委员已经答应给我
　　　大官做，明天上任，明天就可以支薪水，我们也就有钱了。

张英　陆委员，陆委员，陆委员又不是你的父母亲，他会叫你这种饭桶去
　　　做官。

吴鲁　当然啰，我是有资格的，你看我的履历表（从衣袋里拿出一张履历
　　　来念着），你听，上海大学毕业，曾经做过上海长江日报总编辑，陆
　　　军大学编译处少校编译，二百×十×师政治部少校指导员，第×战
　　　区政治部中校组员……

张英　好啦，好啦，这种鬼相信的履历，我不知道听你背过多少次啦，我
　　　再替你背上几条吧，抗日救国军秘书长，省政府委员……

吴鲁　你不相信就不相信，反正我也不要你相信。

张英　不要脸，中校，上校，秘书。做梦，从前来向我求婚，也是中校，
　　　上校的，真是……

吴鲁　中尉指导员总算是做过了吧。

张英　中尉指导员，那还是靠着你姐夫的背景，没有他你还做得到。

吴鲁　不管背景不背景，我总是做过了。

张英　现在你去做吧？你姐夫死了，鬼也不来理你。

吴鲁　现在不高兴做这种中尉指导员了，现在要做大官了。

张英　大官，哼？

吴鲁　陆委员已经答应了，说给我一个大官做，明天就去上任。

张英　又是陆委员，我真听得讨厌死了，你想，陆委员会推荐你这种没有
　　　一点学问的人去做官吗？

吴鲁　你真是妇道人家，不懂得，现在做官还要讲学问吗？现在只要会吹
　　　牛，拍马，包管有官做。

张英　吹牛，拍马，不要脸！

吴鲁　现在哪一个做官的不是这样，所以我昨天晚上还请陆委员到天香楼

去吃了一餐，土话说："吃人酒，讲人话"，你想，陆委员喝了我的酒还会不给我大官做吗？

张英　你简直是做梦，现在时代不比从前，哪一个做事的，不是靠着自己真本领，吹牛拍马的又成得了什么大事呢？

吴鲁　你们妇人家真是不懂得人情世故，要知道只有吹牛拍马的人才能做大官。

张英　我看得多了，专门靠吹牛拍马吃饭的人都要跌下来的。就是一时的幸运给你爬上去，结果还是要倒下来的，像王天悔，不就是靠着吹牛拍马过日子的吗？他也做了很大的官，可是他的结果不是倒下来吗？

吴鲁　他。他能和我比吗？他吹牛拍马的工夫能比得我吗？给我梳脚毛都不行。

张英　昨天在妇女会里，我们讨论抗战胜利的因素，里面有一节是讲到一班专门吹牛拍马投机取巧的人都要给抗战的力量所消灭的。

吴鲁　听她们讲，她们是一点都不懂的，抗战就是给我们这些吹牛拍马的人造机会，你看，有几个是真有本领的人去做大官？都是我们吹牛拍马的人才做了大官。

　　　越是会吹牛，越是会拍马，官就是做得大。

张英　那是在抗战刚开始的时候，有机会给你们这些吹牛拍马的人去骗官做，现在是休想再做梦了，吹牛拍马的人，都一个一个的倒下去了，我也看见了许多，如张真，刘福如，王汝琪，他们不都是被抗战所淘汰，而去做了汉奸吗？

吴鲁　吹牛拍马的人，又不一定都是做汉奸的。

张英　我们昨天讨论，大家都说吹牛拍马的人最容易做汉奸，因为一个人所以要吹牛拍马，不肯实事求是，都是一种虚荣心在推动，因此也就最容易被敌人利用，做了汉奸。

吴鲁　你听她们讲。

张英　我虽然没有读过很多的书，细细的把她们这些话来想想，倒也很有些道理，如果国家都把你们这些没有真本领的吹牛拍马的人举起来做官，国家还弄得好吗？还打得胜日本强盗吗？抗战到现在三年多了，我们胜利的日子也一天一天的近了，专门靠吹牛拍马去骗取官做的人也慢慢地少了。你找不到事也是有道理的。

吴鲁 我找不到事做？谁说？明天我就做大官了，你看一定的。

张英 明天，你做梦！

吴鲁 一点也不做梦，我有几点可以证明：第一，我昨天请陆委员去吃了饭；第二，那次陆委员……你想，有了这许多的功劳，他还会不给我大官做吗？

张英 就是凑巧给你弄成功了，以后还是要倒下来的，我也不想这种好日子过，还是让我回家去吧。

吴鲁 你不能回去。

张英 并且我也要去学一点真本领，以后自己能自立，昨天我们妇女会讨论的结果是：这次抗战的结果不但是打走日本帝国主义，还要消灭吹牛拍马的人，不但男人要靠自己真本领吃饭，就是我们女人也要靠自己真本领吃饭，那些专门依靠男人的女子一定也要被消灭。

吴鲁 她们简真是……

（房东太太推门进来）

房东太太 吴先生，你在家。

吴鲁 是的，房东太太，请坐！

房东太太 不要客气，房钱今天该有了吧？

吴鲁 很对不起，今天还没有，明天吧！

房东太太 又是明天。

吴鲁 是的。

房东太太 不行，你的明天又明天，明天这样多，我们是靠这一点的房租收入吃饭的。

吴鲁 我知道，明天一定给你。

房东太太 你已经欠了两个月的房租了。

吴鲁 明天，一定都给你，我还可以多给你二个月房租，好不好？

房东太太 我不要你多给，只要你能付清两个月就够了。

吴鲁 一定一定，明天我有钱了。房东太太，你知道吗？我明天做大官了。

房东太太 我时常听你说是明天做大官，明天做大官，可是明天又明天，总是没有看你做了什么样的大官，就和你付房租一样，说是明天有，明天有，有到今天还是明天有，你的明天也真多……

张英　房东太太，你就给他再等到明天吧，看他明天到什么地方去拿钱给你。

房东太太　你看？你自己的太太都不相信你明天会有钱。

吴鲁　你别听她说，她刚才和我闹脾气，说我不缝新旗袍给她穿。

张英　哪个要你的新旗袍，你不要乱说，你……

吴鲁　好好，没有，就没有，女人总是要面子的。

张英　谁像你那样死要面子。

吴鲁　……

房东太太　到底我的房钱怎么样？吴先生？

吴鲁　明天准定给，准定给。

房东太太　明天再不给是不行的。（下）

吴鲁　一定，一定，好走，好走！（关上门，并闩上。）嘿！真是没有办法，这个老太婆，这样噜嗦！

张英　都是你自己不好，不付她房租，怎么好怪别人呢？

吴鲁　你也要原谅我一点，你在房东面前怎么也挖苦我起来呢？

张英　我挖苦你，你为什么乱造谣言，说我要你缝旗袍，我几时要过一次，你说，你说！

吴鲁　这不过是在她面前吹吹牛，讲讲好听话，表示我们是有钱的。

张英　你阔气，你有钱，连饭都快没有吃的了，还要吹牛？还要死面子？说什么好听话，下次不准你再说，就是说也不准拉到我身上来。

吴鲁　好妹妹，为什么又生这样大的气呢？

张英　你是靠吹牛拍马吃饭的，我配不上你。

吴钼　就算我对不起你。

张英　谁要你对得起对不起。

吴鲁　得，得，得，我还要到陆委员那里去，听取好消息，你同我去吗？

张英　我不去。

吴鲁　你在家里休息休息，等我回来，报告你好消息。（穿皮鞋）
　　　（打门声）

张英　谁？

声　我，吴太太！

吴鲁　糟糕！又是饭店老板来要饭钱，那怎么办呢？

张英　你会吹牛，怎么没有办法呢？

吴鲁　你去对付他吧，说明天一定给。

张英　我不会说，你自己说，老是明天，明天到了今天还是明天。

吴鲁　好，就我自己对付吧，横竖明天做官了，有钱了还怕什么，你去开门！

张英　你自己对付，门也你自己开！

　　　（吴鲁开门，饭店老板上）

饭店老板　吴先生在家，巧得很！

吴鲁　你的饭钱我真是天天记在心头，没有一天忘记过，恨不得早一点给了你，免得叫你多走路，真是太对不起了。

饭店老板　今天一定有了吧。

吴鲁　有是有了，不过……

饭店老板　那很好，就给我带去吧。

吴鲁　我想还是明天给你吧！

饭店老板　这是什么话？你有钱，为什么还要等明天呢？

吴鲁　你不知道，我的好老板！今天我有的钱，还要有很要紧的用处呢！

饭店老板　那我不管。

吴鲁　老板！我告诉你，我明天要做官了，今天还得要请客，所以现在我的钱还不能还你。

饭店老板　你是天天都做官的，请客不管我什么事，我只要钱。

吴鲁　你应当原谅一点，你不能……并且我明天做官又不是骗你的，你如果不信，我可以拿证据给你看。（开了抽屉，搬出许多委任状，有的是自己的，有的是别人的，一张一张的摆在桌子上）你看！这是我在军队里当少校主任的委令，这是我在省政府当科长的委令，你看，这颗官印多么大，还有……

饭店老板　这些我都看见过了，上次我来要钱的时候，你不也是搬出来给我看的吗？

吴鲁　不错，不错，所以凭我过去的这些资格，明天无论如何是要做大官的。

饭店老板　你做你的官，不和我相干，我要的是钱。

吴鲁　老板，我做了官，你也是有好处的，你如有什么要帮忙的地方，只要你来向我说一句，我准帮你忙。并且我做官的朋友多得很，他们和我都是很有交情的。

饭店老板　我没有什么事要你帮忙的地方。

吴鲁　你不能这样讲，古人说得好："天有不测风云，人有旦夕祸福"。人总有要人家帮忙的地方。比如你和别人打官司，只要你到我这里来说一句，我就可以包你打胜官司。

饭店老板　吴先生，很对不起，我没有你这许多闲功夫来说空话。

吴鲁　你以为这些都是空话吗？

饭店老板　我不管，我只要你给钱。

吴鲁　实在我今天没有钱

饭店老板　你刚才不是说有钱的吗？你骗人，你骗人，你有钱不给。

吴鲁　真的没有。

饭店老板　吴先生，你到底给不给，你有钱再不给，那我就不客气了。

吴鲁　我实在要明天才有钱。

饭店老板　那不能等你到明天，你那留着请客的钱，一定要给我。你再是不给，我就去叫警察……

吴鲁　老板，你不相信我吗？

饭店老板　我相信你什么？一天一天的……

吴鲁　（拿出衣袋里仅有的钱给饭店老板看）

你看，我只有三角钱。

饭店老板　只有三角钱？谁相信你这些鬼话，你刚才说有钱，要留着请客。

吴鲁　实在没有，老板，我可以给你搜……

饭店老板　不行，不行！

张英　老板，他钱是真的没有，不过他这个人是死要面子的，专门吹牛……

饭店老板　这个我不管，我只要钱。

张英　你就再等他一天吧，假如明天再不给你，那你就不要让过他。

吴鲁　对呀，你再让我一次，明天我做了大官给你看……

张英　又是大官，不要脸！

饭店老板　我看在你太太面上，再给你宽一天，明天要是再没有，你……

吴鲁　明天，明天晚上吧！

饭店老板　明天晚上不要忘了……（下）

吴鲁　这真是从哪里说起，没有钱就是这样的被侮辱，他妈的，明天我做了官，这些王八蛋一个个都不让过他，第一个是饭店老板，叫他知道的我厉害，我不是好欺侮的。

张英　是你自己活该，没有一个钱，为什么还要吹牛？还要装阔？

吴鲁　我的好太太，你还是这样来挖苦我，我不骗你，我明天一定要做大官，一定有很多的钱，你一定能够过好日子，我买漂亮的旗袍，高跟鞋给你，还有……

张英　我不再做这样的梦了，我的梦已经做醒，从前我还希望着这样那样的，现在是一点也不希望了，并且专门吹牛拍马投机取巧的人，是不会有好结果的，一定要被抗战淘汰了的，无论谁都是一样，妇女讨论会里她们说的话，我很相信。

吴鲁　你还是不相信我明天会做大官吗？

张英　就是你明天真的骗到了大官，结果你还是要倒下去的，因为抗战是无情的。

吴鲁　你不相信，你就等着明天瞧！

张英　我不能再等了，我不能把我自己的前途，也和你一样的被埋葬了。

　　　（勤务兵上）

勤务兵　吴鲁先生是在这里吗？

吴鲁　是的，你有什么事？

勤务兵　陆委员叫我送来的信。（信给吴鲁，下）

吴鲁　（接信在手里）英，你来看，我会骗你吗？陆委员有信来了，他一定是把委任状送来。你来看，（把信慢慢地打开）　你来看呀！他一定是委我做县长或者是科长。

张英　你自己看吧，我不再希望了。

吴鲁　（看着信，快乐）。你不希望，希望可来了，你来看，陆委员对我多客气，他还称"阁下"呢。

张英　……

吴鲁　我念给你听（念信）"吴鲁先生阁下，敬复者：阁下才识渊博，卓尔不群，大可为青年楷模，转移一时风气。"你看！他多佩服我的学问和才能，他说我是青年的模范。

张英　……

吴鲁 （念信）"前李公嘱某物色一领导青年干部"你看！他要叫我去做青年干部了，青年干部比科长县长都要大。

张英 ……

吴鲁 （念信）"正欲举荐阁下前往，继思阁下盘盘大才，应用于中枢，佐理国政，若李公处范围狭小，岂不委屈台端。"喔，他说做青年干部太可惜？要举我到中央政府去，现在真的是做大官了。你听我再念下去，好消息就在这里。

张英 ……

吴鲁 什么？（看信，一字一字慢慢的念）"增其抑郁，所托实难如命，另图别策……"（呆住，失望，信落地）。

张英 怎么？叫你到中央去做部长呢？还是院长呢？

吴鲁 完了，完了，什么都完了。

张英 （拾起信来看着）啊！他叫你不要再多跑到他那里去，他没有大官给你做。

吴鲁 完了，完了！……

（幕徐下）

原载 1940 年 12 月 1 日桂林《戏剧春秋》
第 1 卷第 2 期

第二部分　各种文章

太平村的八月

□　也特（夏野士早期的笔名）

（一）

洪水发狂般泛涨，像天火焚着的树林里面窜出的猛兽一样，到处没命的乱闯。

风，哨子一般的呼啸着。水冲没了田野，丘墟；村落也沉在里面了。空旷的原野死去了一样；高空里也没见半只野鸟的影子。狗也不剩一只！田野间，树林间到处都是水，茅舍也打了一个筋斗，几根木头硬碰硬的在水上撞击着。

太平村现在不太平了！

阿毛爹眼泪凝在眸上，再也掉不下来。平日子一副爱说笑的面孔，现在给愁苦的皱纹网住了，铁青的脸上没一丝表情。

一个月前，田里金黄色的谷，也曾逗起了他生命的快乐的微笑。他想：这遭天可开眼了，我说天总不会断绝我们穷人的路的，去年六月里一次大水灾，人死去了一半，田里也没半粒收成……唉，这是流年不好，世上的恶人太多了，真是天收人哪，唉，天收人……今年雨水这么多，天气也好，压根儿就没下过一次水车，眼巴巴的有十分收成了！天真可怜见的，保佑我们穷人。咳，直这么下去总不是头，这遭天真开眼了……年冬先还了金太爷十二担半的租谷，就没事了……哦，还有王伯伯那里去年清明借来的几块钱也得本利归还了，这几块钱，不在乎的……

太阳照着东边的榆树上，阿毛赤着黝黑肌膊，黑得和耕牛差不上下，努着嘴在驱牛哩。阿毛爹看见撚着花白胡子笑了，另一个念头又袭上他的心头：

……啊，阿毛今年也十八岁了，他妈的，好一副架子，上下田都亏他一付牛气力；自己到底上了年纪了啦，唉，老了，老了，究竟不是前几年的自己了。

阿毛这孩子，近来懂事得多了，隔年该替他定门亲，做老子的心，也好放松一点。东村阿兴伯的那个女儿还不错，今年也刚十八岁，事情又蛮会干，可惜右眼角上生了一个疤，妈的，生疤总是不吉祥的，自己这一把年纪，只有一个……西陵村赵福的女儿倒好，听说还进城念过两年书呢！个子真瞧得，自家中不正少一个人记记账吗？最好没有了——前个月在镇上遇到了赵福，他自己不是也对我说起吗？……只是他要一百块聘金，嚇，一百元，他妈的，进城念过书的女子，身价总高一点！

　　阿毛挑着粪担往田里去浇肥，赤着上身，露着赤黑的肉，田里的谷，一天一天的黄了，阿毛爹撚着一把胡子乐开啦，唉，十几年来少见的年成，阿毛妈如果还在的话，她不知该怎样快乐呢？……唉，阿毛妈……阿毛爹像有一股酸味冲上了心头。

　　隔壁何二嫂真能干，亏她独个儿下种，插秧，耘田，……就没僱一个"赶忙"的。何二哥是一个酒鬼，白天里成天躺在床上，死猪一样动也不动，晚上是他的世界了，每晚都在张顺发里喝白干，夜深人家都入梦了，他才东颠西倒着回来，口里还哼着送灯光"姊摸灯台，郎摸奶……"何二嫂总守到他回来才敢睡，不然还要挨一顿打。

　　何二嫂虽然这样苦，但在她倒还不在乎。田里金黄色的谷，眼看着长大了。有时阿毛爹蹲在门槛上抽旱烟，看见何二嫂总是带着笑的，那么有劲儿……矣，两年来没见的，真是！

（二）

　　中秋节的晚上，月亮不知道躲到哪里去了，天上布满阴彤彤的乌云，把他们赏月的心情浇了一头冷水。

　　大约是大家睡静了的时候吧，簷头上的屋瓦，有一阵淅淅沥沥的声响，下大雨了！

　　一天，雨天，三天……雨只是不断地下着。

　　大家都眼巴巴的望着阴暗的天老爷发愁了！新出穗的谷是经不住这暴雨打击的。阿毛爹急坏了，他的生命都在这里啊！雨水就像一滴滴落在他的心版上。何二嫂早就点起了香火，恭恭敬敬的朝天叩了三个响头。

　　傍晚时分，乌云突然散了，东北角露着七分晴意，把阿毛爹哭丧的脸又重新拉开笑幕。阿毛爹兴高采烈的跨到隔壁王伯伯那里去。

"我说天老爷总不会瞎了眼珠子的，唉，罪过，年冬谢年得全份哩，天老爷，救我们穷人。"阿毛爹说话的情景，除了那年他老婆生阿毛时，就没有比现在更高兴了。

"还用说吗。咳哼！咳哼！我家里一家九口，全靠这河东塘十来畝田，去年遭了天灾，阿毛爹你也知道，我一家人，咳哼！不要说吧，今年如果再……那……"王伯伯垂着头抽旱烟，像不是和阿毛爹说话似的。

"不会吧，今年是九龙治水呢，不会，我们前生前世没做下孽，天老爷总会……王伯伯你放心吧。"

"哦，阿毛爹那可……咳哼，我们总只好听天由命了。"

晚上，乌云又重新布满了！怕人的淅淅沥沥声又在屋瓦上一轻一重的响起来，每个人的心中都垂着铅！

溪水都涨满了，桥也没在水中了，太平堤给水冲着——大伙儿跑到堤上去了，堤如果一坍，大家都没命了。

（三）

水只是没命地泛涨，堤外已成了一望无垠的海洋，水从堤脚下没命地冲了上来。

晚上，天上没有月，只有堤上的火把映红了水。填泥土，打桩，排水……拚命地在筑堤。但是水势委实太剧烈了，眼看着堤脚坍坏了。

阿毛爹躺在床上，咬着旱烟筒，定了神！只凝望着空中一白圈一白圈的烟雾发呆。金黄色的谷，阿毛的亲事，金太爷的谷租，王伯伯的借款，填堤……把他的头脑搅得起了锈样地滞住了。

"救命啊，救命啊，堤坍了！妈！阿花的爸……我们……"

"救命啊……救……"

"救命……"四面突然天崩地裂的嚷着，阿毛爹一骨碌滚了起来，茶油灯也打翻了。

"啊！堤坍了吗？啊哟！我的阿毛……田里……谷……"阿毛爹看看眼前人群在乱窜，眼也花了，头也重了，一个头碰地倒了下去。

洪水像土匪一样冲了过来，把人都赶到山上去了。

（四）

阿毛爹醒过来的时候，自己不知给谁救上山来了。唉，如今田也没了，四面坐着的都和自己一样受着厄运的人！阿毛爹的一串凝在眸上的眼泪终于流下了。

再过几天，大家都得饿死啦！附近田里随水淌来的抽过芽的谷都给大家抢光了；可以吃的野菜，草根也不剩一根！唉，三天内——只要三天水不退下去，大家准得饿死了！

酒鬼跑来对大家说：早晨一只大船载着几十袋米从上流头驶来，泊在后山脚下，那些米一袋一袋的抬进山神庙去。庙门还插着一面白旗，上面写着什么字，他可不认得。

王伯伯也来了，他说旗上写着的是太平村赈灾会，大家快去领吧！饿得人都有点支持不住了。

饿着的人太多了，每个人的身上都轻飘飘的头重脚轻，踏下去就像没着地一般，这一大伙儿连何二嫂一批妇人都在内。

大家一口气拥到了山神庙门口，看见两个兵气十足的丘八老爷站在那儿，先使他们吃了一惊。

"干吗？他妈的，一窝蜂，土匪样儿！"那个麻皮的丘八指着大伙儿臭骂。

"兵老爷，我们三天没有东西下肚了……天可怜见的。"阿毛爹拱手恳求着，脸色怪难看。

那个麻子刚要开口，庙门内踱出一个八字步，戴一副墨晶眼镜的老爷来。

"你们这伙混账王八蛋，来不及吗？土匪样站这儿干吗？"这位委员老爷没开口就咧开一口满是牙秽的嘴，就打官话。

"老爷，救命王菩萨，我们这伙儿三天没东西吃了。"阿毛爹索性跪在地上了。

"管你妈的三十三天，时候没到，多噜嗦什么！"

"老爷，可怜我们……委实……唉……救救……"

"妈特皮！老头子你敢是发痴了，还在这里狗啰皂！"

"老爷……救命……没得吃……苦！"

"你妈的，你多放屁！"

阿毛爹给拖去，狠狠地刮了好几个耳刮子。声音是那么清脆地打击着每个人饥饿的心。

酒鬼气坏了，妈妈的，天不怕的何二哥，太平村上谁不让他三分，什么乌龟委员，敢在他老爷面前欺负人，他妈的，倒反了！

"妈的，那个乌委员，老子就不怕你，我们来交儿！"

"乌龟"委员老爷倒吃了一惊。"妈特皮！你敢骂你老子了。"

"妈妈的。"

委员老爷没头没脸的打来。

"打！打!!"大家不由自主地吼了一声，他们事先没有商议，这是大家不平的吼声！赵永福捏紧了拳头，想冲过去扭委员老爷，但是为了两个兵老爷枪上雪亮的刺刀，倒没有真的去扭他。

委员老爷赶紧缩回了手，退了三步。他想：妈妈的，他们倒下了动员令了！

"那你们决举出几个代表来！"委员老爷晓得这一下吃不消，立刻和缓了许多。

"妈的，什么表？"酒鬼涨红了脸，气也没透直。

"你们举出两个人来跟我进去施米！"

酒鬼抢着进去了，王伯伯则由那两个丘八护送了进去。

太阳沉西了，还不见他们出来！大伙儿捱着饿肚皮，望着残阳里，没在水中的家乡发呆，流着眼泪；各人想着各人的心事。

阿毛爹仰天吐了一口气：唉！金黄色的谷，阿毛的亲事，金太爷的租谷……妈妈的！

一九三七，二，二六

载《新路》（温州中学学生自治会编印）1937 年 7 月第二期

太平村的八月

巴将

（1）

洪水發狂般泛漲，像天火焚着的樹林裏面竄出的猛獸一樣，到處沒命的亂闖。

風，哨子一般的呼嘯着。水衝沒了田野，邱墟；村落也沉在裏面了。空曠的原野死去了一樣，高牟裏也沒牟雙野島的影子－田野間，樹林間到處都是水，茅舍也打了一個筋斗，幾根木頭硬硬的在水上撞擊着。

太平村現在不太平了！

阿毛爹眼淚凝在眸上，再也掉不下來。平日子一副愛說笑的面孔，現在給愁苦的皺紋網住了，鐵青的臉上泛一絲表情。

一個月前，田裏金黃色的穀，也曾逗起了他生命的快樂的微笑。他想：這穡天可開眼了，我說天總不會斷絕我們窮人的路的，去年六月裏一次大水災，人死去了一半，世上的田裏也沒半粒收成……唉，這是流年不好，惡人太多了，真是天收人哪，唉，天收人……今年雨水逗麼多，天氣也好，壓根兒就沒下過一次水車，眼巴巴的有十分收成了－天真可憐見的，保佑我們窮人。咳，這廢下去穡也不是頭，這遭天真開眼了……，年冬先還了金太爺十二擔半的租穀，就沒事了……哦，還有王伯伯那裏去年清明借來的幾塊錢也得本利歸還了，這幾塊錢，不在乎的……

太陽照着東邊的檽樹上，阿毛赤着鴉黑飢膊，黑得和耕牛差不上下，努着嘴在騸牛哩。阿毛爹看見撅着花白鬍子笑了，另一個念頭又襲上他的心頭：

……啊，阿毛今年也十八歲了，他媽的，好一副架子，上下田都虧他一付牛氣力；自己到底上了年紀了啦，唉，老了，老了，究竟不是前幾年的自己了……阿毛這孩子，近來懂事得多了，隔年該替他定門親，做老子的心，也好放鬆一點。束村阿興伯的那個女兒還不錯，今年也剛十八歲，事情又變曾幹，可惜右眼角上生了一個疤，媽的，人疤總是不吉祥的，自己這一把年紀，只有一個……西路陵村趙福的女兒倒好，聽說還進城念過兩年書呢！倜子真

34

抗战期中剧运的检讨与展望

（代序）

□ 夏野士

新剧运动一向是在斗争中成长的，虽然曾一度地被恶势力所压迫，但是，因他在斗争中始终是一支有力的武器，无论环境怎样地恶劣，他还是不会消灭的。相反地更坚强了他本身的力量，开放出鲜艳的花朵。尤其是"八一三"抗战以后，新剧更奠定了历史的基础，展开了划时代的斗争力量。上海文化界救亡演剧队的出发，和各地流动剧队，民众剧团的组织，都是表示出新剧运动是走上了更坚强、更大众化的新的路了。所以，从"八一三"抗战开始起，新剧再也不是关在剧院里为少数人有闲阶级享乐主义者所消遣，而是大众所共有，是抗战中更有力的武器。这是谁也不能否认的。

可是，话又得说回来了，这支有力的武器，现在是否如我们想象那样的得到了美满的收效？不可否认的，事实告诉了我们：没有。真的，据各流动演剧队和各地民众剧团的报告，在每次公演的时候，观众的情绪都是非常高涨的，对于剧中人的被侮辱被压迫的那种不自由的生活，从每个人的脸上都表示出同情的愤怒来，就和自身所受到的痛苦一样，喊出了打倒日本帝国主义的口号来。可是，等到这地方失陷时，会找不到一个群众，群众到哪里去了？都逃走了。在这里，我们要问一声：过去那种愤怒的热血哪里去了？这，我们戏剧工作者不能不负这个责任。

在我们演剧的时候，我们的目的是什么？是要我们民众都能起来为民族求解放和日本帝国主义作决死的抗战，争得最后的胜利。可是结果我们的目的达到了没有？没有。这是为什么？是戏剧本身力量的不够吗？不是，绝对的不是，戏剧本身的力量非常的大，只是环境上的阻碍，不容许我们干戏剧工作的同志们好好地发展戏剧的力量。在目前许多干戏剧工作的人，在形态上表现得仿佛只是为戏剧而戏剧，结果就形成了现今的局势。假若我们剧运的同志们还是仍旧和过去一样的干下去，而不虚心地检查一下过去的工作，不把力量集中起来，去和环境斗争，那么，我们的剧运就会停止在这里，对于抗战也就不会再生出怎样大的力量来的。

在我们检讨"八一三"以后的剧运的时候，首先，我们要晓得的就是为什么戏剧不能发生出很大的力量？这是因为少数干剧运的同志，把戏剧这种工作和组织民众训练民众分离开来，因此就发生了现在的弊病。

大家都晓得宣传、组织、训练是三位一体的工作，是要同时进行的。戏剧是宣传工具的一种，所以他同样是不能离开组织、训练，而不能单独进行的。假若我们的戏剧工作者离开了组织与训练，那么就等于不宣传不演剧。这事实已经很明显地告诉我们，上面举出的例子，某地演剧宣传时民众的爱国情绪是极高的，可是到了失陷时，民众就逃跑一空，这就是证明我们演剧宣传的工作脱离了组织与训练的缘故。过去我们努力剧运的结果，所以不能有好的收效，就是因此。此后，我们如果再不赶快地更正过来，那么，站在民族解放的抗战中就会失去了一支有力的军队。

讲到演剧与组织训练应同时进行，这在流动演剧队实在是一件很困难的事。过去许多流动演剧队所以不能依照这个原则发展，并不是他们不晓得，实在是事实是有许多困难，尤其是空间与时间的限制。因为是流动，不能固定在一个地方工作，所以一个地方的民众虽然一时被感动，等到队伍离开了以后，民众也就慢慢地消沉下去了。所以从现在起，希望流动演剧队的同志们，能克服过去单独的行动，和各方面的工作人员配合起来。最要紧的还是推动当地的干部来帮助我们组织训练。过去有些演剧队虽然做到了，可是因为推动得不够，结果还是失败了。我觉得一个演剧队在一个地方工作，最低的限度也得要等当地的民众有了组织，能够把当地的干部选得很坚强，出来担任起训练民众的工作，这时我们才可以离开，不过，要一个流动演剧队这样的工作，有许多地方是太困难了。尤其是经费，真是一个不易解决的大问题。所以，有一部分流动演剧队因感到收效的不易而改变方针，把流动变为固定，或者分散到乡下去工作。

在这里，不是我否认流动演剧队的不需要，而是指出了过去演剧队的不健全，不能和各方面的工作配合起来，以致收效少。不过话又得说回来，固定的工作，无论如何要比流动的工作坚固一点，这是大家所感觉到的。可是，当我们的演剧队固定了之后，所表现出来的成绩是否比流动时好呢？这，据几个流动演剧队变成的各地民众剧场看来，也不见得有什么成绩。这是为什么呢？这也是和流动演剧是一样的犯了不知和各方面配合起来工作的缺点。

　　所以，我们干剧运的同志们如果再不赶快克服这种缺点，那么剧运前途是非常悲观的。同时，我们剧运也并不是就是这样停顿在这里的。我们更要发扬光大，把戏剧更普遍起来，使每个角落里都能生长着戏剧的花朵来。把戏剧成为抗战期中一支有力的生力军。

　　怎样才能使戏剧很快地展开到每个角落里去呢？这不是像过去流动演剧队一样的到处流动一下就算了的。我以为我们干戏剧工作的同志们，应该到群众的队伍里去，和群众一同生活，这口号在戏剧界很早就提出来了。不过，这口号提出时的意义是：我们到群众队伍里去，和群众一同生活，了解群众的心理，创造出群众自己需要的剧本，来演给群众看。单只是这样的到群众队伍里去还是不够的，所以，现在我们要把这口号更广义起来，我们除创作群众所需要的剧本演给群众看之外，我们更要把各地爱好戏剧的群众，无论农民、工人……都把他们拉到戏剧战线里来，组织起来民众自己的剧场，经常地在自己的地方上公演，来帮助组织民众，训练民众。使每一个中国人都成为有力的战士。

　　所以，在这里我希望干戏剧工作的同志们，大家都下乡去，去展开我们广大的戏剧运动，再不要像过去一样地只是集合在一起，离开了群众。

　　戏剧在我国虽然有了多年的历史，可是，戏剧的人才还是非常的缺乏。自从"八一三"后，戏剧是走上了一个新阶段，戏剧工作者也增多了起来，但是，要广泛的分配到每个角落里去推广戏剧运动，还是不够支配的。那怎么办呢？这就要我们戏剧同志们多多提拔人才，不可再在关门主义的自私了。我以为各地的民众剧团的组织，是我们提拔新人才，养成新人才的最好地方，我们是不可放弃的。

　　可是，各地的民众剧团太关门主义了，据我所知道的几个民众剧团，自始至终只有那么几个演员，从来没有调动过或增加过。这样一来，我们的剧运就不易展开了。为了使我们的剧运广泛的展开，深入群众的队伍里去，我们的民众剧团就要多多的设立，负起培养新人才的责任，创造出大批的戏剧工作者分配到每个角落里去，去组织农民剧团、工人剧团、孩子剧团……这样才能广泛地展开我们的剧运，使戏剧在抗战中负起了民族解放的重大使命。

1938.6.4 于青田

载 1938 年 6 月 16 日《浙江潮》第 15 期

写在后面

□ 夏野士

　　这里所收集的六个独幕剧——《守住我们的家乡》《怒吼了村庄》《复仇》《保卫卢沟桥》《我们不受压迫与利用》和《我们是胜利了》。真是太"笑话人"了。把它收集成单行本，更其使人笑话，同时使我惭愧。当我把原稿再来看一次，预备写编后的时候，惭愧得使我脸红，我曾经两次拿起笔来，又丢了。我实在不愿意编印成集问世。

　　日子很快地过去，"七七"又来到我们的面前了，这伟大的抗战建国纪念日，使我又想起这五个剧本来，是的，这五个剧本的写成，老实说，完全是抗战的力量帮助了我。真的，假若没有抗战，我相信我是不会拿起笔来写剧本的。

　　我对于戏剧是门外汉，没有一点研究的，也不曾写过什么剧本，不过，我对于戏剧倒是十二万分地爱好的。我觉得戏剧的力量，比无论哪一种艺术——小说、诗歌、音乐、美术等艺术的力量都来得大，他不但不会使人消极地同情于剧中人的喜怒哀乐，同时，他更会积极地为社会、人类谋幸福、生存而斗争，甚至，因斗争而牺牲自身的一切。

　　戏剧力量的伟大是谁也不能否认的，他是一切艺术里最有力的武器，在现今我们中华民族求解放的过程中，更是少不了他。

　　因为戏剧在抗战中是一支有力的武器，所以当卢沟桥的抗战烽火燃烧起来的一天，我就不顾一切地拿起笔来写我自己要写的剧本了。我要用戏剧暴露出敌人的残酷，我要用戏剧写出我们前线战士们英勇地抗战，用戏剧吼出我们中华民族的子孙是没有一个愿做亡国奴的，不分男女老幼，不分农工商学兵的大家一齐拉紧了手，踏上征程为自由、独立、幸福的新中国而奋斗了。

　　《保卫卢沟桥》就是在这种情景下写成的第一个剧本。"八一三"上海抗战开始以后，双十节的前夜，为了纪念一个朋友的牺牲，我写了《复仇》。上海沦陷以后，我回到了乡下，这时，大家正在闹着抗战与民主。同时，我在的那个地方，预备来普选乡保甲长，由于事实的需要，我又写了《我们不受压迫与利用》。三个月前在某县工作，同时，还限定了写《守住我们的家乡》这一题目，为了不使朋友们失望，我冒险地在十小时以内写成了一个短剧。最后的一个《怒吼了的村庄》，这是一幕报告剧，是根据《群众周刊》第十期的一篇山西通讯，一个壮烈的故事写的。至于《我们是胜利了》这是在以上五个剧本印成之后，而我离开了永嘉到另一个地方去，恰巧遇到了"八一三"，一个剧团，要排演一个剧本来纪念这伟大的日子，于是我才写成的，后来是因为物质条件的限制，没有演出。

这次回到温州，剧本还没有印好，所以也就把它放进去了。

这单行本里的《保卫卢沟桥》《复仇》《守住我们的家乡》等三剧是曾发表于《群众新闻》，《大公报》和《战地》等报章杂志。同时，这里的《保卫卢沟桥》《复仇》《守住我们的家乡》《我们不受压迫与利用》等四剧曾上演过。

这里的六个独幕剧，虽然有三个发表过，四个上演过，可是拿来印成单行本，我总觉得太惭愧而脸红了，因为，这里所有的剧本实在写得太失败了。可是，为了纪念我们伟大的抗战，我也就管不了许多，把他印成，敬献给为中华民族求解放争生存的勇敢的伟大的壮士们！

这里特别要把《我们是胜利了》这剧本提出，这剧本的字数很少，不到三千个字，可以说是短剧，可是，演出来的时间是相当的长，最低的限度，可以支持到四十分钟，因为，这剧的动作特别多，我们对丁每一个动作都要好好地去发挥。假若，我们对于动作不注意的话，那么演出的结果，一定会失败的。

最后，谢谢朋友明曹兄代作封面，余奔兄摄赠照片，都使本书增光不少。

野士写于七七抗战周年于永嘉

校于八月二十六日深夜

选自独幕剧集《守住我们的家乡》1938 年 9 月初版本

话剧在内地的趋势

□ 夏野士

在抗战期中戏剧是宣传群众、训练群众、组织群众的一个最好的方法，一个最有力的武器，这是谁也不能否认的。因此戏剧的开展也就特别的快，像雨后春笋一般地到处生长着，从城市、到乡镇到每一个角落里，都有着他的种子，有着他的新芽。看！在县城里有民众剧场，在乡镇上有宣传队，尤其是各县的抗日自卫会，政治工作队，和民众团体如救亡团，先锋队等，差不多都有一个流动演剧队的组织，到各大小村镇和穷乡僻壤去宣传。这就是证明了戏剧被重视，戏剧在民族解放斗争中的地位。此外，我们更要指出的就是学校里的戏剧活动，大中学校的戏剧活动是 大家都知道的，是占着剧运的重要地位的。就是小学校里，自抗战以来，戏剧也都呈现蓬勃的现象了。小学生在教员的领导下也自动地起来组织剧团，在自己校内公演，或者到附近地带去公演。不错，学校戏剧的活动，是有他必然的趋势的，因为学校是文化区。同时，我们更要举出的就是与学校相反的农民，农民的文化水准是特别低落，好像对戏剧是无缘的，其实不然，在抗战中，许多穷乡僻壤，文化落后的地方的农民也都自动地组织剧团，自己编剧，自己导演，自己上台一切都是自己。这就是证明了新剧在我国已经是走上了一条新的路了。这是值得我们去庆幸的。

可是话又得说回来了，剧运虽然有了这样好的现象，但是，我们是不能太过于乐观了。这次我在内地兜了一个大圈子，参观了几个民众剧场，流动演剧队，化装宣传队，中小学校救亡戏剧公演，和农民剧团等的上演，及朋友们传来的许多关于戏剧消息，这使我深切的感到了剧运前途的危险。是的，戏剧在内地表现出来的成绩太使人失望了，不是深奥得使人看不懂，就是使人看了哈哈大笑的文明戏式的低级趣味。像这样的话剧的演出，对于观众有什么印象，对于民族解放战争又有什么利益呢？老实说，这样的话剧发展下去，不要说对于抗战没有利益，相反地还有害呢？现在，大众所需要的话剧是通俗化的，大家都能看懂的话剧，而不是深奥的，不适合大众口胃的话剧，虽然，这样的话剧是前进的，表演的技术相当成功，可是农民的文化水准的低落，是没有法子可以看得懂的。

这里，我们要讲到剧本的本身问题了，就是剧本太不够通俗化，一个通俗的剧本，意识虽然是十分正确的，可是因为不通俗，大家也就不能接受了。一个大家不能接受的剧本，演出了又有什么用呢？这演出不是等于不演吗？虽然演出是没有什么毒害的，可是，物力的浪费太可惜了，在抗战的今日，对于物力我们应该特别的节省，不能有一丝一毫的浪费。我们要晓得浪费物力，就是损失国家的财富，这是要不得的。所以，我们一个剧的演出，用了一分的物力，就要有一分的收获，不然，我们还是不演戏的好。其次，我们要讲到文明戏化的低级趣味的话剧了。关于这低级趣味的话剧，实在生长得太快了，到处我们都可以看到，这真是可怕的事，这种不幸的发展给话剧的生长增加了许多的阻力。

不错，抗战后的话剧的生长，看上去是加速度的，可是太不健全了，走错了路了，走上了文明戏的路子，文明戏对于抗战有没有帮助呢？这我们要说是没有一点帮助的，相反地是有害的，他不但消费了国家的财力，同时还要助长了封建的余毒。因为文明戏这东西，在表面上是以救亡号召的，而其内容几乎完全是有毒的封建意识。上海大世界等游艺场的文明戏就是最好的例子，在内地，这样假话剧的文明戏，真是到处都有。还有，就是把救亡戏剧的剧本，略加修改，而以文明戏的手法演出，也是多得很。一个话剧不能以话剧的形式、技术演出，这同样对于救亡是没有什么帮助的。

据我所看到的内地的话剧，大多是犯了以上三种错误，为什么会形成这样的错误呢？

第一，是剧本的恐慌——真的，在内地对于这个问题真是一个极难解决的大问题。因为在交通不便的内地，要找几个救亡剧本，就没有办法可以找到。于是，不得不自己拿起笔来编写，在一个文化落后的内地，没有编剧经验的人，有什么法子可以编写出好的剧本来呢？并且这些编写剧本的人大多是无聊的文人，同时，为了勉强迎合民众的口胃，结果所编写出来的东西是半生半熟，不新不旧的封建意识极浓的剧本，这样的挂羊头卖狗肉，对于民众的毒害太大了。就是一个交通比较便利的地方，能够找到一些救亡剧本，又因为不适合内地的环境而不能上演。记得，有一次有一个剧团要我帮他们选择一个剧本，在我们收集起来的许多剧本里，就没有法子可以选出一个能够在内地上演的剧本，这是多么使人遗憾的一回事。总之，内地剧本的缺乏是一个大问题。

第二，话剧人才太缺乏，不错，在内地要找一个健全的话剧人才，真是比登天都要难，抗战开始后，大家都高喊着剧人到内地去，剧人到内地去，可是，在内地还不能够找到一个健全的剧人呢？我国的剧人到哪里去了？大都聚集在大城市里，像这样的下去，戏剧怎么能够健全地在内地发展开来呢？那么，现在内地干着戏剧工作的是些什么人呢？大都是些半生不熟的剧人，你说他不懂戏剧，他又是懂得一点的，你说他懂得吧，他又是完全不懂得的。不过，他也会唱几句高调，但是又不肯加紧自我教育，忠实于救亡，这一班懂得一点皮毛的自命为戏剧家的人，哪里还能做出好的成绩来呢。

还有一种简直是一点都不懂得人，为了出风头，也来干起戏剧来。这一批人，大多是公子哥儿，我们可以说，他们是知识流氓，写出来的东西更其是天晓得了。再有一种，就是对于戏剧有修养的人，不过，他是反对国防戏剧的，虽然口口声声的喊着国防戏剧，戏剧大众化，可是，这只是说说而已，行动的表现适得其反，他们是死抱着为戏剧而戏剧，为艺术而艺术，抛弃了大众，演出的剧本只晓得自得其乐，不管人家看得懂不懂。

内地现在就是充满了这样的一批戏剧工作者，这对于话剧运动的阻碍是多么的大啊！同样对于民族解放，也就没有什么多大的贡献了。

抗战已经到了第三期，对于过去抗战的失败，在军事上，政治上都有了严重的检讨与补救，那么我们戏剧工作者对于剧运，尤其是内地的剧运，我们也应该有一个严密的检讨与补救，来负起我们第三期抗战的责任，增加第三期抗战的力量，来争取我们最后的胜利。

以上不能说是检讨，只能说是我在内地所看到的一点事实的感想而已，所以最后，我希望戏剧工作者能够大量地深入到每个角落里去，去组织剧团，领导剧团，开办戏剧训练班，培养大批的戏剧干部人才，分配到各地去。同时，还要大量地创作适合各地的剧本，使戏剧这支有力的武器，在民族解放中成为更有力的一支武器。

1938 年 8 月 5 日

载 1938 年 8 月 22 日《浙瓯日报·展望》第 123 期

新越日報

沉寂的海门

□ 夏野士

海门这地方是台属六县的一个重要的门户，交通非常的便利，有轮船直达上海，有公路与杭州、永嘉联络，所以许多进出口货，都是要由此经过的，因此海门也就成为台属六县的一个中心商业区了。

是的，在台属六县的地势上看起来，也就是这块土地最肥美了。不是吗？其余的地方，差不多都是高山峻岭，交通非常的不便，一进一出都要爬许多山岭，也只有海门这块地方是不同的，是一块肥美的平原，并且又是位于椒江之滨，是台属的一个重要的海口。

海门这地方倒并不怎么大，尤其是街道，可是倒很热闹的，和大商埠一样的，有很多的码头工人，从早到晚的在搬运着货物，轮船几乎是每天都有，商店虽然并不怎么多，并不怎么大，可是各色各样的货品都有，虽然现在是抗战期中，很多的老板都感觉到市面的不景气，但是繁荣依然是一样的。尤其是晚上，我们到街路上去看看，很容易的感到海门这地方是有上海的风味的，看！水果摊子差不多三步五步有一担子摆着，尤其是夏天的西瓜摊子，完全是模仿着上海的。还有零食摊子也多得很。

在这并不怎么长的街道上，有三家书店，今古斋、台州书店、椒江书店，在这三家书店里，只有椒江书店，这是一个历史最短的书店，到现在大概还不到一年吧！卖的书倒是很前进的，都是从汉口方面来的，同时又是生活书店的分销处，杂志也是最前进的，只是因为近来公路的截断，交通不便，很难看到新的书籍杂志。

现在我要提起这里救亡团体的情形了，这真是太使人失望了。同时我更要为这里的知识青年脸红。是的，据我所知道的这里附近的几个县份，如永嘉、瑞安、平阳、乐清、温岭等县，都有一个青年救亡团的组织，而这里没有，这是多么使人遗憾的事。还有就是学生联合会这里也没有。是的，在这里的中学校并不少，单就拿海门这一个地方来讲，有台州中学、东山中学、联立高中等三个地方中学校，小学有四所，还有在临海县城里有师范学校等，但是没有一个总的联合，这不能不说是一个最大的缺点，在学生界里。

由于知识分子的没有联络，于是就造成了死气沉沉的今日海门的救亡界了。所以一提起了救亡团体就会使人大失所望的。虽然这里还有一个抗日自卫会分会（总会是在临海县城里）也只是有其名而无其实的，究竟是做了些什么工作，那也真是天晓得。就是在"八一三"纪念日那一天，也都没有什么举动，只是在上午开了一个机关代表纪念会就算了，假若没有东山中学暑期学校的学生来演两个戏，那就要沉闷得和死了一样的。是的，东山中学的学生对于救亡是非常的热心的，他们除了纪念日热烈的参加之外，同时在平时也尽量的到街头巷尾去宣传，并且还办有民众夜校两所，学生有百五六十人。

在这里还有要说起的，就是壁报了，壁报在这里定期的有二张，就是抗日自卫会宣传队第三组的《情报》，和几个青年办的《生力》，大概是三天一次罢，内容倒还很好。此外还有不定期的壁报，如台州中学的《台中壁报》，东山中学的《东中壁报》，和春野剧社的《春野》。内容都很充实，尤其是遇到了纪念日，壁报是贴满了墙壁的。不过在平时太少了，只有两张，希望"台中""东中"和"春野"能够经常的出版就好了。

最后，特别的要提出春野社的春野剧团来，这是这里的一班青年们干的，成立到现在已有一年多了，过去曾经很热闹的干过，他们除了在本地时常上演外，也曾流动到各地去，据说成绩还相当的好，可惜现在是无形的停顿了，这真是非常可惜的事，不过据最近消息传来，又有复活的可能。希望能早日实现。

总之，海门的一切是太沉寂了，在今日抗战期中。

载 1938 年 9 月 16 日《游击》半月刊第 8 期

庆祝国庆保卫武汉

□ 夏野士

今天是十月十日，是我们先烈用血肉去换来的一个伟大的日子——国庆日。

庆祝国庆日的今天，正是日本法西斯强盗集中兵力向武汉加紧进逼的时候。所以，我们庆祝今年的国庆日，保卫武汉是我们目前最迫切的工作，最伟大的工作。因为武汉是三期抗战中我国政治、经济、军事、文化的中心，假若武汉被日寇攻下，这对于我们抗战前途的影响是非常的大的，对于此后的抗战会更加艰苦，虽然最后胜利还是我们的。我们为了争取战争过程的缩短，争取早日得到胜利，那么，我们就要保卫武汉，给进攻武汉的寇军以有力的打击，争取我们三期抗战的胜利。

同时，在保卫武汉的过程中，我们还得要建立一个和武汉一样的政治、经济、军事、文化的中心根据地，来和敌人周旋，抗战到底，作保卫武汉的第二道防线，以便万一武汉不能保守而失陷，或者因为战略关系而退却，那么，我们就可以很有秩序、很有纪律、很自由地退至新建的防线，再与日寇抗争下去，争取我们最后的胜利。我们不致因武汉的失陷而弄得走投无路，失去了抗争的力量。我们保卫武汉，布置第四期抗战的强大阵营。坚强第四期抗战的根据地，是目前保卫武汉最重要的工作，为了使这伟大工作的完成，充实我们抗争的实力，那么，我们就要保卫武汉，给进攻武汉的寇军有力的打击，争取我们最后的胜利。

总之，保卫武汉是目前三期抗战中的一个最重要的工作，我们每一个有良心的中国人都应该负起这个保卫武汉的重大责任。我们住在温州的同胞，同样也需要负起这责任来的。因为保卫武汉，不是武汉三镇的人民可以保卫得了的，也不是武汉四周的人民可以保卫得了的，必须我们全民族四万万五千万的人民都起来为保卫武汉而工作，为保卫武汉而服务，为保卫武汉而斗争，这样，我们的武汉就可以保卫得住了。

但是，保卫武汉，不是一句空话，或者一句口号所能保卫得住的，必须我们有具体的实际工作，学习先烈那种不怕死的革命精神，和一年来抗战所得的教训与经验，增强我们抗战的实力，给日寇以有力的打击，完成我们"抗战必胜，建国必成"的历史任务。

所以，庆祝今年的国庆，我们不是迷恋过去的光荣，而是检讨现在，鞭策将来，发动我们全民族起来对侵略者作决死的斗争，保卫我们的武汉，现在我们还要重说一句：庆祝国庆，我们就要保卫武汉！

载 1938 年 10 月 10 日《先锋》半月刊　国庆增刊

为真理而奋斗

（代复刊词）

□ 夏野士

《先锋》半月刊复刊号新第一期 1938 年 9 月 30 日出版

　　天上没有两个太阳，世界上真理也只有一个；所以现在我们只有一个共同的目标，就是为真理而奋斗。也就是为世界和平而奋斗。我们中国人为了自由、独立，幸福的新中国和日本法西斯强盗斗争，也就是为世界和平而奋斗，为真理而奋斗。因为中国是世界的一环，中国不能离开世界单独的存在。这就是说：中国不安宁，也就是世界不安宁，同样，世界不安宁，中国也不会得到安宁的。所以，每一个中国人都应该起来为保卫祖国的自由、独立、幸福和日本法西斯强盗斗争。为保卫世界永久和平和侵略阵线斗争。

　　世界是已经到了真理和非真理决斗的时候了。

　　在西方：德意法西斯强盗疯狂地吞拼了阿比西尼亚，进攻西班牙，捷克也在法西斯的魔手下注定了战争的命运。在东方：日本法西斯强盗，从"九一八"开始，不断地向我进攻，夺取了我广大的土地，使我千万同胞遭受亡国奴的命运，我们中国人民的土地财产遭受日本强盗掠夺与没收；中国人的生命遭受日本强盗屠杀和压迫；中国的妇女遭受日本强盗奸淫与蹂躏；中国的儿童遭受日本强盗屠杀和掳运回国……这许多惨无人道的事，日本强盗在我们国土上到处的演着，使我们千万同胞天天在暗无天日的地狱里生活着，呻吟着，尤其是"七七"抗战的烽火燃烧起了之后，日本强盗更加疯狂了，违反了国际公约轰炸我没有设防的城市和乡村，惨杀我手无寸铁的民众，施放毒气，这种惨无人道的行为，这种非人类的野蛮举动，我们是再也不准延长下去了，我们要消灭东方法西斯强盗，我们要消灭西方法西斯强盗，现在已经是时候了。

　　在西方，阿比西尼亚虽然是被吞灭了，可是阿比西尼亚民众的心还没有死，还在不断地挣扎着，西班牙在法西斯强盗的进攻下，展开了英勇的斗争。在东方，日本法西斯强盗向我进攻，我们也展开了英勇的历史的抗战，自"七七"到现在已经有一年多的时间了，虽然我们失去了许多土地，牺牲了千万战士的血肉头颅，我们不但没有像日本强盗预想那样的使中国人屈膝，相反地更加强了我们团结的力量，战士不断地上前线去。实行"士兵战死，有民众来抵，丈夫战死，有妻子来抵"，给日本法西斯强盗有力的打击。

　　抗战已经到了第三期了，敌人也更加紧侵略，我们在保卫大武汉的实际行动中，我们要动员我们四万万伍千万的全民力量，不分南北，不分老幼；不分男女，不分党派，不分帮团的大家拉紧了手，坚强地团结起来，保卫自己的家乡，以作保卫武汉的后盾。同时，我们更要在军事、政治、经济、文化……各部门采取紧急的动员办法。首先就要积极的动员和组织各阶层各职业的千百万民众，武装所有的工人、农民和青年学生，到前线去作战，为士兵服务，担负起后方的治安。这样才能保住我们的大武汉。即使万一武汉不能保，退出了武汉，也是不会妨害到我们整个的抗战前途的，我们仍旧可以继续的抗战下去，同时我们更会加强抗战的力量，完成我们"抗战必胜，建国必成"的重大使命。

所以在保卫大武汉的今日，住在温州的我们，每一个人都应该把我们自己所有的能力和物力都贡献给国家，各尽其能的起来保卫我们的家乡——大浙江，大温州，完成保卫大武汉的任务。

基于此，我们的《先锋》是复活了，我们要以新的姿态，新的力量，新的斗争武器，来帮助抗战，完成抗建，建立起我们自由、独立、幸福的新的中国，奠定永久和平的新世界，使真理的光照耀着全人类。

载 1938 年 9 月 30 日《先锋》革新号

纪念我们自己的戏剧节

□ 夏野士

今天是双十节，同时又是戏剧节。

在我们庆祝双十节的今天，追忆起去年我们戏剧工作者在武汉成立的戏剧界抗敌后援会，决议定今日为我们中国的戏剧节，这是我们戏剧工作者空前未有的大团结，为我国剧运奠下历史的新基。增强抗战的力量，这是多么地值得庆祝，值得纪念啊。在双十节和戏剧节合并在一起的今天，并且抗战又有了一年多历史的今天，我们戏剧工作者更将如何的来庆祝呢。

戏剧工作者大团结的发源地——武汉，现在已经是遭受敌人强度的压迫了，敌人的利爪已经抓破了我们武汉的四周，正向武汉进攻，加速度的来灭亡我们，所以我们庆祝双十节的今天，庆祝戏剧节的今天，我们戏剧工作者就要身先士卒的起来为保卫辛亥起义的革命策源地大武汉，保卫我们戏剧工作者大团结的发源地大武汉和日本法西斯强盗斗争。

戏剧这东西是我们抗战期中一支最有力的武器，他不但是宣传的优良工具，同时也是组织民众，训练民众的最有力的工具，这是谁也不能否认的。所以在庆祝双十节，庆祝戏剧节，保卫大武汉的今天，我们戏剧工作者都应该加强我们团结的力量，加紧我们工作的效率，完成我们民族解放的重大任务。

在今天，我们每一个戏剧工作者都应该很严格的来检讨我们过去的工作，是不是已经配合了抗战的要求，是不是已经赶上了时代的速度，我们要把好的永久的保留下来，坏的立刻就把他丢了，我们更要扩大我们戏剧的阵线，加强我们戏剧的阵线，我们戏剧工作者更要站到民众的队伍里去，和民众打成一片，和士兵打成一片，和一切的人都打成一片，不管是农工商学兵，哪党哪派哪一阶层，都要打成一片，我们不但自己戏剧工作者要有坚强的团结，同时我们更要使我们戏剧成为我们全中华民族大团结的重心，我们要使每一个中国同胞在看了戏之后，都能够很坚强地拉起手来，结合在一条战线上，为中华民族求解放而斗争。

敌人步步的加紧侵略，抢夺我大武汉的今日，我们来纪念我们自己的节日，我们戏剧工作者更要加紧团结，加紧工作，这不但是武汉的戏剧工作者要做到，每一个地方的戏剧工作者都要做到，当然，我们温州的戏剧工作者同样也要做到，我们要用我们戏剧这武器来保卫大武汉，大浙江，大温州。争取我们民族解放，建立自由、独立、幸福的新中国。

载 1938 年 10 月 10 日《先锋》半月刊 国庆增刊

纪念戏剧节告永嘉戏剧工作者书

□ 夏野士

亲爱的戏剧工作者们：

今天是我们中华民族的国庆日，同时也是戏剧节。这是我们全国戏剧工作者大团结的伟大的日子，他消灭了过去我们戏剧界里各自为政的一盘散沙的不良现象，他在抗日民族统一战线下坚强的团结起来，为国家民族的自由解放和日本法西斯强盗斗争，争取民族解放胜利。

在我们纪念戏剧节的今天，我们应当切实的检讨一下我们过去的工作，是不是已经配合了抗战？是不是已经赶上了时代？不可否认的，自从抗战以后，全国的戏剧界是奠定了一个新的基础，我们永嘉同样也是奠定了一个新的基础。这一年来国防戏剧蓬勃的展开，就是铁一般的事实，但是同样有他的缺点，就是在全国戏剧界坚强的团结有了一年历史的今天，我们永嘉的戏剧工作者还是没有一个总的联络，坚强的团结，这我们不能不说是我们永嘉戏剧界一个最大的憾事。所以在今天，敌人一步紧一步的逼紧武汉，加速度地向我们侵略的今天，我们来纪念我们自己的节日——戏剧节，我们永嘉的戏剧工作者，大家拉紧手，坚强的团结起来，站在一条战线上，加强我们的工作，用我们的武器——戏剧，去给敌人有力的打击，争取我们民族解放胜利！

永嘉抗日自卫会宣传《先锋》半月刊社启

载 1938 年 10 月 10 日《先锋》半月刊国庆增刊

我军撤退武汉与我们应有的认识

□ 夏野士

日本法西斯强盗为了争取它梦想着的速战速决的成功，所以集中了强大兵力来陷我广州，夺我武汉。使我武汉英勇的战士们在广州失陷后，由于战略关系，退出武汉的核心，散布到武汉的外线来和敌人周旋，消耗敌人的实力，打击敌人前进，我们绝对不因武汉的撤退，而结束了这次伟大的神圣的抗战，相反地我们是更增加了抗战的力量，加强了抗战的决心，与敌人作决死的斗争，直到民族解放的最后胜利为止。所以，敌人这种打算是完全错了，这次武汉我军的撤退，我军不但没有失败，反而胜利了，因为在保卫武汉的时期中，虽然我们不曾争取到怎样长的时间，但是我们是消耗了敌人大量的实力了，而我们还是仍然保持住我们所有的实力。虽然我军是撤退了武汉，但是我们没有放弃武汉，我们依旧在武汉的外线和敌人周旋，给敌人以有力的打击，争取我们的胜利。

可是有一部分悲观论者，唯武器论者，失败主义者，当我军撤退武汉后，竟大叹其气，大放其和平空气，这恰巧是中了敌人的奸计，恰巧给了敌人希望的希望，是敌人求之不得的。我们要晓得，这十六个月来的英勇抗战，已经使敌人精疲力尽，左右难顾了，敌人恨不得早日结束了这次战争，养其原气，再来作第二次的侵略，因为敌人侵略的野心是不会终止的，所以敌人这次的进攻武汉，就是这个目的。我们每一个中国人都应当认识这一点，不要上了敌人的当。妥协、求和、苟安的心理都是要不得的。我们要牢记住，我们更要拿出事实来答复敌人，击破歪曲的理论。这次的抗战，是我们中华民族争生存的最后一次抗战，并且这次抗战也是我们会必然得到最后胜利的抗战。所以我们每一个有良心的中国人，都应该起来支持抗战，参加抗战，增强抗战的实力，打击敌人，争取我们民族解放胜利。

有人对于我军撤退武汉觉得可惜！就是我们保卫武汉，不能像西班牙人民保卫马德里那样的保卫武汉，阻敌前进，在保卫武汉战中，不能使敌进我退的第一阶段的抗战，跟进敌我相持的第二阶段的抗战，但是我们没有悲哀，我们是更加积极地来争取第二阶段抗战的完成，我们相信在不久的将来，或者就是明天，我们一定是会很快地迈进了敌我相持的第二阶段的抗战的。只要我们能接受过去十六个月来血的教训，血的经验，从这些血的教训与经验中，很诚恳地坦白地检讨已往的一切，纠正所有的错误，补救所有的缺憾，向着更完善，更周密的计划勇往迈进，争取我们民族解放的胜利。这首先我们要指出来的，就是政治动员与民众动员的不够，在过去一、二期抗战中，大家都曾指出了这一点，可是在三期的武汉保卫战中，还是存在着这个弱点，比如一种不必要的猜疑，以至影响到组织民众的困难，对于民众自发的组织，我们不能好好的加以指导，使之健全、巩固，和动员民众，我们没有改善人民生活等等，这些都是我们减少抗战力量的重要条件。

总之，我们为了争取我们抗战的最后胜利，我们应当接受过去的血的教训与经验，放弃个人的成见，巩固国内团结，加强抗战实力，打击"中途妥协"的歪曲理论，堵塞使我们屈服的"和平"的调停之门，抗战到底，打走日本法西斯强盗，争取我们中华民族解放的最后胜利。

载 1938 年 11 月 10 日《先锋》半月刊 新 2 期

悼王良俭同志

□ 夏野士

　　我和王君都不认识，或者曾经碰过面也不一定，但是我忘了，不过我晓得他是一个热心于救亡的青年，可惜在今生是再没有机会见面了。为了想念着他那勇敢的精神，我望着天空，念出了一首诗来，现在把他录下来，敬献给我们勇敢的战士王良俭同志灵前。（作者前志）

　　默默地望着天空
　　想念着我们勇敢的战士
　　离开了世界
　　为着中华民族的解放
　　斗争到最后一口气

载 1938 年 11 月 22 日《浙瓯日报·展望》第 215 期

给青年以思想发展的自由

□ 夏野士

青年是抗战期中最有力的队伍，这是谁也不能否认的，所以把青年组织起来，训练起来，是目前最迫切的工作。青年营也就在抗战建国的需要下成立了。在这里我不想说什么别的话，我只有一点希望，就是希望青年营能够给青年以思想发展的自由。

抗战到现在已有十六个月了，在这十六个月里，也有过很多的青年训练班来训练青年，可是青年训练好了没有？事实告诉我们没有。青年并没有因为经过了训练而成为坚强的干部，并且很多的青年从训练班里出来还要大叹其气，大喊倒霉，因此，很多的青年就怕听训练班，怕进训练班了。这是为什么？最重要的一点，就是因为许多训练班没有给青年以思想发展的自由。

青年思想是最纯洁的，他是没有一点虚伪的，假意的，或者有什么作用的，他的思想就是根据现实而发出来的，所以我们要给青年有思想发展的自由的机会，假若不能给他思想发展的自由，无理的限制他的发展，那么，青年就会感到失望、灰心，以致影响到整个抗战的前途。不过，思想发展的自由，不是漫无限制，而是有他的范围的，就是以三民主义、抗战建国纲领为最高原则。只要他的思想是不妨碍到抗战建国的话，我们都应该给以自由的发展。因为我们只有一个敌人——日本帝国主义。所以讲到我们青年思想的统一，也应该是站在抗日统一战线的大旗帜下来求统一，也只有在抗日统一战线下我们青年的思想才能统一起来，假若我们违反了抗日民族统一战线来谈思想统一，那不是思想统一，而是思想统制，思想同一，但是思想统制，思想同一是不可能的，并且也是很危险的，假使硬要思想统制，思想同一，相反地会造成了思想的分散的。因为思想的发生，是有他历史的根据的，是有他社会环境来决定的，这就是说，一个阶层有一个阶层的思想，并且这种思想上一定拥护自己阶层的利益的。如地主和农民，资本家和工人，他们的思想绝对不会同的，因为他们生活环境不同。不是吗？地主是靠收租过活的，他一定是拥护土地私有制的思想的，农民经常遭受地租的压迫，自然是推翻土地私有制的思想，所以思想绝对没有同一的。并且也不能统制的。假若要思想同一，除非是这个阶级的社会先消灭了。在阶级存在一天，代表各阶层的各种思想也就自然地存在着的，谁也没有办法消灭这种思想上的歧异的，除非为思想分歧基源的社会阶级根本消灭。所以在现在我们只能谈思想统一，而没有法子谈思想同一，并且思想统一的基础是建筑在抗日统一战线之上的。

过去许多青年训练班，不能使青年欢迎甚至使青年害怕，使青年灰心，就是因为限制了青年的思想，没有给青年以思想发展自由的缘故。所以我希望青年营能够做到这一点，站在三民主义、抗战建国纲领以及抗日统一战线的大旗帜下，尽量给青年以思想发展的自由，也只有给青年以思想发展的自由，青年营才能够成为青年打击日寇、消灭日寇的坚强的营地。

载 1938 年 12 月 4 日《浙瓯日报·展望》第 224 号

机关枪点名

浙瓯社战地记者　夏野士

"机关枪点名"，这名字是非常的新奇的，想大家一定还没有听到过吧。

这个新奇的名字是皖南前线以游击战制胜敌人的XX军X支队的司令发明的。这个英勇司令是一位很有趣味的人物，和他谈话是怪有趣味儿的，会使百听不厌，愈听愈有味儿。听说我军会用机关枪点名的方法，消灭了很多的敌人，把敌人赶回到屋子里去，不敢再出来。

机关枪点名怎么样的点法，怪有趣味的，现在让我慢慢的道来。

敌人吃了我们游击队的教训太多了，所以他们是处处都当心着游击队的进攻，譬如战争刚开始时，敌人的胆子相当的大，就是一二个人都到各地去抢，奸，耀武扬威的目中无人，似乎真正的是皇军般的，可是碰到了我们游击队来了之后，不要说一二个人不敢走路，就是整队走路也都特别的担心，不敢那样的耀武扬威了，看到了我们游击队时，就会老鼠看见猫一样的窜了去，现在是更越弄越不像样了，弄得不敢走路了，整天地躲在营里、乌龟一样的把头缩到肚子里去，现在的所谓皇军是变成了乌龟军。

这些日本乌龟军，每天早上都要到江边去洗脸的，那么我们英勇的战士们就会叫这些乌龟军的士兵们尝尝我们的子弹。

每天早上我们的兄弟一早起来就扛了支枪去埋伏在敌人看不见的地方，等到敌人来俯在江边洗面时，瞄准了枪，"砰"的一声，子弹就打中了敌兵，敌兵也就随着应声倒地，滚到江里去，一枪打一个，打死了很多的日本兵，天天早晨都是这样的打它一通，打得日本强盗不敢再出来洗脸。

日本强盗不出来洗脸，那么我们也就失去了一枪一个的机会了，可是我门更好的机会更来了。因为日本这些乌龟军每天早晨都要到空地上去出操的，于是我们就准备打他一个不备，叫他吃更大的苦，牺牲更多的士兵。用什么方法呢？就是用机关枪点名。所谓机关枪点名是这样：

每天早上我们勇敢的兄弟就拿着机关枪去埋伏到可以射击敌人的地方，当然是不给看到的地方。当日本乌龟军都排在空地上，由队长点名时那么我们的机关枪就对准了那些敌人，"啪……"扫射了去，从第一名一直到最后一个，每一个敌兵都中了我们的机关枪倒下去了。这给敌兵的队长省了不少的力，可以不必再一个一个的点名了。

　　每天早晨我们都是这样的帮助着敌人的队长点名，叫敌人都死在我们的机关枪的子弹之下。这就叫做机关枪点名。

　　现在敌人胆子是更加小了，不敢再在早上出操了。

载 1939 年 5 月 11 日《浙瓯日报》第 2 版

游击队的开始

浙瓯社战地记者　夏野士

游击战在争取民族解放过程中的重要，已经是谁也不能否认的。在这里记者要告诉大家的就是 XX 军在皖南前线怎样展开他的游击战争而制胜敌人的。不错，XX 军事宜游击战术特长的，在江南战场上，已经是大小皆知了。并且游击战术进步的速度，非常的快，到现在为止，敌人也承认没有方法能够消灭游击战的发展。虽然敌人曾经用着精良的武器大规模的包围我军，扫荡我军，结果完全是失败了。在这里不讲现在游击战术进步到什么程度，而是告诉大家我军游击战是怎么样开始战胜敌人的。

敌人有着精良的武器而我们只有矛

当我军开到江南战场上去的时候，老百姓看到了都是摇头的，大家都不相信游击队是会打胜敌人的。因为敌人的武器都是那么的精良的，大炮机关枪以及一切杀人的武器都是新式的，刺刀是那么雪亮，看到了真的是有几分使人害怕的。而我们的游击队呢？那真是天晓得啦，那么多的人，只有那样一点点枪，并且又是旧的，所有的都是矛，还是古代的一种战争武器，和现代战争的武器怎么能够相比呢？所以那时无论哪一个人看了，都要叹一口气，这样的游击战怎样能够战胜敌人呢？可是到了今天，大家都相信游击战是战胜敌人的最好战术，并且现在是没有人不敬佩 XX 军战术的高明的。

消耗敌人的实力是游击战的目的

游击战最大的目的是在消耗敌人的实力，所以我军背着矛上战场去和敌人战斗，并不是开始就和敌人硬打的，而是以种种欺骗引诱的方法来使敌人上当的。

敌人晓得了我军开到的战场上之后，就准备了大量的炮火，打算一战而歼灭我军的。所以我军也就利用了敌人的这一弱点，叫他牺牲了大量的炮火，而得不到一点收获。同时还要叫敌人有了这样大的牺牲之后，更叫他再吃苦。我军是怎样叫敌人上当的？

两粒子弹换敌人无数的子弹

战斗开始了，我军并没有立刻就和敌人决一雌雄，只是在远远的地方朝向敌人"啪，啪"的开了两枪，敌人以为我军是向他们进攻了，于是就大炮机关枪一齐来，砰砰啪啪的开了半天，看看我军并没有打过去，于是就停止了。可是我军是不放过这个机会的，当地人停止了枪炮的时候，我军立刻放它两枪，敌人听到了我军又开枪了，又以为我军攻过去了，即刻又是砰砰啪啪的大炮机关枪一齐来。就是这样骗了敌人大批子弹。但是敌人并不是永久这样笨的，有一天他也会晓得我军是欺骗他的。所以过了些时候，敌人晓得了我军只是吓吓他的，并不是真的向他进攻，于是敌人对于我军的"啪啪"两声枪就不当作一回事了，他也不再是砰砰啪啪的打开枪炮了。敌人就像是若无其事的不管了，可是还是我军进攻的机会到了，我们是不会轻易放过的。

攻不倒是有胜利的把握

我们的"啪，啪"两声枪再不能换取敌人大量子弹的时候，于是我们就要夺取敌人的武器来武装自己了。所以在敌人不再防备我军的时候，我军的战士就英勇地带着手榴弹向敌阵地冲了过去，冲过敌军的防线，再冲到敌军的营地。用手榴弹对准了敌人"轰轰…"放入连丢他几下，敌人看到了手榴弹这样多的落在了他们的面前，一个个敌人都弄得手忙脚乱，不知我军去的人数是多少，害怕得东奔西跳，大家都逃命去了。而枪炮子弹也就都丢了不要了，逃不了的都做了炮灰，于是我军是从从容容的夺取了大批的战利品回来了，敌人吃了这样的苦之后，那么他们又不得不戒备了。于是我们再来消耗敌人的实力。

手榴弹是敌人最怕的东西

敌人对于手榴弹是最怕了，他们听到了手榴弹爆炸的声音，就和催命鬼来要他们的命一样的使他们害怕得不得了。在有一个时期敌人听到了手榴弹声音，就以为是我军冲过去，马上又是大炮机关枪砰砰啪啪的大开而特开的，所以我军又利用了敌人这一弱点了。我们时常派一两个人到敌军较近的隐蔽的地方去，拿出手榴弹对这敌人"轰轰"的两下子，对于敌人有时大炮机关枪乱开。等敌人的枪炮停止了，我战士又是"轰轰"两下子，敌人再又开枪开炮。但是久而久之，敌人又晓得这是我军欺骗他们的，于是对于手榴弹的轰轰两声，又把它看作和"啪啪"两声枪响是一样左右，不过是骗骗他们的，也就不再预防了。这又是我们的袭击的好机会了，于是我们英勇的战士们又带着手榴弹向敌营进攻了，这样我们又打死了很多的敌人，夺去了大量的武器。就是这样，是敌人防不胜防，而疲于奔命。

夺取敌人的武器来武装自己

就是这样，叫敌人看见了游击队害怕，叫敌人在我军游击战前发抖，消灭在我军的游击战中。

现在皖南前线与敌人做绝死的周旋的我军，再也不适合才开前线时一样的只是矛了，老实说矛现在我军是不用了，并且就是连旧的枪也都不要了，现在所有的都是新的，没有一支是旧的，但是这些新的枪是什么地方来的，是从敌人那里夺取来的。所以现在我军的游击战争是更加进步了。不像过去刚开始的时做那样简简单单只是恐吓的办法了。因为我们的武器增加和改良了。这里所说的只是游击队是怎样开始的一点。

原载 1939 年 5 月 13、14 日
《浙瓯日报》第 2 版

妇女在抗战中的力量

□ 夏野士

妇女解放是民族解放的一个部分。同样民族解放，也必需妇女参加斗争。假若妇女不起来参加民族解放斗争，那么民族也就没有法子能够解放的。所以争求中华民族解放的胜利，我们也就该动员全国的妇女来参加斗争。这是谁也不能否认的。

中国的妇女，在今天虽然还不能说是全数都已起来参加抗战建国的工作，可是这一次我从浙江到安徽旅行的结果，事实表现在我的面前，很多的妇女已经起来参加抗战的斗争了。这深深地使人感觉到我国妇女力量的伟大。

我这次是从温州出发，经过青田、丽水、金华、兰溪、桐庐，于潜过千秋关到了安徽的地界，通过宁国、宣城、泾县、太平……等地回到金华来，在这个长长的过程中，看到了很多的妇女参加了抗战建国的工作，那种伟大的精神是值得我们敬佩的。

现在，让我记下几则我自己亲眼所看到的故事：——

桐庐的妇女工作团

桐庐城是敌人的飞机与炸弹光顾了许多次的地方，城里现在是满眼凄凉。最热闹的一条街，现在是一片瓦砾沙场，就是其余的屋子也都是东歪西倒的，市面是一点也没有了。天晴的上午，城里是一个人也没有的，大家都避到乡下去，到了下午才陆续的回来，我曾到街上去作了一次巡礼，在街头的墙壁上还可以看到一些标语之类的东西，最值得人们注意的，还是一张仅有的壁报，这壁报是谁出版的呢？是妇女工作团出版的，这不能不使人感到万分的兴奋与妇女们斗争力量的坚强。是的，在敌机轰炸下，她们还不肯放弃了她们的工作，不断地在为着工作而努力着。

三个投军的乡下女子

在于潜城里我碰到三个乡下的女子，到 XX 军去投军，要求入伍。

这三个女子都是二十左右的人，字是一个也不认得的，但她们很晓得日本强盗怎样的欺侮我们。据说这三位妇女都是安徽人，从家里逃出来的。XX 军因为来历不明，不肯收留，后送至警察局，由警察局担保送至 XX 训练班受训。乡村妇女有这样的醒觉，也是少有的。

女难民回家打游击

再过千秋关的途中，我碰到了一对夫妇，他们都是南京附近的人，当南京被敌军占领时，他们逃难出来的，到现在已经有一年多了，经过了很多的地方。现在他们都感到逃难不是路，还是回家去打游击吧；尤其是那位女难民表示得更坚决，她曾经对我这样的说："我虽然是女人，不能拿枪去跟日本鬼子拼，可是我的家乡是我所熟悉的，帮助游击队送信，侦查总可能的，就是说这些事都不会做吧，帮助游击队洗衣烧饭也总用得到的。"

是的，妇女的力量是伟大的，我深深地感到。

泾县的妇抗会

许多地方的妇女团体里的会员，大多都是知识分子，除了知识妇女之外，家庭妇女老太婆等加入的就很少，几乎可以说是没有。可是在泾县的妇抗会就不同了。在这里妇抗会里的会员，除了所有的知识妇女之外，家庭妇女加入的很多，就是许多老太婆也都加入了，这种现象在别的地方是看不到的。所以希望各地的妇女团体能大量的吸入家庭妇女与太老婆等来工作。因为知识妇女到底还是少数。并且争取民族解放胜利，也不是单独知识妇女加入，就能成功的。

老妖精的故事

老妖精是泾县新村的妇抗会的一个会员她的年纪很大了，有七十左右了，可是她的救国热情非常的高，譬如士兵经过了，她就前去慰劳，她为了募捐慰劳品，竟整日整夜的这家跑那家走的去募捐。有一次做慰劳鞋时，她因为年岁大，眼睛看不见，她就帮她媳妇洗衣烧饭，要她媳妇连日连夜的做慰劳鞋。开妇抗会时，她会一早就到一家一家去叫妇女们来开会。有一次在民众大会上，她上台宣传抗战的大道理，因此人家就送她一个绰号叫作老妖精。她也就接受了这个绰号，她还说："我希望大家都能像我老妖精一样的来救国。"

以上的几则妇女新闻，只是在我旅程中所看到的许多妇女新闻中的几则罢了，还有许多更好的关于妇女消息，如 XX 战地服务团，偷渡敌阵的皖北妇女领袖夏臻瑛女士等，都是惊人的新闻，再另写专文报告。

总之，中国的妇女是醒觉了，起来了。

四月六日写于金华旅次。

载 1939 年 5 月 20 日《战时商人》第 2、3 期合刊

特約通訊

婦女在抗戰中的力量

夏野士

婦女是民族解放的一個部門，同樣民族解放，也必需婦女參加鬥爭。假若婦女不起來參加民族解放鬥爭，那麼民族也就沒有法子能夠解放的。所以爭求中華民族解放的勝利，我們也就該動員全國的婦女來參加鬥爭。這是誰也不能否認的。

中國的婦女，在今天雖然還不能說是全數都已起來參加抗戰建國的工作，可是這一次我從浙江到安徽旅行的結果，審實表現在我的面前，很多的婦女已經起來參加抗戰建國的工作，那種偉大的精神是值得我們敬佩的。

現在讓我記下幾則我自己親眼所看到的故事：

我這次是從溫州出發，繞過青田、麗水、金華、蘭谿、桐廬、於潛，過千秋關到了安徽的地界，通過寧國、宣城、涇縣、太平……等，在這個長長的過程中，看到了很多的婦女參加了抗戰建國的工作，那種偉大使我深深地感覺到我國婦女力量的偉大。

女難民回家打游擊

在過千秋關的途中，我碰到了一對夫婦，他們都是南京附近的人。當南京被敵軍佔領時，到現在已經有一年多了。我曾經過了很多的地方，尤其是那位女難民，她曾經對我這樣的說：

「我雖然是女人，不能拿槍去跟日本鬼子拚，可是我的家鄉是我所熟悉的，到現在京被敵軍佔領，就是說這些平都不會做婦女的力量是偉大的，我深深地威到。

三個投軍的鄉下女子

在涇城裏我碰到三個鄉下的女子，到×軍去投軍，要求入伍。

這三個女子都是二十左右的人，字是一個也不認得的。但他曉得日本強姦婦女的欺侮，智識份子，除了智識婦女之外，家庭婦女也太少等加入的就很少。可是在涇縣的婦抗會裏，許多地方的婦女團體裏的會員，大多都是智識婦女。

溫縣的婦女抗日

的地方，城裏現在是滿眼淒涼。最熱鬧的一條街，現在是一片飛沙場，就是其餘的屋子也都是東歪西倒的，市面是一點也沒有了。天晴的午後，城裏進一個人也沒有，大家都談到街上去了。到了下午各缺的倒來，我曾到街上去作了一次巡禮，在街頭的腦際上還可以看到一些標語之類的東西，最值得人們注意的還是一張標有的健報，這健報是誰出版的呢？是婦女工作團出版的，這不能不使人感到萬分的堅強。是的，在戴機蕭炸下，她們還不肯放棄了她們的工作，不斷地在為着工作而努力着。

桐廬的婦女工作團

桐廬城是敵人的飛機與炸彈光顧了許多次了。鄉村婦女有這樣的警覺，也是少有的。

我們。據說道三位婦女都是安徽人，因為來歷不明，不肯收留，後送到警察局，由警察局担保送至××訓練班受訓。鄉村婦女有這樣的警覺，也是少有的。就算許多紳士大姦電都加入了……

载永嘉县《战时商人》半月刊第2、3期合刊　主编　1939年5月20日出版

皖南战地的商人

□ 夏野士

到了皖南，就使人感到一种新奇与兴奋。这里离火线虽然很近，可是空气是怪自由的。在我这次的旅行中，皖南实在是南中国一块新生的土地，到处开放着鲜艳的花朵。

是的，这里的孩子是那么地天真活泼，妇女是那么地勇敢伟大，民众都是那么地热情坦白，每一个人都是在为着抗战建国而努力工作。就是商人也是同样地没有一点虚伪和半点假意，一言一语，一举一动，都是那么地淳朴可靠，这些事实，增加了并坚定了我们对于抗战必胜建国必成的信心。

据记者过去的经验，商人给我的印象一向是很坏的，尤其是上海的商人，怪滑头滑脑的，虽然是笑脸迎人，可是在那笑脸的后面，就是藏着了雪白的钢刀，向着买主杀来，真有点可怕。而这里——皖南前线，就完全不同了，每一个商人的笑是忠实的，诚恳的，他们招待着买主和招待着自己的亲友来玩耍一样的客气。

这些商人，大多是流动性的，他们跟随着军队到处移动着。军队到了哪一个地方，他们也就跟随到那一个地方，在那里摆起摊子或开起商店来做买卖。在好多地方，过去都是很清冷的，没有什么商店的，而军队来了，商店摊子也就慢慢地开张起来，热闹起来，商人与军人，军人与商人，亲热得像兄弟一样，有讲有笑，十分和睦。做起买卖来是非常的规矩，说一是一，说二是二，没有讲价也没有还价，虽然这些摊子商店不是上海的大公司和大商场，只是二三十元的小摊子和数百元的小商店，可是价钱划一，就和上海的大公司大商场一样"不二价"，你要买就买，不买就拉倒，讨价还价的事是没有的。记者曾经亲自调查过所有的商店，在同一种牌子的货物，价钱都是一样的，没有一丝一厘的差异，不像别的地方商店一样，这家卖两角，那家卖两角一分的有高有低。不但如此，并且这些商店的价格，和军队里自己办的消费合作社所卖的价钱也是一样。

当一种货物遇到了缺货时，商人也是不会有意抬高价格的。虽然是奇货可居，抬高了价格，人家还是非买不可，可是这里的商人竟不肯为了私人的利益而加价，仍旧以原来的价钱出售。举一个例来说的，更明白些，就是某一种货物原价是两角的，现在因为缺货，如果加价到四角，人家也是非买不可，可是这里的商人竟不肯为了私人的利益而加价，仍旧以原来的价钱出售。举一个例来说更明白些，就是某一种货物，原价是二角的，现在因为缺货，如果加价到四角，人家也是非买不可，这是一个很好的机会，使商人尽可能地随便加价出卖，能赚双倍以上的利得，可是皖南战地的商人对于这种不公道的事情是不干的。

看到这里一定有人会觉得奇怪：为什么皖南战地的商人会这样的来，在有钱可赚的极好机会下而放弃了呢？这是有原因的，据记者观察的结果，那是驻扎在这里的军队"军民合作"工作的成果。

是的，在这儿军队里的每一个同志，对待民众是怪好的，像爱护自己的兄弟姊妹；不但不会去扰乱民众，同时还帮助民众工作。商人是民众之一，所以对待商人也是一样，不肯使商人吃一点亏。规规矩矩的公买公卖。不还价，不少钱，商人不会吃亏，那么商人也就不需要多讨价钱，或抬高物价来弥补这种无名的损失了。

同时，皖南战地的商人在和军队同志们时常谈话中，提高了政治水准，明白了抬高物价就是妨碍抗战建国的大道理。

总之，皖南战地的商人，是值得我们赞扬的。希望各地的商人都能划一价格，不抬高价钱，不会为自己个人利益打算而有害于抗战的胜利。

载 1939 年 6 月 20 日《战时商人》第四五期合刊

老板·職員·店員·

戰時商人

朱宣平作 （原木板刻）逃亡！流浪！

創刊號

民國二十八年六月二十日出版

戰地通訊

皖南戰地的商人

夏野士

到了皖南，就使人感到一種新奇與興奮。這裏離火線雖然很近，可是空氣是很自由的。在我這次的旅行中，皖南實在是南中國一塊新生的土地，到處開放着鮮艷的花朵。

是的，這裏的孩子是那麼地天真活潑，婦女是那麼地勇敢偉大，民衆都是那麼地熱情擔白，每一個人也當是在爲着抗戰建國而努力工作。就是商人也是同樣地沒有一點虛僞和半假意，一言一語，一舉一動，都是那麼誠懇樸實。這些事實，增加了並堅定了我們對於抗戰必勝建國必成的信心。

懷記者過去的經驗，商人給我的印象一向是很壞的，尤其是上海的商人，怪滑頭滑腦的一樣。不但如此，並且這些商店的後面，就是這裏的商人，沒有一絲一毫的差異，不像別的地方商人的一個，這家賣二角，那家賣二角一分的有高有低。記者曾經親自調查過所有的商店，在同一種牌子的貨物，價錢都是一樣的，沒有一點虛僞和半假的。而這是──皖南前線，向着買主殺來，頁有點裏自己辦的消費合作社所賣的價錢也差一點。

當一種貨物遇到了缺貨時，商人也是不會有意抬高價格的。雖然是奇貨可居，抬高了價格，人家還是非買不可，可是這裏的商人卷不爲了私人的利益而加價，仍舊以原來的價錢出售。舉一個例來說得更明白些，就是某一種貨物，原價是二角的，現在因爲缺貨，如果加價到四角，人家也是非買不可，這是一個很好的機會，使商人儘可能地隨便加價出賣，能賺起商店來做買賣。在好多地方，過去都是很清的。

這些商人，大半是流動性的，他們跟隨着軍隊到處移動着。軍隊到了那一個地方，他們也就跟隨到那裏擺起攤子或開起商店來做買賣。在好多地方，過去都是很清氣。待着買主和招待着自己的親友來玩耍一樣的客氣。

可怕的。而這些——皖南前線的商人，就完全不同了，每一個商人的笑臉是忠實的，他們招待着買主和招待着自己的親友來玩耍一樣的客氣。

看到這裏一定有人會這樣地、在有錢可賺的極好機會下面放棄了呢？過這是有原因的，記者觀察的結果，那是駐扎在這裏的軍隊「軍民合作」工作的成功。

是的，在這兒軍隊裏的每一個同志，對待民衆是怪好的，像愛護自己的兄弟姊妹，不但不會去擾亂民衆，同時還幫助民衆工作。商人是民衆之一，所以對待商人也是一樣，不肯使商人吃一點虧。規規矩矩的公買公賣，不退價，不少錢，商人不會吃虧，那麼商人也就不需要多討價錢，或抬高物價來彌補這種無名的損失了。

同時，皖南戰地的商人從和軍隊同志們時常談話中，提高了政治水準，明白了抬高物價就是妨害抗戰建國的大道理。

總之，皖南戰地的商人都能劃一價格，不抬高價錢。希望各地的商人都能劃一價格，不抬高價錢，不會爲自己個人利益打算而有害於抗戰的。

雙倍以上的利得，可是皖南戰地的商人對於這種不公道的事情是不屑的。

敌舰扰乱下的浙东沿海

历史上的防倭重镇——金镇卫

□ 夏野士

有山有水是个公园化的城市
每一个民众都有战斗的决心

报载：十三日乐清电，十三日晨一时许，平阳东南金镇卫之大渔埠，突到敌舰十余艘，泊一小时，全部离去。

地理位置

看了以上的一则新闻，一定有很多人感到金镇卫与大渔埠这两个地名的陌生。是的，这两个地名实在是不易听到的，就是打开一张不很详细的地图来看，有时也都不易找到的。

金镇卫与大渔埠是在什么地方呢？在地理上历史上又是怎样的呢？这是大家愿意晓得的吧，尤其是敌人向我浙海进攻的今天。

我们打开地图来看看，在浙闽交界线附近的地方，不是有一个很小的地名叫做金乡吗？这金乡就是金镇卫。它是属于浙省平阳县的一个小市镇，距离鳌江口，有四十华里，飞云江一百华里，瓯江一百七十华里；而距离浙闽交界地的霞关镇也不过只有九十华里，福建省的沙埕也只有一百四十华里的样子，交通还很便利，有小船直达鳌江，只需四小时，通飞云江，瓯江等地，也不过只要十二小时就够了。不过到福建这条路是比较困难的，因为这一边都是高山的缘故。

距离金镇卫南十华里的地方就是海滨，有石坪、炎亭，清湾底，里墺，外墺，大渔埠等地，这些海滨民众都是以捕鱼为业的，他们的会集地就是在金镇卫；同样，他们所需要的外来物品，也是要经过金镇卫而分散到各地去的。于是金镇卫也就成为这里海滨的一个小城市了。

金镇卫的地方是这样的好，交通也是这样的便利，可是敌人是没有法子到这里来的，就是到了这里，他也必然会很快的被我们消灭，因为这里的地势实在是生得太好了。因为金镇卫的一边是海。一边是平原，可以通到鳌江，飞云江和瓯江，还有两边则是高山。很适合于打游击的条件，所以敌人来了，必然会被我们民众的武力所消灭的。

历史关系

金镇卫在历史上也是一个很重要的地方，这我们从"卫"字上面就可以看得出。在从前所以称为"卫"的理由，一定是一个很重要的地方，并且一定派有重要的官员驻守的，据平阳县志所载，倭寇扰我东南沿海的时候，政府曾派有重要指挥官守卫金镇卫，以严防倭寇。在这里，我们就可以看出金镇卫在从前严防倭寇时是怎样重要的一个地方了。现在敌舰又在大渔埠出现，我们不能不说，金镇卫在抗战的今天是一个重要的地方，尤其是在敌人扰我浙省沿海的今天。

在金镇卫南十里外的一带海滨，虽然不是一个重要的海口，并且水也很浅，敌舰是不能进来的，可是我们不能说敌人就不会来，尤其是在大渔埠这个地方，水是比较深，并且大渔埠的外口，也有一条航路，是商轮的必经要道，敌舰也时常经过，现在敌舰竟在这里停泊一小时之久，这是抗战以来第一次，所以大渔埠在抗战的今日，从历史上看，也是值得我们注意的，金镇卫当然也是一样。

是公园

记者经过的地方也并不算少，可是就没有看见过像金镇卫这样好的一个地方，金镇卫真是一个别具风趣的地方，金镇卫的周围并不很大，大约只有十里的样子，四周围以低矮的城墙，有一点古色古香的样儿，在这低矮的城墙里，有两座小山，东西相对，成为狮子抢球形。有一条弯弯曲曲的水，横贯城中，直通鳌江，此外还有亭阁，高耸云际。同时，大街小巷，密布城中，在街之两旁是商店林立，无论是南货北货，粗布绸缎，以及铜铁铺等，都应有尽有，像这样一个小小的城镇，能够有这样美丽与热闹，真是少有的。

全城的人口约有一万左右，男女老少都很勤俭，但是和过去那种朴素的风气是不同得多了，尤其是青年男女，也时髦了，不过老年人，还是保持住过去的俭省，朴素的行为，这种精神是值得我们年青的一代来模仿的。

记者走遍了金镇卫的全城，深深地使人感到金镇卫是一个美丽的风景区，也是一个热闹的城市。

金乡话

记者从温州到平阳，他们所讲的话，简直使人没有法子可以听懂，记得在皖南战地的时候，有两个温州人在讲温州话，竟有被人误会为日本人的笑话。

可是从平阳到了金乡，在这个小小的城市里的话，竟和温州话完全不同了，他们讲的不但不会听不懂，并且也很好听，和普通话差不多，可以说是使人奇怪的，在许多吱哩咕噜的话中，竟有这样一种普通话躲藏着。这种话，就叫做金乡话。

金乡话，据说也只有住在这座低矮的城墙里的金镇卫的人民会讲的，在这个城墙以外的人，就讲不来了。他们讲的又是一种土话，有的是讲福建话，这些话不但不同金乡话，也不同温州话。

是的，在平阳这个地方所讲的话有多种，实在是太复杂了，有平阳话（和温州话差不多），福建话（因为近福建之故），土话，和金乡话四、五种，但是金镇卫的人民，这四、五种话都能够说，而其余地方的人，只能讲一种或二种，而金乡话是无论如何也讲不来的。

为什么会有这种和普通话差不多的金乡话在这里出现呢？这没有人能够解答，不过据记者想象，大概是因为金镇卫是从前防倭的地方，并且派有指挥官，而这些指挥官都是北京人和杭州人，这些话恐怕就是他们带来的吧。

文化教育

提起金镇卫的人民文化教育程度，在一般的说起来，是比较别的许多地方更高得多的。在这周围十里的小城市中，有一所县立完全小学，和一所区立初级小学，此外还有一所短期小学，总共人数约在一千左右，每年高小毕业生有百名，学龄最小的是七岁，最高的是十六岁，从这个数目上看来，金镇卫的人民文化教育程度如何，也就可想而知了。

现在把金镇卫的人民文化教育程度来比较一下，大概能够得到这样的一个结论：大学程度有四十左右，高中程度三十左右，初中程度六十左右，高小程度在千人以上，小学程度在三千人以上，妇女约全数百分之十的样子。

总之，金镇卫的人民，文化教育程度是高的。

一件最大的耻辱

认贼作父的卖国大汉奸殷逆汝耕，是没有一个人不晓得他是温州人，可是温州什么地方人呢？或者有人会不晓得，他就是金镇卫这个小城市里的人，不过他在金镇卫的时间很少，很多的人都没有见过他那张卖国做汉奸的脸孔。不过，无论如何，金镇卫的人们都认为这是一件最大的耻辱。

当殷逆公开做了汉奸之后，金镇卫的一些无耻之徒，都曾跑到殷逆那里去一同卖国，尤其是殷逆的同宗，和殷逆的亲戚，一直到抗战以后，几个有良心的汉奸是悄悄地回来了，与其说是有良心，毋宁说是做汉奸也要受日本人的百般玩弄与压迫吧，终于忍受不下敌人给与的痛苦又回到家乡来了。

不过，这几个回来的汉奸，悔过了的汉奸他们并没有依照政府颁布的汉奸自首条例去自首，这是使人怀疑的。据当地人告诉记者，有一个时期，这些所谓悔过了的汉奸，被政府当局发现，捉住了几个，也逃去了几个，那几个捉住监禁起来的，后来是被保释放了，而逃走的几个，直到现在还不见去自首，在浙海紧张的今日，望当局加以注意，同时也希望回来的汉奸，能坦白地去自首，证明自己是一个安分守己的国民。

准备着战斗的群众

金镇卫是一个美丽的风景区，同时又是一个热闹的城市，并且在防倭的地理上也有着他的历史关系，那么群众是怎么的呢？让我来报告给全国的同胞听着，金镇卫的群众已经准备好了，决心和日本强盗作决死的战斗，争取中华民族的解放。

当抗战一开始，金镇卫的广大的青年群众就起来了，他们就组织了讲报会，把每天的抗战新闻报告给每一个金镇卫的民众，继之又创办了民众夜校。教育每一个金镇卫的民众，发动了化装宣传队，到各地去，宣传演讲，最后又成立了平阳青年团金乡支团，参加的分子，工农商学，各界都有，尤其是农民占最多数，工人次之，知识分子最少，只有十分之一的样子，他们帮助着乡镇公所推行政令，解释兵役疑问，鼓励人民去当兵，组织缉私队，在雪夜里，他们都威武地到各要道去检查，无论是进口的或出口私货一点也不放松，因为这里近海滨，走私的事是比较容易发生的，他办理得非常有成绩，很多的工作都是这一班劳苦大众在支持着。并且这一班爱国的劳苦群众，很愿意武装自己的头脑与身体，所以他们每晚都到夜校里去读书，早晨自动的来军训，他们正在过着集体的自我教育生活，每一个金镇卫的人民都愿意组织游击队保卫家乡。

在抗战开始的时候，他们就有过这样的信心与誓言：

"守住自己的乡土，来一个杀一个，来两个杀一双，叫每一个日本强盗都死在我们的手里。"

现在敌人的军舰已经在十里外的大渔埠发现了，这是金镇卫人民实行誓言的时候了。

我们相信，人民自卫武装的力量，是一切武装力量最有力者，我们希望政府赶快起来领导金镇卫的民众和日本强盗斗争，叫每一个日本强盗都死在我们广大的民众的刺枪之下。

载 1939 年 7 月 30 日《浙江潮》半月刊（金华）第 72 期

永康杂景

【商女不知亡国恨，隔江犹唱后庭花！】
□ 夏野士

永康是浙省丽金路上的一个县份，它和其余的后方差不多，可以说是没有什么分别，那样平静地，没有一点战时的现象。

永康在抗战中并不是一个重要的地方，敌人也不很注意这里，所以一直到今天，永康不但没有受到敌人铁蹄惨酷的蹂躏，并且也没有听到敌人的大炮声，看见敌人的炸弹在永康的地面上开花，永康人是幸福的，永康在永康人的目光中也就成为世外桃源了。

永康虽然是一个不重要的地方，虽然是一个世外桃源，可是这只能说是暂时的幸福吧。谁又能担保永康永久是这样地平静，不会受到敌人的残踏呢？这一点永康人一定也是早就想到了的吧。

是的，在永康的街头巡礼的时候，在白色的墙壁上，到处可以看到惊心动魄的宣传画，看！日本鬼子兵拿着刺刀刺死了我们的同胞，我们是不分男女老幼的不分工农商学兵的联合起来，打倒日本帝国主义和杀死了汉奸卖国贼……这许多壁画，一副一副的刺到每一个人的眼睛里去。以及红红绿绿的标语，打倒日本强盗，肃清汉奸，扑灭蚊子苍蝇日本鬼子……等等的救国图存，清洁卫生的标语，在唤醒着永康人的注意，这些都是表示着永康人是爱国的，永康人是救国的。

不错，永康和其余的后方一样，并没有落后（？），可是永康人也没有什么特别值得人注意的地方，看！在永康最热闹的一条街路上，我们找不到一家书店，只有一家中国文化服务社永康分社，里面的书籍杂志并不怎么多，实在是太少了，只有那么地几本，报纸有一份申报，一份扫荡报，一份东南日报，他是一面供人阅览，一面也兼做营业，此外就是几家印刷所兼卖的神怪，肉麻无聊的旧小说，所以在永康要能够买到一本好书，真是没有一点办法。听说也有人打算在永康开一片生活书店，或者新知书店，以便利读者诸君购买起见，可是不知道哪里跑出了一位【括弧以内的[英雄]】，有那么大的势力竟扬言不准开张，因此，打算开书店的人也就怕这位【括弧以内的[英雄]】麻烦，开书店的意思就打消了。苦只苦死了永康人。

虽然永康的街路上看不到书店，可是永康的街路是热闹的；街路的两旁是商店林立，各色各样的商店都有，生意好得使每一个老板都笑脸逐开。这种现象，在战前的永康人是做梦也没有做到过的；是抗战给了永康人发【国难财】的机会，尤其是酒楼，茶社，旅馆，是每天客满的。

每当华灯初上，酒楼门前出入的都是一批一批着灰色或绿色的所谓高等华人（？），男女俱全，当然，女的是肉感旗袍的脂粉美人，可惜永康这个地方街道不大，没有出租汽车，就是人力车也很少，不然酒楼门前，车辆盈门，那些所谓高等华人带着太太，或者就是妓女一类的临时太太，一定是更加威风了。酒楼上是猜拳喝酒，肉香汗臭。（此肉非猪肉，乃另一种肉也）。沉醉在灯红酒绿里的人们，忘记了前方浴血的战士，更忘记了被惨杀的父母、兄弟、姊妹、妻儿。

茶社里是诸色人等，无所不有，上至高等华人（？），下达贩夫走卒，每人占座一位，清茶一杯，边喝边谈，无非是吹吹牛皮，拍拍马屁，骂张骂李，挑拨离间，还有张家大姑娘的脸儿漂亮，李家嫂嫂的风骚可人，肉麻当有趣，把宝贵的光阴从茶杯中溜了过去。这里有一点要特别声明的，就是所谓高等华人（？），是不会和贩夫走卒同坐一桌喝茶谈天的，阶级要分清，免得给那些所谓高等华人（？）看了要拍案大骂。骂记者侮辱了他们的身份。这就是说，高等华人（？）有高等华人的茶室，布置雅致，茶味清香，座位舒适，招待也特别周到，或坐或卧，随你高兴，价钱也就高了，据说每杯茶值大洋一角，另加小费。而贩夫走卒的茶座，是方桌一张，围以长凳，茶钱每杯只六个铜子，当然也就谈不到舒适了。

旅馆里，自然也有酒香肉臭，尤其臭得更加厉害。此外，还加上【红中】【白板】，你【碰】我【和】的互争雌雄，大有从前上海某书店的老板兼编辑，同时又见词的解放大家的所谓【打打麻将，国家事，管他娘。】这种现象，不但是旅馆里如此，就是许多人家公馆里何尝不也是如此呢！每当夜深人静，麻雀声到处可闻，有如战场上之大炮机枪，吵得人们睡梦不安。据说打麻雀的人，大都是本地的富绅与外来的所谓高等华人（？）。

永康就是在这样的酒肉，女人，麻雀，清茶以及欺骗的情形下，以致墙壁上的画和标语，被人冷淡了，被人遗忘了。呜呼！永康，此谁之罪欤？！

一边是这样的悲惨的景象，所有的人是过着麻木的，无耻的，自私的，欺骗的生活，而一边是伟大的，活跃的，战斗的，胜利的，那就是大多数的劳苦群众正在为着保卫祖国而工作，而战斗。

看！在火般的烈日下，无数的永康群众在支持着抗战无论是老小男女都在流着汗，为着生产在稻田里不断地工作着，尤其是妇女，他帮助着丈夫工作之外，还到工厂里去织布，码头工人在搬运着笨重的货物；更其使人敬佩的，是维持后方交通的手车队，他们拉着四百斤以上的货物，整天没有休息的工作着，从这里拉到那里，再从那里拉到这里，一天要拉上六七十里的路，而所得的工资只有五角钱，而现在生活高涨，一家数口的生活怎么维持呢？可是这些伟大的劳苦群众，也就是战斗的战士，为着抗战建国，他们是一点怨言也没有，忍苦耐劳的工作着，这些英雄，我们伟大的劳苦群众，每一个人都认识得很清楚，抗战的胜利，也就是我们劳苦大众的解放。这些无数量的英勇的战士，劳苦功高的群众，是建设新中国的基石。

永康，一边是麻木的，一边是活跃的，一边是自私的，享乐的，一边是战斗的，胜利的。永康必定会在劳苦群众不断的努力，不断的斗争下新生的。而那些麻木的，自私的，享乐的一群，必然会被伟大的抗战所淘汰，所消灭！努力！全永康的群众，为着新中国的建设而努力！

载《战时商人》第一卷第九期 1939 年 10 月 25 日出版

第一卷 第九期

戰時商人

山洞是我們的營壘　　　　　小明

目　錄

時南人生社刊員 * 金團民國八年十月念五日出版

永康雜景

「商女不知亡國恨，
隔江猶唱後庭花！」

夏野士

剧运工作同志们的联系问题

——敬献给中心剧团及前哨剧团的同志们

□ 夏野士

新演剧运动，自抗战到今天，在全国各地都有了普遍的发展，我们浙江省当然也不例外。据笔者所知，在浙江，除了几个大的剧团如：金华的中心剧团；绍兴的战旗剧团和温州的前哨剧团等之外，还有无数的小剧团散布在每个角落里。每一个新演剧的工作同志们都努力地不声不响地去为着新演剧运动而努力，为着抗战建国而努力。在前方、在后方、在游击区里，每一个同志都抓紧现实，站在自己的岗位上牺牲自己的一切，没有一点物质的报酬，就是饭都要吃自己的，为着中华民族的复兴，为着新演剧前途的光明，和日本帝国主义战斗着！

我们浙江的新演剧运动，在这抗战将近三十个月的过程中，能有这样伟大的成就，是值得我们每一个剧运的工作同志们所告慰的。但是有一点，我们非常担忧，就是演剧水准提高不够，文明戏式太重，这大都是在小剧团里。他们不很讲究到这一点，只晓得一味地迎合观众的低级趣味的心理。以致不能收到戏剧的效果。这对于剧运的前途，不但是没有益，并且还有害的。我们每一个努力剧运的同志们，是要特别地加以注意的。

为什么会有这样的不幸呢？这原因很多，如戏剧干部的缺乏，剧本的"恐慌"和有一部分剧运同志的意识错误等等，都是有着重大的关系的。但是，最重要的还是因为我们新演剧运动的同志与同志之间，剧团与剧团之间没有很好地联系，以造成了以上所说的干部缺乏，剧本恐慌和意识错误等现象。所以，我们新演剧运动的同志们之间，如能够有很密切的联系的话，我们相信一定可以解决了许多困难问题的。至低的限度，我们可以慢慢 地因互相交换个人的或团体的剧本创作，和介绍外来的新剧本，从而解决了剧本的恐慌。在我们工作的过程中，不断地培养新演剧干部，分配干部或介绍干部到各个小剧团里去帮助他们演出，或者在通讯指导或供献意见，互相检讨中培养演剧干部，而解决了干部的缺乏；并且，我们集体的力量要比个人的力量来得大，在大多数人的力量下，可以解决了无数个人无法解决的困难问题，所以，我们新演剧的工作同志们应该做到这一点的。

在我们浙江，新演剧的工作者们不是完全没有联系的，如浙江省剧人协会就是我们全浙江的新演剧工作者的一个最好的联络团体。但是，我们觉得联系得还不够，只是把几个城市里的剧运工作者联系着，而没有深入到每个乡村的角落里去。因此，全浙江的新演剧工作者互相间就很少有联络，尤其是散布在广大的乡村里的无数的负起深入民间的新演剧运动的同志们，他们都是单枪匹马地走到民间去，和外面的新演剧运动工作者是很少有联络的。有许多是当地所产生的剧运工作者，因为一向就没有和外面联系过的，也就没有法子可以得到多数同志的帮助了。独自一人在干着，干着，不断地干着，遇到了困难也就没有人能帮助解决，这样是容易使一个剧运同志感到苦闷的。久而久之，或者会使一个可以成为坚强的剧运干部同志而不幸地消沉下去，或者走入了文明戏式的流派，不能为新演剧运动尽最大的力量，这是很可惜的。不但是可惜的，而且是我们新演剧运动的一大损失。

笔者曾经在许多乡村里碰到许多地方新演剧的工作同志，他们都深深地感到不能和各方面的剧运同志们的联络，也就是因为新演剧工作者之间没有联络而得不到帮助。于是使一部分认识不够的剧运工作者走入了流派，变成为文明戏式的戏子，变成了为出风头而演戏。他们不需要剧本，只要一张幕表，当然也就不必读台词，排演更是马虎得不得了，排一次二次就上台表演，在台上随便说些自己高兴说的话，你一句他一句的乱说一阵。只要能使观众哈哈大笑一阵就算了。像这样的演戏，真是天晓得。这给新演剧很大的阻力。这责任谁负呢？这应该是我们新演剧运动工作者负的。所以，希望同志们都能不怕艰苦负起这重大的责任来，使剧运能够更广泛地普遍起来——在我们浙江！

载 1940 年 1 月 22 日《浙瓯日报·展望》第 66 期

粤南战场上的周老太太

□ 夏野士

——本刊特约通讯

周老太太，这是一位热心救国的女英雄，在广东西江的战线上是没有一个人不晓得她的。在前方，在后方，她不断地做着救亡工作，慰劳伤兵，募集慰劳品，宣传民众，发动各地的妇女大众，起来参加抗战建国工作，一直到现在，她没有停止过一个时候。

周老太太，她本来的名字是叫方玉进，因为她丈夫姓周，所以大家就是称她为周老太太，她是广东省开平县的李村人，今年有七十三岁了，头发已银丝一样白，背子驼，一副和颜喜悦的微笑，时常的显现在她那皱纹满脸的面上，怪慈和而忠厚，可亲可敬。一口流利的四邑话，轻松而清亮，毫无泥滞气味，她虽然是驼背子，可是没有龙钟的老态，她的精神非常的劲健，并且又能刻苦耐劳，为人富于正义，乐善好群，热情勇敢，肯工作，肯负责，她平日的生活亦有过人处，她平生就是反对那种"食而不劳"的腐化生活，她抱着生存一日工作一日的主张为着人类工作。

抗战开始以后，炮声惊动了全中国的大众，周老太太深刻感到敌人的残酷，非打走日本强盗不能过太平日子，她就负起了救亡图存的责任，当华南吃紧的时候，周老太太便开始做救亡工作了。初时，她是以求神拜佛来赶走日本强盗，可是菩萨是死的，不但不能赶走日寇，敌人来了，菩萨自己也保不住，要被敌人拿去当柴烧，同时敌人得寸进尺的一步一步打进来，这使她着急了，后来听人说募捐物品慰劳前方将士也是一种救国的好方法，于是她才发现了救国的途径，她认识了保卫乡土，赶走日本帝国主义出中国去的不是死的菩萨，而是活跃在前线的千百万英勇的战士，于是她才把工作转换过来，不再求神拜佛，而开始了宣传、慰劳等实际的救亡工作。

当日兵占领广州，向鹤山、古劳、沙坪进攻的时候，周老太太便第一次发动了各方妇女募集慰劳品，送到前线去慰劳我们勇敢的战士，随后江会战争相持近年，她带着慰劳品到前线去慰劳将士有十三次之多，到后方伤兵医院慰问受伤战士四次，为伤兵服务一周，慰劳品计有米、糍、饼、菜、瓜、食料、棉衣、军服、雨衣、蚊帐、鞋、手巾、袜及医药品等，统计价值不下万余元。去年八月间，她在前线看到了许多负伤将士的痛苦，心里非常难过，便远赴香港募得慰劳品约有五千余元。她曾无数次的亲自上前线去代表着民众，向战士们作精神上物质上的安慰与鼓励，我们将士奋勇杀敌，保卫国土，粉碎敌人迷梦，争取我们最后胜利。

周老太太是一个不识字的乡下老婆子，自从开始救亡工作以后，她觉得要工作能顺利地进行，非得有各方面的知识不可，因此，她不怕年老学习的困难，她从工作中学习，学习中工作，现在她已学会了演讲，在几千群众场面上演讲，胜过许多青年宣传工作者，她又学会了写字，唱抗战歌曲，和参加演剧，她和青年一样地爬山，跑路，她是五邑妇女运动的先驱，发动了开平、恩平、台山各县的妇女抗敌同志会，她成为各县的妇女抗战工作的核心，领导着广大的青年妇女参加抗战斗争工作，大家都称她为"妈妈"。现在有很多老太婆都受了她的影响也起来参加救亡工作了。

周老太太在工作过程中，发现了几个新的工作方式，当各地实行国民精神总动员举行国民公约宣誓时，她发起了用乡俗间"斩鸡头"的旧形式来宣誓，令民众恪守公约。

近来各地普遍热烈的讨汪锄奸运动，她为着使民众对于汉奸卖国贼的仇恨加深，发起以"烹狗作汪"，在旧历新年举行募捐，她印制贺年帖，发卖"发财添丁"桔，因切合乡情，得到许多捐款。

周老太太是抗战中的一位忠勇的模范女战士，是国家民族的至宝，古鼎华将军曾赞扬她说："她的力量比十师兵力还要大。"是的，她打破了"好子不当兵"的陈旧观念，鼓励壮丁上前线，建立起军民合作的桥梁，记得有一次保安营到××构筑工事，周老太太第一个拿起锄头来，于是附近的民众百余人，也都拿起锄、铲等工具跟着周老太太去帮助军队掘战壕，这种精神是多么伟大啊！邓龙光将军和古鼎华将军都曾各给奖状鼓励她。中国影片公司来为她摄制影片带到港地公演，使人赞扬不绝。

周老太太的年纪是老了，可是她的心还是和年青人一样的，热烈的工作着，为着中华民族的新生。

中华民族是有希望的，在北方有英勇的游击队之赵老太太，在南方也有热心救亡工作的周老太太，努力吧，中华民族的英勇健儿，胜利就在前面。

载 1940 年 10 月 21 日《战地》旬刊（金华）第 6 卷第 7 期

巩固剧运工作同志们的团结

□ 夏野士

中华民族解放战争的爆发，使我们这次殖民地的老大中国开始了新生，三年来的抗倭战争，奠定了我们胜利的基础，走上复兴的大道。中国新演剧运动也就是沿着抗战的烽火更加发扬了它二十年反帝反封建的斗争对准日寇给以无情的打击，这种新的发展，自有其历史的意义与使命。

日本帝国主义的侵略野心，是没有止境的，还在"五九"二十一条以前，时刻在计划着灭亡我们整个的国家，用政治、经济、军事、文化各种力量压迫我们四万万五千万中国人民，使我们在它的魔手下过着痛苦的生活，所以当"七七"卢沟桥的抗战炮声响了之后，全中国的人民——不分南北东西，不分男女老幼，不分贫穷富贵，不分党派帮口，都起来了，坚强的团结在一起，与敌人作决死的战斗。我们新演剧工作同志们在这伟大的历史前面团结起来了，当"中华全国戏剧界抗敌协会"成立的时候，在宣言里这样的写着：

"在首都失陷，华中危急的今日，集合武汉的全国戏剧家同人，感于共同的要求，有中华全国戏剧界抗敌协会之组织，并在光明大戏院举行成立大会，在这样盛大的开始，敢举数点告我全国同胞：

第一，我们的团结是为着抗敌，中国对日寇抗战，已进到最危险的阶段，非使每一民众了然于抗战意义，挺身而起，以其一切供献于国家，不足以突破这一危险，而对于全国广大民众作抗敌宣传，其最有效的武器无疑是戏剧——各种各样的戏剧，因此，动员全国戏剧界人士奋发其真诚的天才，为伟大壮烈的民族战争服务，实为当务之急，我们全国戏剧工作者应迅速通过戏剧对广大工人农民小市民及学生大众，作援助抗战参加抗战的号召，应鼓动前线的将士奋勇杀敌，应予后方伤兵、难民以充分之安慰与指示，通过我们各种各样的形式对各壮烈牺牲的将士和队伍以最大的表扬，对于每一汉奸、敌探和民族败类以无情的揭破。这一些是我们每一抗敌的剧人须肩负起的主要任务。

第二，只有抗敌使我们团结，过去中国戏剧界也和其他部门一样，有着种种政治的，职业的，地域的分派，甚至同一团体之间仍不免有无原则的纠纷和隔阂，常常会使我们宝贵的精力浪费在第二义的斗争，这实在是极可戒的事。今日的中国不怕敌人的深入，而怕的是民族内部的团结发生了动摇，同样，今日中国的戏剧艺术界不怕不能发挥伟大的抗敌力量，而怕的是这一团结的不能充分巩固，在这样的局面，我们岂能再有任何门户之见，派别之争？在敌人眼中，京派海派同为 亡国之音，在朝在野同在屠杀之列。因此，我们不能不要求我国有血性有觉悟的戏剧界人士，消除一切成见，巩固这一超派系超职业地域的团结。

这说明了我们这一团结，不但团结了我国新演剧工作者们，同时更团结了全国各种各样的戏剧工作者们，因为这一次的团结是基于同一的要求——打倒日本帝国主义，争取中华民族的彻底解放，也只有在国家至上民族至上的现实环境下才能团结才能巩固，才能发挥更大的力量。

并且这次的抗倭战争，是我们全国人民的要求，也是全世界弱小民族争取解放的要求，因此，不管是个人主义者，国家主义者，世界主义者都自动的参加到这一营阵里来，为着自身的利益，国家民族的生存，全世界的永久和平工作着，战斗着，形成了全国空前未有的大团结。

三年来的新演剧工作同志们在"国家至上，民族至上"的大目标下，大家相亲相爱的配合了政治军事的要求，以各种方式展开了戏剧的战斗力量扩大了戏剧战线范围，使戏剧的活动从戏院里跑到街头来，从城市走到广大的乡村，从少数的知识分子小资产阶级的享乐消遣，变成了广大群众的战斗精神武器，从少数艺人们的组织扩大为全民的组织，组织了各种不同人群的戏剧团体，如工人剧团，农民剧团，工兵剧团，孩子剧团，老太婆剧团等活跃在前线、后方，游击区，以新演剧这支有力的武器不断的打击敌人，一直到了今天，第三届戏剧节来临的今天，没有停止过，使敌人发抖。这都是团结力量的结果。但是我们不能说在团结过程中完全没有不如意的事发生，不可否认的，还有极少数人还不能完全放弃成见，这虽然不会妨碍到整个团结的力量，但是多少是会减弱戏剧的力量的，所以在抗战愈接近胜利的今天，来纪念第三届戏剧节，我们戏剧同志们更要加强团结，巩固团结，争取胜利，完成抗战建国的历史任务。

载 1940 年 10 月 10 日《中山日报》（韶关版）

从闽省抑低物价谈起

□ 夏野士

物价高涨现在是越来越严重了，除了发国难财的无耻奸商外，无论是农工大众，公务人员，小学教员，士兵以及自由职业者，没有不受到日益高涨的物价的压迫，这个问题再不赶快设法解决，对于抗战建国真是一个莫大的阻力。

据报载：福建省当局对于物价的高涨曾于上月下令平抑，谓如发现奸商操纵垄断，应处极刑，并订定详细办法，通令各县一律实行，嗣后复派员在各地视察，同时指导运输调剂及节约等，现各县至的一切物价，已一致降低，较前低落三分之一，甚至二分之一，商人均能遵守平定价格发售物品，这十分清楚的告诉了我们之物价高涨，不但是一个经济问题，同时也是一个政治问题，只要运用政治的力量，彻底施行统制，严厉执行法令，那么一切假公济私的贪官污吏，走私漏税，囤积居奇，抬高物价的奸商，都必然地会被消灭的。

广东现在物价正在高涨得很厉害，还不见有甚么好的办法来压低物价，使人民减轻负担，希望当局能效法闽省的办法："奸商操纵垄断，即处以极刑"。减轻民众的负担，以利抗战建国。

载 1940 年 11 月 22 日《中山日报》（韶关版）

加紧新演剧工作同志间的联系

—— 一九四一年的新希望

□ 夏野士

新演剧运动，自抗战以来，在全国各地都有普遍的发展，每个较大的城市差不多都有一个以上的剧团在活动，就是许多穷乡僻壤的角落里，也散布着无数量的小剧团，每一个新演剧工作同志都不声不响地为着新演剧运动而努力，为着抗战建国而奋斗，在前方，在后方，在游击区里。造成了今日新演剧运动的蓬勃现象，这种伟大的精神则成就是值得每个戏剧工作同志所告慰的。

今天已经是抗战中的第四个元旦了，新演剧也跟随着时间不断地强壮起来，在我们欣慰与兴奋的今天，我们回顾一下抗战以来新演剧的发展，会发现许多使我们担忧的事实，如戏剧水准提高得不多，文明戏的气味太重，这大多数是在小剧团里。我们不很讲究这一点，只晓得，一味的迎合观众的低级趣味的心理，以致不能收到戏剧的效果。这对于剧运前途的阻碍是很大的，希望每一个努力剧运工作的同志都能加以注意，克服它。

为什么会有这样的不幸现象呢？这原因很多，如戏剧干部的缺乏，剧本的恐慌，和有一部分剧运同志的意识错误……等等，都是有着很大的关系。但是最重要的，还是因为我们新演剧运动的同志与同志之间，剧团与剧团之间没有很好的联系，以致造成了以上所说的干部缺乏，剧本恐慌和意识错误等现象，所以我们新戏剧运动同志们之间如果能够有很好的很密切的联系的话，我们相信一定可以解决了这许多困难的。至低的限度，我们可以慢慢的使互相交换个人的或团体的创作剧本，和介绍外来的新剧本，而解决了剧本的恐慌；在我们工作过程中，不断地培养新演剧干部，分配干部或介绍干部到各小剧团里去，帮助他们演出，或通过指导，或贡献意见，互相检讨，来培养新演剧干部，而解决了干部的缺乏；并且我们集体的力量要比个人的力量来得大，在多数人的力量下，可以解决了无数一个人无法解决的困难问题。所以我们新演剧的工作同志们应该做到这一点的。

关于新演剧工作同志的联系，抗战以来已经有了新的发展，中华全国戏剧界抗敌协会之组织，就是全国剧运工作同志最好的联系团体。此外，各省县大都有省县戏剧协会分会的组织，更扩大地团结了各地戏剧工作者，使各戏剧工作同志都能直接间接的发生联系。但是，我们觉得联络得还很不够，照目前的情形看来，只是把几个城市里的剧运工作同志们联系着，而没有深入到每个乡村角落里去，因此，全国的新演剧工作同志们，互相间就很少有联络，尤其是散布在广大乡村里的新演剧运动的同志们，他们都是单枪匹马的走到民间去，和外面的新演剧运的工作同志很少有联络，有许多是当地所产生的剧运工作者，因为一向就没有和外面的团体联络，也就没有法子可以得到多数工作同志们的帮助，独自一个人在干着，遇到了困难问题，也就没有人能够帮助着解决，这样是很容易一个剧运工作同志感到苦闷怕，久而久之，或者会使一个可以造成坚强的剧运干部的同志而不幸地消沉下去，或者走入了文明戏式的流派，不能为新演剧运动尽最大的力量，这是很可惜的。但是可惜，而且是我们新演剧运动的一个重大损失，笔者曾经在许多乡村里碰到过许多地方新演剧的工作同志，他们都深深地感到不能和各方面的剧运工作同志的联系而苦闷着。也就是因为新演剧工作同志们之间没有联系而得到帮助，于是使一部分知识较差的剧运工作者流为文明戏式的戏子，变成为出风头而演，他们不需要剧本，只要一张幕表，当然也就不必读台词，排演更是马虎，排一二次就上台表演，在台上随便说一些自己高兴说的话，你一句他一句的乱说一阵。只要能使现观众哈哈大笑，所谓给观众一杯"眼睛冰淇淋"就算了。

像这样的表演，是新演剧运动发展的很大阻力。这责任应该是谁负呢？应该是我们新演剧运动的每一个同志们负的。所以在抗战第四个元旦的今天，希望我们亲爱的新演剧工作同志们都能不怕艰苦的负起这个重大的责任来，使戏剧运动能够更广泛地普遍起来，给日本帝国主义更有力的打击。

载 1941 年 1 月 1 日《中山日报》（韶关版）副页第 17 期

关于阅读课外书籍的一点浅见

—— 对初中国中学生讲演词
□ 夏野士

一、为什么要阅读课外书籍

大家都知道，饭是人人都要吃的，在我们乡下有句俗话叫做："饭是养命的根本"，事实上确是这样，哪一个人能够不吃饭吗？不过话又得说回来了，饭固然是每个人都要吃的，但是一个人也并不是单只是靠吃饭过一生的，任何人都晓得，吃饭时，还得要有小菜，有时候因为小菜太少，不够吃，饭也就吃不下去了，并且一个人除了吃饭和吃小菜之外，还要吃些别的东西，比如，有人是喜欢饭后吃些水果的，小孩子是喜欢吃零食的，有许多人在一年之中还要吃些补品。为什么人们除了吃饭之外，还要吃这些东西呢？原因是饭的滋养料不够滋养一个人的身体的健康，需要再多吃些别的东西和富于滋养的补品。至于饭后吃水果，是为了帮助消化，小孩子吃零食，则完全是为了好吃，吃着玩。

我们在学校里读书，学校当局为我们规定了应读的书籍，那好比是饭，是求学问的一个基础，是我们当学生的人不可不读的，可是单只读这些被规定的书籍，就好比是单只吃饭一样的是不够滋补身体的，还得去找些课外书籍来读，所以课外书籍就好比是小菜，帮助把饭送下去；好比是水果，帮助消化；好比是补品，滋补身体；总括一句，课外书籍是帮助学校所规定应读的书籍的不足，是帮助课内书籍的了解。因为课内书籍的材料到底是有限的，不够广泛，就如饭一样，滋养料只有那么一点，不够一个人的滋养的，所以我们学生只读课内书，而不看课外书籍，虽然也可以懂得一点，而所懂得的只是课内的那么一点点，所了解的也是那么一点点，无论如何是不够的，只有多看课外书籍，懂得的才会广泛，了解的才会更清楚，所以课外书籍是我们当学生的人不可不多读的。

并且一个人的生活经验是有限的，我们要充实自己的生活经验，不是单靠自己一生的经验就够了的，如果只靠自己一个人的经验，那么成功是很少，很有限的。我们为了要广博我们的学识，充实我们的生活经验，我们就要吸收前人的经验来充足自己的经验，因为这样，我们可以节省下一段实验时期，只要继承前人的经验，再加以努力，加以发扬，我们成功的速度会加快起来的。怎样吸收别人的经验呢？最要紧的就是读书，书籍是前人生活经验的记录，一个有名的学者，他们所懂得的所以会那么多，都是靠着读书得来的，是从课外的读物里自己不断的努力而得来的。世界上许多有名的学者，成功的人物，他们都是靠着自己不断的努力而得来的，我们最熟悉的文学家高尔基，他根本就没有到学校里去读过书，当然也就没有学校里所规定的什么课本给他读了，那么他怎样会成功一个文学家的呢？这就是因为他肯努力多看书的结果。从书本里求得非常丰富的知识，当然还有其他的条件，如参加实际工作所得到的经验等，都是帮助他成功的重要条件。就是我们中国的许多读书的人，在从前他们因为家贫，没有钱进学校里读书，而靠着自己自修而成功的人物也很多。我们不要举远的例子，就拿我们 一代文豪鲁迅先生来讲，他并不是有钱的人，他读书都是靠着自己的，并且他在学校里读的本来是医药，他所以会成为一个伟大的文学家，也就是因为他能努力多看各种书籍所得到的结果。总之，阅读课外书籍，是我们青年学生最重要的工作。

二、课外阅读些什么书

阅读些什么书？这是一个人有一个人的兴趣不同，不能勉强的。有些人喜欢自然科学的，就读自然科学一类的书，喜欢社会科学的，就读社会科学一类的书，喜欢文学的，就读文学一类的书，这完全是根据一个人的兴趣而决定的。不过，无论是喜欢自然科学或社会科学，或文学，所读的书都要有一个基本条件，就是要有正确性。什么是正确性呢？用句明显最简单的话来讲，就是有益于人类的，推动人类向前进的，引导人类走向幸福道路的，就是正确性，否则，就是不正确，就是落伍。在上节已经说过，读课外书好比是下饭的小菜，滋补身体的补品和小孩子喜吃的零食，在这许多小菜、补品和零食里面，如果确实是有助于人类身体的滋养的，就是有益的东西，我们应当吃。如果是有害于人类的健康的，就是无益的东西，我们是不应该吃的，并且在许多小菜、补品和零食里面，并不是每一项都是有益于我们身体的，尤其是小孩子喜欢吃的零食，吃了是最容易生病的。因为这许多零食，虽然也是有滋养的，但是因为保存的不好，常被苍蝇等有害于人类的小动物吸吮过，留下了细菌，而且细菌亦多，所以我们吃东西的时候，要选择无毒的东西来吃，否则，乱吃的结果，吃了一定要生病的。看课外书籍也是这样。我们应该选择好的，正确的书来看，才不致受害，而有助于我们学业的进步。

一本书的正确不正确，又怎样来辨别呢？关于自然科学方面，因为自己没有深刻研究，不能举出例子来，现在就自己喜欢的关于文学的东西来谈谈吧。

我相信，我们青年学生最喜欢看的书是小说。有很多青年特别喜欢旧小说，什么《七剑五侠》、《儿女英雄传》、《五美图》、《祝英台》、《啼笑因缘》等一类的书，看得津津有味，甚至看得连吃饭睡觉都忘了，有些学生在上课时还要偷偷地放在抽屉里看。这样用功的看，对于学问的进步一定很快了吧？！其实不然，这一类书，它不但没有帮助我们学业的进步，相反的更要使我们的头脑变得更落伍。为什么？因为这一类书都是有害的，里面有着无数量的毒素，就和小孩子曾吃的零食一样，味道虽好，而细菌亦多，吃了一定要生病的。我们怎么会知道这一类的书是有毒？有害于人的？我们知道，在从前科学还没有发达的时候，很不容易知道。不过那时候不是就没有方法知道，那时也是有测验毒物的方法的，那方法就用银筷子来测验，如果是有毒的东西，银筷子放下去就会变色，证明这东西是有毒还是没有毒。不过要试验出它究竟是哪一种毒菌，会起什么样变化，仕从前确是很困难。现在科学发达了，要试验毒菌是非常容易，只要把东西放到显微镜下去一看，就能判断是否可以吃。同样，课外读物的正确不正确，在社会科学已经产生的现时代，根据社会科学所告诉我们的各种法则，也就很容易的辨别出哪一类的书是正确的，哪一类的书是不正确的了。比如前面所举出的《七剑五侠》、《儿女英雄传》、《五美图》……等书，根据社会科学的法则来分析起来，它的内容都是教人相信宿命论，永远做别人的奴隶而不要反抗。依那种道理说，没有饭吃，只能怪自己的命运不好，皇帝是天之子，反对皇帝就是反对天，所以皇帝开口要杀就杀，不管你是否有道理，你都不能反抗的，所以在过去的社会里有所谓"君要臣死，臣不得不死；父要子亡，子不得不亡"的教人不要为真理而反抗的毒素的。依那种道理说，就是一个人的生老病死，贫穷富贵，也是天老早就为我们排定了的。还有，什么公子落难，遇见富家小姐或者名门闺女，后来考来做大官……等等，这些所谓神怪武侠，才子佳人一类的小说，都是麻醉民众的东西，在现在这个新社会里，那些封建时代的读物，是阻碍社会的进步的。所以我们不应该再看这种书籍，再沾染这种开倒车的思想。还有一种书，虽然是名为新小说，其实骨子里还是和才子佳人一类旧小说一样的。粗粗看来是不大容易看得出来的，若是把它外面的那层糖衣服脱了去，真面目就会露了出来，所以一个缘于社会经验缺乏，认识不清楚的青年，最容易被这些花言巧语所蒙蔽。这种书籍，比起旧小说来，害处更要厉害十百倍，因为他不容易很快的使人辨别出来，就好比是某些有毒的东西一样，不是用简单的银筷子所能检验得出来的，一定要送到实验室里去加以解剖才能看得出。这类小说，也是教人不要反抗，永远去做别人的奴隶，你们凡是看过的即会上当受骗的。一定要劝告别人不去读，没有看过的，先要问问人家免得上当。那么，什么书才是我们应当看的，我在前面已经说过，就是推动人类向前进，指导人类走向自由大道，过着幸福生活的书籍，不管是新小说，旧小说，或是社会科学等，只是要适合这个原则的，都是好的书，我们都应该去看的。

还有，我们要少读文言书，多读白话书，尤其是我们中学时代的青年学生。因为文言文是科举时代的产物，在当时完全是为了麻醉人民的一种工具，皇帝为了要统治老百姓，怕老百姓起来反抗，先就要把老百姓的头脑弄成石头那样的什么都不懂，每天只知道牛马般的去做工，一无反抗地由皇帝以及皇帝走狗们去压迫、去剥削。而那些所谓读书人，完全是和皇帝一鼻孔出气的，皇帝与那些读书人完全是狼狈为奸的。并且在从前要读书是很难的。因为文言文是和一般的大众口语完全相反的，要想把文言文读好，能做一二篇文章，不是读一两年书的人所能做得到的，非有十年二十年不可。所以从前读书人有句话叫做"十年窗下苦"，就是说，要能读书，至少要寒窗苦读十年，这就不是一般人所能做得到的了。所以在那时，一个人要想有读书的机会，第一要有钱，第二要有闲。一个靠劳动力去换饭吃的人，哪里还有时间去读书呢？谁不知道读书好，读了书可以升官发财，谁不想去读书，可是没有饭吃，怎么能够去读书呢？并且读书，一读就要十年才能读懂一点东西，因此，老百姓也就失去了读书的机会了。现在的书本用白话就不同了，只要读过一两年书的人，就能够写信作文章了，比如我们中学生，现在不是都能写信，都能作文章了吗？而现在的中学生，是读过几年的国文呢？算起来也不过只有一二年的时间，这我们可计算得出的，现在我们新读的功课，不是像古人一样的只是专门读一种古文的。除了国文之外，还有算术、英文、动物、植物、图画、音乐以及各种常识等等，一天读国文的时间不过只有一二小时，所以从小学一年级到初中毕业，虽然读了将近十年的书，其实算起读国文的时间只有一二年，读了一二年的国文，就会作文写信，这不是文言文所做得到的。并且有了白话文之后，每个人也都有了读书的机会了。所以，假如现在我们还是读文言书的话，现在的我们不但不会写信作文，就是连读书的机会都没有，假如我们专门读文言书读了一二年。一定会感不到一点兴趣而不读了的。并且文言文读好了，又有多大的用处呢？现代的人应该说现代的话，要是现代的人满口都是"之乎也者"是多么懵然啊！而且学习古文的时候，不知不觉的会学会了古人运用思想的方法，于是空虚、浮夸，不合逻辑，种种古人易犯的毛病都出来了。尤其是古人的思想，有许多是和现代人相反的，不是现代人所需要的。因为一个现代的人，思想行动如不合现代的标准，就是落伍的，必然要被社会所淘汰的。所以要多读白话书，少读文言书，我们不但应该认识，而且是应该切实去实行的。

三、怎样读书

开汽车，开飞机，最要紧的是要有一个懂得驾驶术的驾驶员。如果驾驶员不懂得驾驶方法，汽车就不会向前进，飞机也不会飞起来。读书也是这样的，我们需要懂得读书的方法，要是你不懂得读书方法，那你就会茫无头绪，无所适从。虽然你是非常的用功，而进步一定是很慢的。现在把怎样读书，依我自己的经验来谈谈：

1、精读：就是要彻底了解的读。无论是看哪一本书，或是读一篇文章，甚至于看报纸上的一则新闻，看的时候，就要仔细地看懂它，不可以有一点儿马虎。要是一次不能了解，不妨看第二次、第三次，总以看懂为止。因为真正的看懂了之后，会有许多新的发现，这就是真实的学问的长进。最怕的是一知半解，似懂非懂。现在的一班青年人，最容易犯这种一知半解的毛病。

但是精读，并不是像古人那样的能够背诵就算了事的，当然，背诵是有背诵的好处的，可是单只是能够背诵，是不能算是精读的，而且古人的那样背诵方法，也不能算是好的读书方法。那样单只是背诵的读书方法，最容易使一个有为的青年读得变成书呆子。古代的读书人，因为读书而弄得又笨又呆的是很多的。这专门背诵的读书方法，读来的书是死的，没有用的。我这里所主张的精读，是要清楚的了解一篇文章的每一句每一字，更要了解全篇的意旨及它的结构与发展，同时我们更要能够把它好的词句以及这篇文章的组织方法，都能够拿来灵活的运用。这样读来的书才有用，才是活的。比如报纸上有许多好的评论文章，他们对于时势发展的推测，为能预卜先知，这都是他们对于每天的报纸的新闻都能够精读的结果，所以，精读是能够使我们养成一种推测力与批评力的。

2、普遍的读：过去的一般读书人，他们对于自己所读的书，都有一个范围的限制，比如喜欢文学的，就读文学一类的书；喜欢社会科学的或自然科学的，就专读社会科学或自然科学一类的书，而对于这些自己喜欢读的书以外的一切书籍，就不去读它。这种片面的读书方法，都是不对的，因为知识各部门，都是有着连带关系的。比如一个研究文学的人，并不是单读文学的书就能够了解的，除了文学书应读之外，更应该去读社会科学和自然科学一类的书。为什么？因为，社会科学与自然科学都是与文学有关的，帮助文学成功的。比如一个文学家，要是不懂得社会科学与自然科学，那么写出来的文章，由于思想不正确而有害于社会人类，就会有把韭菜认为麦子的笑话。同样，研究社会科学也要有自然科学与文学的根底，因为社会科学的一般法则，就是从自然科学里发现出来的，一个不懂得自然科学的人，就没法有法子能够了解社会科学发展的诸法则的必然性的。不用说，就是研究自然科学的人也要去读些社会科学与文学等书籍，因为社会科学与文学都是帮助一个人的思想的发展的。总之，我们读书要广泛的读，普遍的读，不要只局部的读，片面的读，尤其是我们青年学生，更应该做到这一点的，因为这时候，正是我们求得各种基础学问的一个重要时期，我们有了各种学问做基础，那么将来对于某一学科的专门研究，才能够有新的发展。当然，我们也不反对对于较有兴趣的某一学科多看，并且也是应该多看多读的。不过我要提醒大家的，就是我们多读多看某种对于自己较有兴趣的学科之外，不要忘记了读其他的各种学科，我们要普遍的看各种学科的书籍，以求得广博的知识。

《学习生活》第某期的一篇短论里，有这样的一段："在这里我特别要告诉一班喜欢文学的青年学生，要多接近社会科学与自然科学。直到现在为止，一班喜欢文学的青年朋友们，最容易犯的一个毛病，就是怕去接近社会科学与自然科学，这都是不好的现象，我们还可以这样说，虽然不一定每一个伟大的文学作者都是自然科学与社会科学家，但每个伟大文学作者的成就，都是建筑在他对于自然科学与社会科学的了解的程度上的。所谓'最大的痛苦，也只有最大的科学家才能忍受'，关于这许多例子是很多的，比如哥德就是一位自然科学家，而巴尔扎克则曾被称为'社会科学的博士'的，卢梭、拜伦、雪莱、高尔基，都是社会运动家，从医药界的茂林中走出来的作家更多，我们中国有名的文学家鲁迅先生就是一个很好的例子，所以我们希望一般爱好文学的青年，都能与科学去接近，只有从科学的领域里才能打开每个作者的眼睛让他看得更深更远，才能想得更细更精。"这是很对的。

总之，普遍的阅读各种书籍，是我们青年人所应该做到的。

3、批评的读：读一本书，并不是读了就算了的，我们在阅读的过程中，应该用批评眼光去细细的读，不但要找出这篇文章的结构好与坏，更要在一字一句里找出他的好与坏，尤其是一篇文章的思想更是重要，我们应该多方面的思考看出他的是否正确。还有一字一句的用得得当不得当，我们读书的人也应该加以批评的，所以，我们要养成我们的批评能力。怎样才能有批评的能力呢？上面已经说过，我们在读书的时候，要能够精读与普遍的读。

现在一般读书人很少能做到这一点，单就拿看小说这一点来讲，大家都是看一个故事就算了的，对于思想的是否正确，词句的是否美丽，一概都不管，这样的看书，虽然看过之后，能把故事说得非常动听，甚至拿全本书都能背诵出来也不能算是看懂。这样的看书，是一点用处都没有的，不但没一点益处，相反还是有害处。现在我来举个例子，比如《红楼梦》，这是大家都知道的，就是自己没看过，也听别人讲过的，并且也是大家高兴看的高兴听的。这部小说，是我国一部有名的小说，许多看过这部小说的人，都说是部好的小说。究竟好在什么地方呢？晓得的人可就很少了，因此，有些人看了《红楼梦》，就做起《红楼梦》的梦来了，他们羡慕着大观园的美景，羡慕着贾宝玉的艳福，想念着林黛玉，薛宝钗的美丽，于是想入非非。所以一个好的伟大的文学作品，因为看的人没有批评的眼光，与彻底的了解，反而变成有害于人的书了。这样生吞活吃的看书是没有用的，是有害的。

我们知道《红楼梦》的好是好在哪里呢？因为《红楼梦》是描写一个大家庭的没落，也是表示一个封建社会的没落。在《红楼梦》里，曹雪芹把许多人都写成有病的，如林黛玉，她是一年三百六十天，差不多天天都在病里过生活的，她生的是什么病？据我们推测的结果，她生的是肺病。至于其余的人也一样的有病，如薛宝钗患的是胃病，王熙凤是生梅毒的，秦可卿则是患经期不调病，贾宝玉患的是心病，邢夫人患肠病，晴雯患卵病等，这些病症在《红楼梦》那个时代都是无法医治的，因为那时科学不发达，所以《红楼梦》里的这许多人所生的病，只有死亡的一条路。关于这许多人的病症，我们可以给他一个总的病名，就是封建病，因为《红楼梦》里这些人的病，也就是封建时代没落的象征。

我们再看，《红楼梦》里每一个人的思想，都是有着反抗性的，如贾宝玉的大胆地恋爱，就是反封建的举动。但是这种反抗的力量是有限的，非常薄弱的，不会有什么成功的。因为《红楼梦》里这一般人，都是有着封建意识的劣根性的缘故。

社会是不断的在变动着，在进步着，所以《红楼梦》里的人物，也就跟着社会的进步，从封建社会进到现在这社会，现在社会里的《红楼梦》遗留下来的人物是怎样的？我们可以明显看到，《红楼梦》里的人物已经走出了大观园到街头来了，他们也在喊着革命，这只是一时的冲动，不能持久的，到了某一个时期，这些从大观园里出来的人物，仍然要回到他们的老巢里去的。仍旧做他们大观园的梦。所以《红楼梦》这部小说之所以好，不是好在大观园的景物，也不是好在贾宝玉的艳福，更不是好在林黛玉，薛宝钗的美丽，而是他能指出封建时代的没落，给我们以警惕。

所以读一本书，我们应该找出他的社会根据，思想意识，加以批评，更要和现在社会配合起来，这样读来的书，才会有用处，才能算是真正看懂了。

此外，还有做读书笔记，在书内划红线引出等，因为前人说过的很多，这里不再多谈了。

载 1943 年 10 月 1 日《自学》杂志（桂林）第 5 期

（载《自学》杂志（桂林）自学杂志社编辑、发行 1943 年 4 月 20 日创刊）

關於閱讀課外書籍的一點淺見

——對初中國中學生講演詞

夏野士

一、為什麼要閱讀課外書籍

大家都知道，飯是人人都要吃的，在我們鄉下有句俗語叫做："一飯是要命的根本"，事實上確是這樣，那一個人能夠不吃飯呢？不過話又得說回來了，飯固然是每個人都要吃的，但是一個人恐怕不是單只是靠吃飯過一生的，任何人都曉得，吃飯時，還得要有小菜，有時飯因為小菜太少，不够吃，飯也就吃不下去了，並且一個人除了吃飯和吃小菜之外，還要吃些別的東西，比如有人是喜歡飯後吃些水菓的，小孩子是喜歡吃零食的，有許多人在一年之中還要吃些補品，為什麼人們除了吃飯之外，還要吃這些東西呢？原因是飯的滋養料不够滋養一個人的身體的健康，需要再多吃些別的東西和富於滋養的補品，至於飯後吃水菓，無非為了幫助消化，小孩子吃零食，則完全是為了好吃，吃着玩。

我們在學校裏讀書，學校當局為我們規定了課讀的書籍，那好比是飯，是求學問的一個基礎，是我們當學生的人不可不讀的，可是單只讀學校規定的書籍，就好比是單只吃飯一樣的是不够滋補身體的，還得去找些課外書籍來讀，所以課外書籍就好比是小菜，幫助把飯送下去；好比是水菓，幫助消化；好比是補品，滋補身體；總括一句，課外書籍是幫助學校所規定應讀的書籍的不足，是幫助課內書籍的了解，因為課內書籍的材料與範圍是有限的，不够廣泛，就如飯一樣，滋養料只有那麼一點，不够一個人的滋養的，所以我們學生只讀課內書，而不讀課外書籍，雖然也可以獲得一點，而所懂得的只是課內的那麼一點點，所了解的也是那麼一點點，無論如何是不够的，只有多讀課外書籍，懂得的才會廣泛，了解的才會更清楚，所以課外書籍是我們當學生的人不可不多讀的。

並且一個人的生活經驗是有限的，我們要充實自己的生活經驗，不是單靠自己一生的經驗就够了的，如果只靠自己一個人的經驗，那麼成功是很少，很有限的，我們為了要擴充我們的經驗，充實我們的生活經驗，我們就要吸收前人的經驗來充實自己的經驗，因為這樣，我們可以節省下一段實驗的時期，只要把前人的經驗，再加以努力，加以發揚，我們成功的希望會格外增加來的。而接受前人的經驗最要緊的就是讀書，書籍是前人生活經驗的記錄，一個有名的學者，他們所懂得的所以會那樣多，都是靠於讀書得來的，是從課外的書籍裏自己不斷的努力而得來的。世界上許多有名的學者，成功的人物，他們都是靠着自己不斷的努力而得來的。我們最熟悉的文豪高爾基，他根本就沒有到學校去讀過書，當然也就沒有學校規定的什麼課本給他讀了，那麼他怎樣會成功一個文學家的？這就是因為他會努力多看書的結果。從書本裏求得豐富的智識，實踐這些智識的條件，如今加實際工作所得的經驗等，都是幫助他成功的主要條件。就是我們中國的許多讀書的人，在從前他們既窮苦，又沒有錢去學校讀書，而靠着自己自修而成功的人物也很多，我們不妨舉個例子，就拿我們一代文豪魯迅先生來講，他並不是學文學的人，他讀書完全靠自己的，並且他在學校裏學的本來是醫學，他所以會成為一個偉大的文學家，也就是因為他能努力多看各國書籍所得到的結果。總之，多閱讀課外書籍，是我們青年學生最重要的工作。

二、課外閱讀些什麼書

閱讀些什麼書籍，這是因為一個人有一個人的興趣不同，不能夠說[illegible]

（載 1943 年 10 月 1 日《自学》杂志（桂林）第 5 期）

评英文趣剧《三个问题》的演出

□ 夏野士

英文剧《三个问题》,（Three Questions）是建华中学校庆游艺会上演出的四个剧里的一个，导演金志刚先生，演员有董芝姿、周素娥、周自意等，他们和我都有过友谊上的关系。因为我曾在建华教过一年书，到这学期才离开。导演是我的老同事，我们很谈得来；演员都是我教过他们的好学生，尤其是董芝姿、周素娥两同学，上学期曾经排过拙作《学校小景》，后因校庆改期没有演出，当时他们那样认真的排戏，曾经使我非常的感动。因此，我要有好说好，有坏说坏的良心话来写出我对于他们演出的意见，不说是批评，而是意见，假若有不利于同学们的地方，我想是会得到原谅的。因为他们都是我的好学生，也是我的很讲道理而求进步的学生，我知道他们会懂得我这种严格的意见是在期望他们，是在建立我们真正的戏剧批评。

这个英文剧《三个问题》的故事是非常的简短，非常的平淡，虽然名为趣剧，其实是并不有趣，尤其是我们中国人看英文剧，是不十分听得懂的，不懂也就更不会感到什么趣了，要想演得好，就非常的难，可是这次他们的演出是成功的，这是导演的成功，同时也是演员们的成功。

这剧有两幕，第一幕是两个裁缝的对话，第二幕是小裁缝与国王的对话，两幕比较是第一幕最好，第二幕差一点，无论是演员的对白上，动作上，或是地位的安排上都是第一幕比第二幕好，在第一幕里饰小裁缝的董芝姿和饰裁缝老板的周素娥两个都是非常的成功，他们的英语不但讲得流利，而且也说得十分的清楚，每一个字都能使人听得非常明白，高低抑扬，极为动听。态度的自然，动作的巧凑，都非常值得我们欣赏的。那么缺点有没有呢？有的，不过很少。譬如开幕时小裁缝坐在洋机边踏衣服时的态度，是太过于天真了一点，裁缝老板在拿香烟，擦自来火的动作不够老练，可以说是美中不足的地方。至于第二幕缺点就较多，小裁缝在这一幕里不能和第一幕时那样的尽量发挥他的天才，这是因为对象的角色不能配合得上的结果，这一幕里的一个最重要的角色是国王，饰国王的是周自意，他的英语说得比较差，发声欠清楚是最大的毛病，动作也不够自然，缺乏国王的气魄，在握小裁缝手的时候，表情非常的不够。这是造成第二幕比不上第一幕的最大原因。在这里我们得到一个教训，就是一个好的角色，没有一个好的对角来配他，是发挥不出他的天才的。此外小裁缝把散点有黑水的纸送到国王面前，立在一个卫兵的后面与国王谈话，以至视线被该卫兵遮住了，这应当是要安排一个较明朗的地方才好。还有小裁缝在门外叫门，这是太没有道理的，要知道，这是国王的宫殿，绝不会有这现象的，所以，在这里应当有一个传话的卫队，否则，就失去了皇宫的威严了。实在，这个皇宫的布置也是太简单了，完全没有堂皇的气味，这也就失去了这剧的气氛，再加国王所吸的香烟，竟没有一个香烟盒，而只是一包香烟放在那里，这虽然是小地方，但是我们是不能不注意的，因为戏剧这东西是一种综合艺术，一个很小的地方都要注意到的，否则是要影响到大局的。化装方面要算是小裁缝与裁缝老板化的最好，是化装先生卖力的杰作，至于其余的角色的化装只是平平而已。国王也不够出色，显不出国王的神情。不过大体说来这剧的演出是成功的，真的，一个初中学生，能够把一个又短又平淡的英文剧演到这个程度，已经是超出了应有的成功了。

载 1946 年 11 月 24 日《浙瓯日报·文艺展望》第 8 期

第三部分　诗词

春光透不进的地方

□　也特（夏野士早期的笔名）

暗黑沉郁的空气没有早晨，
屋簷遮去了半个春天。
望不透前面的土墙，
沉寂守得死牢。
狱卒的脸铁铸成的，
除了一双银打的眼睛：
永远是秋天。

笼里藏着几年积下来的烂布袄，
通外面的只一个四寸见方的洞。
永远黑暗，不见亮光，
春光透不进方洞的一方。

时常拿忆念当做小说，
牢外的世界才是想象的天堂。
默数着一天三顿饭，
就恨时间爬得比蜗牛慢！
无聊时玩着镣铐，
家乡想念得陌生了！

有时新进来一个伙伴，
围着呆看牢外的春光。

"哦！我进来三年了呢……
变得快！唉……变得快……"
沉思总是结束他们的叹息，
各人低头想着自己的心事。

"四号，赵贵……
有人看你！"
像雨天出了太阳，
一骨碌从木床上翻过身——
相对的笑脸隔着方洞：
"朋友，你今年生意可好，
我家里可好……我老婆……"

发着抖等一个回答——！
朋友微笑的脸按下了他的忧煎。
"上半月满城的水灾，就饶了咱的家乡……
今年元宵的灯会可闹！
纱价也还好，大嫂今年更勤苦，阿宝也乖，长得平纱车子了。
……"
可恨的是牢头的手，方洞的窗。
打断了相对的笑脸，慰藉的心，
也来不及说一声"再会！"

带回来老婆寄来的一套新布衫，
一篮家乡的清明糕。
"天保佑洪水没闯进自己的村庄：……
可怜她干得太辛劳了，一定很消瘦……
哦，阿宝今年该六岁了……"
墙外沙沙的雨变成纺纱声！

一九三七，四，卅一

春光透不進的地方

巴特

暗黑沉鬱的空氣沒有早晨，屋簷邊去了半個春天，望不透前面的土牆，沉寂守得死牢。獄卒的臉鐵鑄成的，除了一雙銀打的眼睛，永遠是秋天。

牢裏藏着幾年積下來的爛布襪，通外面的只一個四寸見方的洞。永遠黑暗，不見亮光，春光透不進方洞的一方。

時常拿憶念當做小說，牢外的世界才是想像的天堂。獸歡着一天三頓飯，就恨時間爬得比鍋牛慢！無聊時玩着鏡鈴！家鄉想念得陌生了。

有時新進來一個夥伴，圍着呆看牢外的春光。「唉！我進來三年了呢——變得快！唉，」變得快！唉……」沉思總是結束他們的嘆息，各人低頭想着自己的心事。

「四號，趙貴……有人看你！」

像雨天出了太陽，一骨落從木床上翻過身——相對的笑臉隔着方洞：

「朋友，你今年生意可好，我家裏可好……我老婆……」

「朋友」等一個回答——

發着抖的手，方洞的窗，打斷了相對的笑臉，悽酸的心，也來不及說一聲「再會」

可恨的是牢頭的手，今年元宵的燈會可真鬧——上半月滿城的水災，就饒了咱的家鄉……紗價也還好，大嫂今年更勤苦，阿寶也乖，長得平紗車子了。

帶回來老婆寄來的一套新布衫，一籃家鄉的清明糕。

「天保佑洪水沒鬧進自己的村莊，可憐她幹得太辛勞了，一定很消瘦……哦，阿寶今年該六歲了！

牆外沙沙的雨響成紡紗聲！

——一九三七，四，卅二

45

載《新路》（溫州中学学生自治会编印）1937 年 7 月第二期

唱 新 年

□ 夏野士

新年好不好

新年好

新年好

你我都有米元宝

米元宝

米元宝

家家户户

进财宝

新年好不好

新年好

新年好

红男绿女满街跑

新年好不好

新年好

新年好

手拿破碗向人要

向人要

向人要

人人都说

吃不饱

新年好不好

新年好

新年好

威风凛凛将军貌

将军貌

将军貌

世间他是

大好老

新年好不好

新年好

新年好

农民怕事都逃跑

都逃跑

都逃跑

人村万里

都回少

新年好不好

新年好

新年好

玻璃美货源源到

源源到

源源到

中国工厂

都坍倒

新年好不好

新年好

新年好
大家都来唱新年
唱新年
唱新年
今年不比
去年好
满街跑
满街跑
碰到美兵
吃不消

新年好不好
新年好
新年好
黄家养个小宝宝
小宝宝
小宝宝
没有奶水
饿死了
新年好不好
新年好
新年好
小兵丢枪血里逃
血里逃
血里逃
一颗子弹

阎王到

新年好不好
新年好
新年好
学校开门先生到
先生到
先生到
孩儿啼哭
师母叫
新年好不好
新年好
新年好
国货商场来人少
来人少
来人少
价廉物美
无人要
新年好不好
新年好
新年好
今年利息高又高
高又高
高又高
只有他在
哈哈笑

载 1947 年 1 月 1 日《浙瓯日报·展望》元旦特刊新 439 号

猪狗都不如

□ 夏野士

誉为"万物之灵"的人啊，
今日已失去了本性
行尸走肉
还称什么"文质彬彬"

你知道狮子老虎吗？
他们多威武
真是兽中之王
谁敢把他欺侮

你是狗吧
也知道一点反抗
你看他被打时
就会"汪汪汪"

猪也是一样
有了不高兴
也要"牟牟牟"
这些都是他们的本性

只有我们人啊，被侮辱也不敢表示
不说什么狮子与老虎
猪狗都不如。

载 1947 年 1 月 8 日《浙瓯日报·展望》新 443 号

《七律三首·难忘战友好林夫》

其一

难忘知己好林夫，落魄春申指道途。

引我向前时启发，教余战斗日搀扶。

同研时事同谈艺，共对灯光共读书。

抗日游行齐挽臂，宣传鼓动力高呼。

其二

绵绵心意春风暖，脉脉情长寒夜需。

顾我少衣随启箧，见吾饿饭即分余。

眼看浪迹无常所，留住同床定定居。

抗战军兴前线走，春申沦陷避乡区。

其三

亲来寒舍传佳讯，指向山门美画图。

初到金乡飞白雪，即携如妹上新途。

歌声阵阵冲霄汉，操练频频惊鼠狐。

每念及之心恋恋，难忘战友好林夫。

多丽 六十岁生日

六十龄，今日是我诞辰。逢盛世红霞放彩，一轮旭日东升。望青松千株耸立；想鹏鸟万里飞鸣。追忆童年，回思往昔，东西漂泊苦伶仃。那时候无衣无食，无友又无亲。石为枕草窝为被，等待天明。喜今朝，皆乐业，幼都康健长成。老退休不愁穿吃，有劳保生活安宁。城市乡村，孤鳏寡独，供养众苦心。新社会互帮互助阶级友情深。新中国人人都有，远大前程。

夏公诒 一九七二年三月

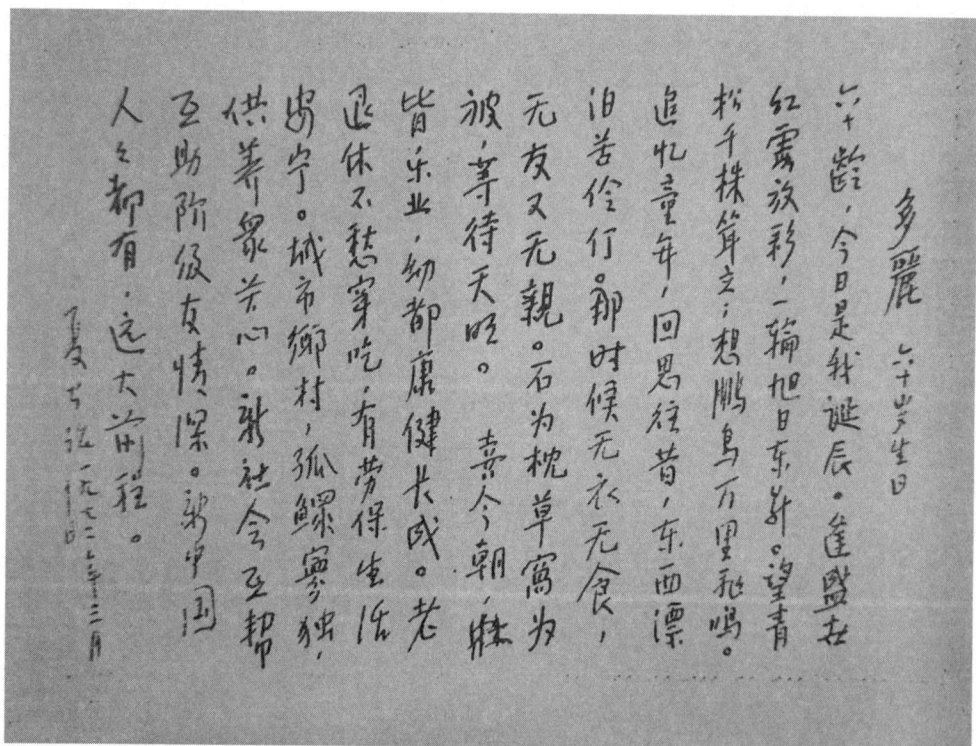

夏公诒诗词初稿

自序

吾年五一，始学诗词。初、平仄未谙，押韵困难。虽成一章常需数日：且词滙贫乏，未能运用自如。细细吟咏，更觉生涩，味同嚼蜡。后、虽略有所悟，仍未能达意，所用词句，难脱窠臼，而失时代风貌。此非诗词本旨。故吾力脱旧缚，运用新词新句，民间俗语：扩大题材选择，不限身边琐事。迄今半载有余，成诗词近百首。重读一遍，颇难令人满意。此集所选，仅为部分。愿以此求教方家，多为指正。此吾刊印心旨也。是为序。

上海市吴淞中学　夏公诒
一九六四年元旦

卷一

沁园春

万里江山，岁岁花红，季季香飘，望水域江南，稻花滚滚，平原华北。麦浪滔滔，积雪崑仑，怒涛东海，一片风光大地娇。朝阳里，看莺飞燕舞，分外妖娆。英雄涌现如潮，尽勤俭辛劳，似舜尧。喜青年学子，献身遍地，国防战士，更是英豪，劳动人民，红旗高举，战胜艰难志气高，为祖国，愿垫砖添瓦，共筑天桥。

沁园春

三月江南，蝶舞翩翩，万树满花，喜黄浦江中，风帆点点；长江两岸，锄曲清佳，学步孩提；未知耕缄，也坐篱旁学种瓜。今年好，看生机勃勃，秀苗天葩。春风吹长新芽，又雨露滋营稻麦花。想黄金一片，翻腾细浪，似梅似雪，朵朵棉花，秋后收藏，粮食囤满，其乐融融亿万家。春来早，把田园管好，看我中华。

鹧鸪天 抒怀

自笑容衰镜裹看，面颜难辨发斑斑，半生碌碌空来去，五十年华一瞬间。身健在，应加食。春风拂面尽开颜，今生尚有登峰力，且与时人同上山。

鹧鸪天 阳儿今年毕业北京农业大学，特填一阕以勉

似带长江长又长，东流东海水茫茫。新阳煦煦光千缕，旭日央央照万方。天玉碧，地金黄，双双对对燕飞翔。黄黄麦穗棉桃大，风送禾花十里香。

鹧鸪天 忆童年并寄北京如妹

记得童年破旧家，曾题聊句对朝霞。三间旧屋无人问，两树新芽自放花。花满树，似红霞。东风唤醒万千家。江南秀色春常在，北地风光景更佳。

鹧鸪天 寄西北工大周爱琴同学

细细东风起翠澜，春申江畔树春幡，爱琴日奏千支曲，乳燕飞翔万重山。离沪渎，过潼关，秦巴泾渭水潺潺，华峰耸立云端里，五载初登开笑颜。

鹧鸪天 寄广州中大连珍兄

细数池边蛙鼓声，故人还是旧时情？羊城珠水沉鱼雁，黄浦江滨梦不成。东海水，岭南情。情如潮水望天明。夜阑写此相思曲，寄与南方连老兄。

鹧鸪天 一九六三年五月十八日，参观忆苦思甜展览会后作

囚禁私牢鞭槌身，家家哭庚湿衫巾，农民衣破常饥饿，地主丝绸食具银。风起浪，地翻身。千年顽石化灰尘。还家土地开颜笑，从此欢呼有主人。

鹧鸪天 教华北区地理有感

万里黄河天上来，忆年岩石尽冲开，平原华北畴千里，黄土高原树遍栽。汾水注，渭河来。三门水库水旋洄。当年赤地哀鸿野，今日禾香谷满堆。

采桑子 为纪念"七一"作

中江"七一"风云起，推到三山。马列峰攀，全国人民尽笑颜。红旗三面东风舞，突破难关。不怕艰难，看我中华震宇晨。

小重山 为纪念"八一"作

"八一"南昌城上红，红旗飘舞处响声宏。工农奋起密如云。真英勇，战斗向前冲。团结乐融融，井冈山顶上气如虹。英雄聚会理想同。共患难，战斗为工农。

西江月　吴淞中学

季季芳红不谢，片片霜叶如花。吴淞景色赛红霞，千丹万青难画。

莫道月牙未下，日观灯火光华。钻研透达培新芽，不觉金乌东挂。

蝶恋花　江滨

水接天来天接水，波动风帆，江上烟波丽。雨霁虹收风细细，双双乳燕飞天际。

满眼彩华珠宝翠，绿野平畴，春色陶人醉。气笛一声传万里，浪花飞溅纷飞起。

长相思　本校（吴淞中学）一九五八年，同学今年暑假大学毕业，写此以勉

过一重，又一重。万水千山劲不松。繁花满树红。

攀高峰，登高峰。科学高峰要猛攻。快哉顶上风。

鹊桥仙　参观忆苦思甜展览会后，夜得恶梦惊醒。早起，一轮红日东升

阴云密布，狂涛拍岸，暴雨带风齐骤。梦魂甫定又雷鸣，狂惊醒，衣衫湿透。

一轮红日，数声啼鸟，已是春深时候，东风渐紧压西风，遍地是红衣绿？

浪淘沙

老友浙江师范学院林国琅兄，寄赠五十寿辰诗文合集，内有浪淘沙一篇，为寄
载而作。读之再三，颇多所感，特补原韵，成此一首，并为之寿。

认识在平阳，战斗山乡，红旗漫舞韵清商。桂花黔南为异客，低诉衷肠。

正是好风光，满眼金黄。西湖桃李竞芬芳。五十韶华春不老，地久天长。

附：林国琅兄原词

浪淘沙　寄野士兄

野士此君狂，幼露锋芒。当年落魄在申江，粉墨登场非演戏，为羲之阳。

今日在书房，两鬓苍苍。三千第于在明堂。正是春光无限好，邀丽游杭。

公诒注：粉墨登场系指我当年在上海从事救亡戏剧工作。

生查子

一九六三年五一国际劳动节前夕，有现在在本市工作之校友殷金宝、张福飞两
同学来访。随后，又接任？西安之校友陈耀民同学来信。不胜欢喜。？？毕业
同学，每逢节日，常有亲自来访，或来函问好。使人感到为师之乐，其乐无比。
因填一阕，以此不忘。

云散碧天高，雨后红芳遍。万物浴东风，梁上来双燕。

喜见报春花，欣接传书雁，南北又东西，桃李香庭院。

水调歌头 读论语有感

论语又重读，启发颇为多。尔看温故知新得益满筐箩，时习名言佳句，勉励吾曹努力，高唱胜利歌。友自远方至，其乐笑呵呵。

仲尼学，终不厌，不蹉跎，教诲不倦，循循善诱似登坡。孔圉敏而好学，不耻时而下问，此事我应和。颜子一箪食，陋巷舞婆娑。

注：

为政：子曰：温故而知新，可以为师矣。

学而：子曰：学而时习之，不亦说乎，有朋至远方来，不亦乐乎。

述而：子曰：默而识之，学而不厌，诲人不倦，何有于我哉。

雍也：子曰：中人以上，可以语上也；中人一下，不可以语上也。

述也：子曰：不愤不启，不悱不发。举一隅不以三隅反，则不复也。

子罕：颜渊喟然叹曰：仰之弥高，钻之弥坚，瞻之在前，忽焉在后。夫子循循然善诱人。

公冶表：子贡问曰：孔子于何以谓之文也？子曰：敏而好学，不耻下问，是以谓之文也。

孔文子：衡大夫，孔圉，文谥也。

雍也：子曰：贤哉回也，一箪食，一瓢饮，在陋巷，人不堪其忧，回也不改其乐。贤哉回也。

水调歌头 一九六三年中秋节

月月有明月，今夜最清明，昔时望月与叹哭泣不成声，聚首团圆有羲？离散人家无数，触景不胜惜。此事尽消逝，处处乐盈盈。

月圆圆，人团聚，庆良辰。广寒宫里嫦娥设宴到天明。世上中秋真美，天上人间欢悦，箇箇笑相迎，舞罢歌声又，彻夜亮晶晶。

醉花阴 咏石榴

吴淞红专学院记德裕同志，于一九六三年九月二日夜十时许，出示"题石榴"一文。嘱咐写成诗词。其文云："在红色的五月里，我想到它的红艳与充实，想到它内在的粒粒透明与纯洁，想到它破腹无私的袒白，想到它对人的补益……"读后，颇觉清新。因夜深未动笔，即就寝。一梦醒来，似有所得，即披衣起床，成七律一首：

　　　　五月石榴红似火，艳如宝石放光芒。

　　　　树梢花朵风前舞，果实低枝雨后香。

　　　　粒粒透明红壳里，珠珠纯洁众人尝。

　　　　色佳味美多滋养，莫负枝头一宝藏。

次日复成醉花阴一阕

五月石榴红似火，艳丽金花朵，蜂蝶恋枝头，飞舞徐徐，舞罢花间坐。

低枝累累黄金果，有绿衣裳里，粒粒透明珠，破腹无私，袒白人前裸。

江城子　新学年开始

学期新始校门开，学生来，笑开颜。久别师生，相见道平安。学友逢时欢握手，
谈学习，倚阑干。

书声嘹亮夜将开，月儿弯，众星残。作业完成，还对二三番。今夜安眠明月再，
千里路，不艰难。

江城子　一九六三年九月六日夜，观看本校红领巾合唱团演出后作

歌声嘹亮舞婆娑，一箩歌，舞装箩。琴瑟笙琶，弹唱众声和。三面红旗飘宇宙，
声阵阵，鼓和锣。

灯光明亮掌声多，笑呵呵，共观摩。红色时代，先进少年多。尽是高才勤学习，
争分秒，不蹉跎。

凤凰城上忆吹箫　根据贺敬之同志三门峡——梳妆台诗词改写

浪打三门，汪洋万里，空余水上妆台。任怒涛东向，两岸声哀，辈辈梢公洒泪，
千万载，不见平安。黄河女，悲愁发白，日望春来。

来来，我们一代，高举起红旗，战胜天灾。扎大河腰带，突破难关。割掉三门
阻碍，悬明镜，水库高栏，高栏处，黄河女儿，再整妆台。

昼夜乐

一九六三年九月廿九日报载全国大部地区秋收增产，预计今年农业总收成将超
过去年，阅后不胜喜悦。

隔秋闪闪风光丽，好一片黄金地。晴空万里鹰飞，水底游鱼可见。天气清新尘
不染，对满目稼禾肥艳。鸟语唤轻轻，报新粮成片。

江南江北歌声偏，整桃禾争先远，田间笑语装箩，稻谷堆成宫殿。男女青年都
不倦，占鳌头互相挑战。积谷满囷仓，看村村丰歉。

书夜乐

一九六三年九月廿八日报载南北棉区不断传来丰收喜讯，全国棉花总产量可比去年增产两三成。喜悦万分。

棉区长势人人庆，满田野桃儿盛。茫茫一片花丛，朵朵互相争盛。云淡天高空气净，对对飞燕儿成阵，南北送鱼尽，报丰收佳讯。

提篮挎袋向前进，摘收忙运输迅。堆箩叠袋如山，晒选扎弹更慎，洁白织维长又劲，比蚕丝世人夸俦。厂厂放车声，是棉花丰证。

疏廉淡月

近日上海市郊区各县，秋收秋种进入高潮。本校师生于十月廿六日投入三秋紧张劳动，收获颇大，尤以女同学与男同学一同劳动，从不示弱，摘花割稻，拉车，整地，施肥，播种等，无不争先，使人敬佩。

金波雪浪，是大好风光，阡陌歌唱。一望无边天际，肥沃原圹。兴高采烈田间住。迎三秋红旗飘荡。大军千万，镰锄舞动，热情奔放。

众姑娘来回埂上，看细摘勤收，手巧心畅。高举银镰闪烁，曲声飞响。粮棉堆积如山样。运丰收车队成行。力耕精作，及时播种地无闲旷。

念奴娇　为一九六三年国庆作

北京城上，忽啦一片红旗如血。高唱雄歌声不绝，六亿人民欢悦日寇投降，蒋军授首，历史翻新页。工农群众，起来都是豪杰。

威望四海高扬，全球舆论，皆把中华说。马列精神中国继，各族坚强团结，浩气长存，遍传世畎，爆发光和热。叛徒听着，誓言坚决消灭。

凤凰城上忆吹箫　一九六三年国庆夜看�火

圆月中天，淡云数朵，明星三五东西，任夜凉如水，仰首神驰，习习清风阵阵微微动，叶叶枝枝。纤云巧，银河静静，夜气丝丝。

嘻嘻！火龙直上，穿破那苍穹，惊动天鸡。忽一声轰响，千万金蛇。玉殿张灯结彩，同庆和，舞向瑶池。天孙女，高空散花，乐满华胥。

春从天上来

十月十四日晚，吴淞区部分教工座谈工资调整学习体会，对比今昔，使人感受颇深。尤以某同志在反动统治下，家人遭受之悲惨情景，听者无不为之泪下。二日来久久未能忘，特写此一阕，以志其事。

互诉衷肠，更乐道今朝，往事难忘，父丧与债，兄走他乡。侄儿小妹天殇。嫂亦离家去，可怜我家破人亡。孤伶仃，充饥肠草来，来日无望。

而今百花齐放，胜天上繁华，满地清香。白发欢颜，青年孩童，个个斗志昂扬。看全民欢乐，齐歌唱党是金阳。放光芒，遍人间温暖，恩重情长。

江城子

旬日前有戚于某同志在旧社会之悲惨遭遇，写成春从天上来一阕，近日本校教师开展座谈，人人回忆对比，更使人痛恨旧社会，而热爱今日，故复写此一阕。

声声回忆旧时情。泣无声，湿衣襟。死神为侣，饥饿伴人身，父死母亡兄弟散，无处诉，泪涔涔。

更新万象日东升，鸟争鸣，闹盈盈。繁花满树，相见笑相迎。聚首团圆家国乐，人永寿，地皆春。

鹊桥仙　为纪念一二·九作

追思往昔，北京愤怒，爆发斗争激烈。青年学子热情高，一二·九英雄事迹。

犹如烈火，烧红全国，团结坚强似铁。为民为国向前冲，看今昔，中华屹立。

渔家傲

马到叛徒真会死，翻云覆雨神通显，牛鬼蛇魔都会演，虚假编，如簧之舌人前辩。

早上装成雌虎面，晚间却似胭脂魔，日日叩头求上帝，红光见，照妖镜下原形现。

渔家傲

马到叛徒多肮脏，天天鬼话连篇唱，怪论奇谈三不像。真洋相，苍蝇一样嗡嗡响。

纠缠不清无赖耍，是非颠倒天良丧。反党反华人不让，休装样，人民巨眼都明亮。

渔家傲

马到叛徒弹反调，和平共处天天叫。革命斗争都丢掉。西方笑，叩头送礼还求饶。

作势装腔和我闹，造谣诬蔑人都晓。不管伪装多巧妙。逃不了，不祥之物乌鸦鸟。

金菊对芙蓉

一月二日·五日各报先后登载美制蒋匪帮 012 高空侦察机一架·于一日下午窜扰我华东地区上空，被我中国人民解放军空军部队击落，以及我沿海军民又全歼九股美蒋特务。大快人心。

碧海晴空，金风秋菊，晨辉红日争妍。看茫茫大海，白浪齐飞。瞪眸 U12 云中躲，还迎接阻击东天。蛇神牛鬼，遁逃不了，送你长眠。

早有警告于先，尽照收不误，一律全歼。若高空流窜，击落尘烟，武装偷渡如登陆，打得你永葬深渊。休想得逞，人民中国力大无边。

渔家傲

飒飒秋风吹落叶，飞机 U12 云中跌。碎骨粉身无处觅。干作急。美台群丑呜咽汶。

东海浪涛声霹雳，人鱼登陆全歼灭。渡水飞空皆痛击。不留一，人民中国坚如铁。

渔家傲

美蒋匪帮人类敌，想潜大陆来行劫，U12 谍机云里匿。声寂寂，高空窥探偷消息。

中国人民强有力，接连两架都歼灭。保卫领空神圣业，谁侵入，迎头痛击难逃命。

渔家傲

美国总统肯尼迪，遇刺身死，次日阁参致消息，始知为极右人士所杀，枪弹来自得克萨斯学校五楼藏书室，乃美国统治集团内部争权夺利狗咬狗之丑剧也。

美国群魔争喝血，白宫首脑伸长舌，暗斗明争从未息，为权利，阴谋诡计都拿出。

狗咬狗来愈激烈，藏书楼上枪来击，打中头颅呼吸绝，肯尼迪，这条狗命终完结。

渔家傲

美国总统肯尼迪，十一月廿二日在美国南部得克萨斯州遇刺身死，由副总统约翰逊继任总统。美国统治集团一片慌乱，而世界人民则拍手称快。争看新闻，并相互转告。

弹洞脑门生命绝，人人争看新消息，大快人心无不悦。相传说：恶人终向坟中入。

又一恶魔来替接，此魔毒辣同前职，或有过之无不及。紧团结，斗争到底休停息。

渔家傲

学习有恒为第一，仲尼为学时时习，致力终身从不厌。无奥密，逢人便问虚心学。

逆水行舟机勿失，目标正确心专一，努力向前行不歇。难不屈，毕生精力无空日。

渔家傲

琴瑟友之笑语浓，红专道上乐融融。钟鼓乐之声重重。甘苦共，春风吹绿同耕种。

比翼齐飞万里空，高峰攀上日升东。连理枝头花朵众。空中耸，满天尽是红云拥。

一定要根治海河

读毛主席"一定要根治海河"及刘少奇主席周恩来总理等题词后八韵

海河一定要根治，主席题词正合时。北地村村齐动手，南方处处更支持。出人与力同劳动，献技和知并措施。资料条条多细看，灾情件件总详知。消除水旱心坚定，征服涝涝忘不移。河北抗洪皆是宝，天津抢险可为师。顽强出击平灾害，大力支援送物资。全国人民均奋起，廿年左右必根治。

注：刘主席题词云："记取这一次洪水和其他各次水旱灾的经验教训，全省人民团结起来，努力奋斗，决心以二十年左右的时间分批地把河北水利建设好"

周总理题词云："向为战胜历史上少见的洪涝灾害而进行顽强斗争的各级干部。各界人民部队官兵表示最大敬意！要为支援灾区，重建家园，争取明年丰收，彻底治理海河而继续奋斗"

吴淞中学二首

其一

吴淞中学好，处处有人夸。冬尽千枝绿，春来万树花。夏蝉鸣翠柳，秋菊斗红霞，桃李花开满芬芳景更佳。

其二

万绿丛中景色佳，白墙红瓦有人家。树荫道侧青青草，凹字楼前树树花。池畔绿杨飘絮絮，园中桃花闹嗟嗟。钻研争论人人喜，参考书中仔细查。

井冈山

一九六三年七月九日报载：江西井冈山革命博物馆开幕，介绍毛主席在战斗中总结出一系列之游击战术原则，如"分兵以发动群众，集中以应付敌人"等等，再重读毛主席咏井冈山之西江月一词，颇有所感，成此一律。

井冈山上群英会，湘赣乡村一片红。分散动员群众力，集中应付敌人攻。森严壁垒城同钢，众志成城气似虹，粉碎敌军千万重，黄洋界上显英雄。

七一颂二首

其一

"七一"红旗飘海上，工农群起要当家。英雄鲜血人人爱，志士头颅处处花。马列精神传世界，泽东思想震中华。巨人中国东方立，天下人民个个夸。

其二

申江"七一"风云起，领导工人斗蒋家，志士英雄流碧血，神州赤县遍红花。五星旗帜东方舞，三面红旗世界夸。今日更将修正反，坚持马列看中华。

丰收

蓝绿橙黄色彩和，茫茫大地荡金波，花香叶茂株株香，穗大秆高粒粒多，江北江南收稻谷，村前村后晒新禾。丰收遍交全中国，处处婆娑处处歌。

国庆看焰火

月明星数晚风吹，仰首神驰待阿谁。一道红光云现彩，数声珠炮宇飞琦。金蛇追赶天边远，孔雀开屏顶上奇，仙女散花华夏乐，人民六亿创新基。

学写诗词有感

学写诗词吟整日，每成佳句数天欢。协商平仄诚非易，结尾收章更是难。押韵如闻琴瑟笛，诗情似见菊梅兰。常因一字全章废，不断深思到夜阑。

寄应义律郑启楣夫妇

八月十三日傍晚，张增辉同志来舍，云及老友应义律、郑启楣伉俪寄语问候。晚间即得一梦，依稀似往日，醒来成七律一首。

多年未见楣和律，昨晚相逢大厦前，疑似淞中同教学，又日师大共谈天。晨风飘拂浮萍上，晚月徘徊柳树巅，泼刺一声鱼跃起，醒来久久不能眠。

咏鸡瑶

金阳闪闪光千缕，文石煜煜满地霞。美艳人间超碧玉，鲜明世上赛金花。莫将身价高抬起，勿把花颜到处夸。更不居奇藏宝室，应知丽色属人家。

王中同志来访有感

老友王中是老乡，经常来往有商量。初逢沪渎春光丽，一别横沙夏日长。喜悦今朝重聚首，笑谈半夜更飞觞。同抒壮志为教育，比学天天赶又帮。

寄余伯翔同志

新泥欢乐着新装，蜂蝶翩翩里外墙。酷日空悬车水乐，寒风声吼积爬香。春来播种禾苗笑，秋后收成藏乘黄，四级田园青又绿，年年遍地笑而芳。

贺陵景唐朱美玲结婚

陵·朱两同学于一九六三年十二月十二日结婚。陵君在上海科技大学教授半导体，朱君则攻读微波电子学，报技于工业中，此二科学对我国工业化颇为重要，特吟一律以贺。

喜糖粒粒醉春风，红烛高燃笑语中。比翼齐飞游宇宙，连枝速长上苍穹。微波天上人间接，导体空中地面通，协力同心团结紧，红专道上乐融融。

送萧小渝赴郑州任教

小渝南大学初成，将作中原远地行。南北相逢京广缄，东西经过郑州城。黄河两岸棉粮盛，华北平原物产盈。"二七"罢工青史着，光荣此去要勤耕。

送王英同学赴京

黄莺衔水枝头上，山鼠钻泥住土墟。架木为巢初乐业，筑庐有屋始安居。细观鸟兽虫禽穴，深入古今中外书。大厦高楼平地起，奠基不可有空虚。

看周德祥同学来信与照相

德祥东北来鸿雁，并寄戎衣像一张。眉目欢欣多喜悦，心身愉快更坚强。誓言奔向红专道，决意跨登科学场。马列精神为指导，为民为国乐兵装。

勉胡鹏山同学

胡同学是本校一九五八年级校友，今年寒假毕业于交通大学，特写一律以勉。

鹏程飞万里，山色满欢容。峡谷狂涛涌，江河巨浪淘。太空无止境，大地有高峰。逐级升登上，星星月月从。

听吴淞中学合唱团歌唱 寄金小燕同学

金光闪闪满莹辉，小小珠喉显巨威。燕语莺言清又翠，颂扬英杰日华晖。风狂雨暴悲而愤，痛斥元凶美帝非。一曲雄歌山岳动，掌声雷响尽忘归。

勤学苦练之纪德裕同志

孤灯高挂细寻思，万籁无声子夜时。蛙鼓遍传孤独坐，寒鸦初报尚吟诗。晨曦微露持书早，暮色苍茫掩卷迟。一字未明难入梦，书查曲籍解怀疑。

看本校乒乓球队员练习

长方枰上小球圆，南北来回似箭穿。左右往返还相击打，东西迎送互周旋，远抽近吊兼窥弱，低救高抢并克坚。挥拍转圆搓又削，猛攻智胜冠军联。

赠李世雄同志

吾与李世雄君共事淞中多年，知其性爽直，富感情。久？写诗为赠。今李君前来闲谈，吾将此意告知。彼即云："无非'固一世之雄也，而今安在哉'"。此为曹孟德语，吾尝以此与其玩笑也。彼又云："尚有'数风流人物，还看今朝'"。

吾曰："然，尔此二语，均将入诗"。又曰："再有'桃李满天下'"吾曰："然，此三语，吾将用之为赠"。李君去后，吾即晷捋整理，调以音律，成此七绝一首。
一世之雄今尚在，风流人物看今朝。芬芳桃李东南北，更上价楼射大鹏。

读贾岛"二句三年得"句有感

二句三年得，一联信口成。好诗随处有，首要是真情。

题照三首

去夏（一九六二年）阳儿与其同学周爱琴，谭云华以及朱美龄等三人，分别合影数帧，特写诗以为纪念。

其一

初夏新阳丽，爱琴日日弹。琴声传万里，远近尽狂欢。

其二

初夏新阳丽，云华朵朵稀。河山无限好，处处竟芳菲。

其三

初夏新阳丽，美龄着手耕，繁花开满地，树树闹嘤嘤。

童年二首

其一

吾本农家子，常遭白眼看。一年三百六，无日有全餐。

其二

负笈申江地，三年未到期。遂缘无学费，即舆校分离。

卷二

学寓诗词 一年三首

其一

又逢三月艳阳天，学写诗词满一年。去岁初吟难下笔，今朝口占可成篇。晨钟暮鼓坚持学，暑夏寒冬未断研，半百不知衰老至，一天一页薛涛笺。

其二

年逾半百学诗词，老至忘知人笑痴。只为抒怀非好古，不因念旧是歌时。睡前灯下常吟咏，醒后床边即构思。报纸新闻皆作伴，一天一首必能期。

其三 鹊桥仙

童年流浪，壮年落拓，南北东西半世。而今老去学填词，只为了歌时咏史。古师轼疾，今师主席，熟读延安指示。朝吟北国暮吟梅，唱新曲挥毫不止。

迎新春 一九六四年元旦

喜悦满全国，处处欢呼歌唱，锣鼓声铿响，庆功会灯明亮，祝丰收空前盛况，送旧岁充满新春希望，遍地鞭炮放，迎元旦红旗飘荡。决心天大，誓把峰上。千万里沃肥大地欢畅。土香阵阵泥声唤，种田人必有奇迹。看今年南北东西连成片，翻金波银波。稻麦棉豆座座山样。

渔家傲 元旦试笔

万斗金光倾泻地，千枝怒放春花艳。科学宫中风景异，真美丽，决心大步登堂殿。我赶你追相勉励，相亲相爱如兄弟，日夜不停求实现。基础奠，人人都把鳌头占。

卜算子 读毛主席"咏梅"词有感学写一首

墙角一枝春，独立寒空里。抖擞精神斗朔风，阵阵幽香起。
不是恋冬天，为报春将至。满地繁花鸟语时，伊在芳丛喜。

满江红

读毛主席和郭沫若同志词后学写一首

扭转乾坤，六万万人民中国。真奇迹，三年灾害，二年恢复。南海鲛鱼难作浪，西山猛虎天天哭。北方熊无力在哀嗥，皮全剥。

亚非拉，三大陆。廿十亿，共荣辱。更相连血肉，不分民族。团结坚强持久战，斗争必胜歌新曲，看西方黄叶乱纷纷，风吹落。

冬云 读毛主席"冬云"诗后学写一首

冬云飘拂北寒风，落尽干红万叶残。独有梅花开雪里，绝无蔓草长田间。且看松柏摇山谷，更见英雄斗石滩。整地积肥春即到，镰锄修好满欢颜。

冬云 读毛主席"冬云"诗有感

数读"冬云"主席诗，严寒消失似春时。朔风无力侵入骨，白雪多情入我词。旭日初升群凤舞，北辰高挂众星驰。梅花更喜英雄爱，扑鼻清香满树枝。

三打白骨精

读郭沫若同志"看孙悟空三打白骨精"及毛主席"和郭沫若同志"二诗后学写一首

危害苍生白骨精，逢人数变美其身，三藏慈善妖为友，八戒糊涂鬼作神。混乱是非魔易入，辨明黑白敌难亲。猴王不愧称天圣，一曲清歌启后人。

满江红

世界人民，反侵略日趋激烈。加勒比，怒涛滚滚，波光烨烨，英勇古巴从不屈，斗争拉美坚如铁，运河中，白浪又滔天，雷鸣击。

巴拿马，争独立，反美帝，风云急，把拳头紧握，万民团结，四海五湖皆奋起，各洲各族心同一。拉菲亚血肉更相连，同歼敌。

读张毕来同志解放前狱中有感

君诗藏箧十余秋，重读篇章忆旧游。沪渎救亡曾击狱，南宁反战又成囚。囹圄不屈吟词赋，仇恨难消骂敌酋。今日东方花满地，朝阳遍照乐神州。

巴拿马反美斗争

大西洋畔起风元，地峡滔滔血浪汹。拉美狂焰烧美帝，运河怒目挖元凶。千拳高举驱魔怪，万臂齐挥击毒虫。坚决斗争声势大，尽除枷锁显英雄。

反对美舰进驻印度洋

印度洋中起怒涛，惊天价响浪滔滔。蛟龙飞跃吞生敌，美舰潜来入死濠。百万拳头坚似铁，千双手臂利如刀。亚非海岸今非昔，葬尔强人别想逃。

抢救光华印绸厂火警八韵

浓烟滚滚上云霄，处处车间是火苗。抢救光华将子寄，保障绸厂把家抛。坚持阵地衣衫湿，力挽危楼手脸焦。屋倒墙坍身不顾，瓦崩梁堕至难摇。脱衣补漏肩抬住，握管塞流身贴牢。货物运搬争去递，丝绸输送抢来挑。重伤奋战精神美，壮烈牺牲品格高。群众三千背勇士，无私为国尽英豪。

渔家傲 本校五反学习开始以后

五反四清正及时，洁身洗澡病根治。领导带头群众喜。先做起，提高认识从今始。阶级斗争学后知，追殄残敌勿延期。自我检查非耻事。为人己，尽除脏物方停止。

满江红

难渡年关，当年是风吹破屋。飞大雪嗷嗷待哺，呜呜痛哭。腊鼓频吹衣不足，凋年急景家无粟。活命难，债主虎狼凶，将人捉。
而今是，食满谷。棉增产，牛生犊。看买糕买饼，添衣添服。节日盛装民众乐，春光美景人多福，比从前，忆苦始知甜，丰收人。

旧历除夕联欢

红灯高桥喜洋洋，笑脸欢颜酒色香。一体畅谈今胜昔，多人对饮慨而慷。雄心创业坚基础，壮志攻尖固立场。佳节今朝除夕夜，明天春景更辉煌。

除夕忆苦二首

其一

欢乐歌声响四方，旧时苦况实难忘。东西流浪天为帐，南北飘零地是床。飒飒冷风寒入骨，皑皑白雪冻穿肠。每思昔日悲惨境，更觉今朝万物香。

其二

家家团聚喜洋洋，昔日悲惨请勿忘。乞食朱门遭冷落，求生大户受凄凉。过街楼下陈尸臭，垃圾箱中拾骨香。此景此情应永记，苦甜对比始知良。

忆山门

抗战军兴，是年初东，党在浙南北港山门开办平阳青年干部训练学校，派粟裕和何畏（黄先河）两同志任正副校长。当时在校工作同志尚有耕夫、扫空、连珍、国琏和林夫（已牺牲）等，共同领导学习。
回忆三门万里香，英雄聚会激而昂。腊梅怒放寒枝秀，恶犬潜逃狗洞藏。抗战歌声传远方，动员号响震山乡。千锤百炼红思想，为国为民赴火汤。

忆林夫同志

林夫同志为余在沪时之好友，一向从事艺术活动，以木刻为战斗武器，打击国民党反动派及日本帝国主义。不幸为蒋匪擒去，置身囹圄，后被惨杀于福建山中。

刚才写罢忆山门，似见林夫伟大魂。木刻刀挥惊匪盗，画图笔舞转乾坤，联珠纸弹天天发，千丈唇枪日日喷。手铐脚链从不屈，英雄战死在山村。

满江红

谁带春来？枝头柳嫩芽勃勃。东风渐，花红初放，草青新发。细雨润泥蚯蚓动，和风吹绿寒流没。百鸟来，欢乐庆春回，空中聒。

满田野，勤作活，干劲足，棉衣脱。尽小心翼翼，谨防疏忽。千万锄头齐挖掘，万千铁塔同翻坡。看今朝，人物数风流，将粮夺。

寄杭州黄先河同志

先河别后卅来寒，每忆山门在目前。君去延安跨万岭，我留浙赣踏千巅。奔波粤桂西南地，流浪闽台江海天。一片红光迎旭日，而今又是十多年。

满江红　咏雪

一片银辉，千万里飘飞六出。人间世，如棉似练，如花似玉。洁白南方谁不喜，晶莹北国人皆悦。静无风，遍地少行踪，林中寂。

儿童乐，堆人畜，诗人乐，编歌曲。种地人更乐，移风易俗。干劲冲天齐出动，积肥选种同锄掘。放眼看，今岁必丰收，棉粮足。

咏雪二首

其一

醒来窗外亮晶晶，疑似梅神散落英。银地冰天纯且洁，白绸素练闪而明。寒流渐去时增暖，暖气频吹日更荣。大地春风来报喜，丰年佳兆笑相迎。

其二

纷纷六出降初春，灰幕遮天白素铺。数上银花千朵放，林中鸟雀时无。东风有力通衢道，大雪何能阻路途。暖气渐增溶万里，清除脏物只须臾。

满江红　郭兴福颂

一颗新星。郭兴福，坚强似铁。忠于党，献身民族，献心阶级。马列精神为指导，泽东著作时温习。不断红，大步迈前去，多奇迹。

无日夜，无早晚，勤教学。更调查研究，进行分析。忆苦思甜怀战士，同甘共苦同呼吸。既谦虚，原则又坚持，人中杰。

大庆颂二首
其一
大庆英雄志气高，艰辛探发石油苗。三年会战坚如铁，千井齐喷涌似潮。钢管条条飞草地，钻台座座破云霄。从今结束洋油史，看我中华锦绣苗。
其二
青云为帐草为床，一望无人万里慌。夏至蚊多鸣百鸟，冬来雪厚躲千狼。三年打井深穿地，千架飞空遍放光。昔日莽莽埋大庆，今朝处处石油香。

满江红　大庆油田颂
大庆油田，埋没了漫长岁月。初来是，茫茫青草，飘飘白雪。夏日蚊飞群兽走，寒天冰冻千声寂。顶上云，无屋又无床，高歌曲。

架机塔，泥土掘。钻千尺，油喷出。势猛如潮涌，美如鲜血。钢管飞奔原野上，井台突破朝天阙。看中华，万里尽芬芳，洋油绝。

采桑子　一九六四年三月一日校友董辅山远自西安来访有感作
清晨喜鹊声声报，试把门开。笑脸迎来，远客西归董辅山。

倾心详述从军乐，科学峰攀，尔赶我追，奋发精神克困难。

历史课
听王卫民同志讲课后

若大寰球眼底旋，看来犹似小泥丸。天南地北周游尽，古往今来遍述究。绘影绘形声色丽，传知传道面容欢。悬河之口虽非炮，指点斗争枪一般。

偶书
周天三百六，世事二千余，眼底昆仑小，心怀宇宙诸。平生无寄托，此日不空虚。肝胆昭天地，挥毫看我书。

看我校文娱演出　给陈邦倬同志
舞台虽小乾坤大，世事烦忙片刻完。琴瑟笙琶齐奏乐，唱谈言笑众声欢。弦飞霄漠天鹅舞，歌响云端日月盘。振奋精神操胜算，斗争有此一弹丸。

钟

穿霄高架一钟悬，响彻云端四处传。早晚书声惊鸟雀，晨昏锄曲醒园田。无分风雨寒冬日，不管冰霜暑夏天。割破长空飞远地，人家喜悦更年年。

红桥

小河滨左一红桥，便利行人美又娇。绿柳遮天天上碧，红房入水水中摇。书声嘹亮群鱼跃，歌曲悠扬百鸟翱。此举淞中南北道，直通科学一楼高。

凹字楼前

凹字楼前面向阳，寒冬温暖夏风凉。花香草绿千枝茂，蝶舞蜂飞百鸟翔。东挂朝阳红艳艳，中悬明月喜洋洋。晨钟暮鼓诗书乐，革命歌声响四方。

采桑子

清墙清池清床被，先要清心。思想先行，里外才能不见尘。
明膛净己衣裳洁，洗净全身，黑白分明，易俗移风永不新。

江滨

蓝空嵌日映朝晖，习习晨风拂面吹。点点船帆来去远，翔翔海鸟去来随。黑烟滚滚云头上，白浪滔滔尾后推。远看方知天地润，有天天外众星追。

码头

水天相接望无垠，黄浦江边一片新。平岸巨轮吞万吨，悬空长臂吊千钧。铁牛伏地来回快，小艇浮波往返频。四海友情潮涌至。接迎送别话亲亲。

满江红　码头

黄浦江滨，难寻照旧时陈迹，皮鞭下，吞声饮泪，凄声哀泣。昼夜扛抬驮运苦，终年冻饿饥寒逼。那洋人，吸血鬼魔凶，全消灭。
欢今日，新装饰，大力士，空中立。起千钧重物，不需人力。进出巨轮飘海至，往来快艇穿梭织。看春申，微浪荡金波，千鸥集。

黄浦江中

蓝天红日挂，波上巨轮还。后浪推前浪，大船跟小船。数帆风里去，一叶水中旋。滚滚浓烟起，翔翔海燕穿。

采桑子

听本校历史教师方兆海同志讲述"红岩"有声有色，激励人心，特吟一阕。

方闻中外千秋史，述古评今。更调弦琴，谈笑风生讲又吟。
"红岩"说唱如身受，悲愤填膺。激动人心，听众忘归情更深。

绿化淞中

十年树木百年人，绿化淞中四季春。碧草池塘鱼结队，红花苗圃蝶成群。莺飞燕舞千条挂，心旷神怡万物新。不绝弦歌枝叶绕，林冠喜悦点头频。

咏鹅

善翔非燕鹊，北海一鹏开。百水须臾过，千山片刻巡。身如泰山大，羽若挂天云。展翅东风里，扶摇万里循。

采桑子

参加十二中，张景新同志公开教学后写
公开教学开茅塞，箇箇欢迎。巩固频仍，善诱循循印象深。
看谁提问教新课，条理分明。绘影绘形，启发多方讲解精。

迎新春

悄悄夜何似，静静银河如素。风动轻摇树。送永夜星三五，伴晨星嫦娥漫步。
唤日出千里鸡鸣无数，猵猵搞万户。行人早喧喧于路。四郊蛙鼓，乐满园圃。
声哑哑树梢鸟雀群聚，露珠草上金光闪，百花香蝶舞蜂踞。对朝阳欢庆人间春来早，都将春光度，布杀声里，莫把春误。

即兴

静坐思毛选，灭资风更浓，兴无看马列，忠党爱工农。革命江山丽，红专道路攻，时时听党话，日日学雷锋。

清明二首

其一

佳节清明野外行，新芽初放草繁生，微风柳叶轻轻动，小雨杨枝日日荣。万朵桃花千朵蕊，几声麻雀数声莺。四郊男女歌新曲，遍地锄头铁塔鸣。

其二

和风摇万物，大地着新装。绿浪微微远，黄波细细长。路旁飘柳絮，河畔送花香。春色行人醉，歌声起四方。

西江月

来自五湖四海，同居一室一家。都为革命作安排，欢乐笑声满舍。

旭日东升闪闪，黄莺树上喈喈。相亲相爱众人夸，相互切磋不舍。

彭加木同志赞八韵

雷锋出现科研界，加木英雄事迹多。意志坚强攻绝症，心身愉快克沉疴。骋驰西北登山谷，飞越江河入草莎。六出玉门伸壮志，数行云贵唱新歌。边疆开祭攀高地，海岛调查上险坡。原野露营霜沾髮，寒冰果腹草充禾。愿为石子途中筑，让与他人背上过，赤胆忠心专爱国，惜分争秒不蹉跎。

江滨

遍地青草绿，沿江浪里船。张帆离岸畔，飞？舞花前。上下云间燕，？泂水底天。遥观烟渐失，下见巨轮还。

满江红　彭加木同志赞

活的雷锋，彭加木英雄事迹，身重病，坚持工作，顽强抗击。绝症回春医有术，健康恢复终无疾。若生龙，活虎跑山林，周身力。

去甘峡，登峰谷。入云贵，行坡泽。更六行西北，数攀危壁。野地露营霜沾髮，寒冰果腹草充麦。做一颗，便利万人行，途中石。

春花盛开寄姜建邦兄

园中桃李满欢颜，试谱诗词旧雨看。师大同窗过五暑，君家共饮又三寒。钻研乡士来淞地，编写教材立日竿。半百情怀难自压，数成新曲更新弹。

非洲愤怒

熊熊烈火黑非洲，独立斗争世界讴。处处相连红浪起，人人不共戴天仇。东西推进攻残贼，南北包围困敌酋。势不可当推美帝，洪流到达殖民地。

西江月

静坐常欢毛选，闲谈时说雷锋。灭资忠党已成风，六亿人民都懂。

革命江山美丽，红专道路融融。兴无爱国是英雄，五好愈来愈众。

贺诗

顾秋惠同学告知将于暑假与金长荣同学结婚，特吟一律以贺

红烛高燃鼓乐章，芝兰满室喜洋洋。汉回自古如兄弟，荣惠而今似凤凰。比学

商量争进步，赶追扶助更添香。奔驰原野登峰极，放眼穷空远四方。

晨遇周砥同志于途有感

初逢夫子在淞中，始识同乡一老翁。地理共教多启迪，佳诗常读更开通。春来秋去冬终尽，草绿柳飘花又红。耄耋之年古今少，祝君长寿舞东风。

咏张何人

张何人一女生，高中毕业下农村，耕田袁店终身志，落户肥西感党恩。烈日晒皮红透肉，寒风刺骨早开门，接班学习群为母，劳动之中永扎根。

注：张何人是华东师大二附中高中毕业生，一九六二年秋考取上海戏剧学院导演系。但她自己放弃升学机会，到安徽省肥西县袁店公社落户。

在她日记中有一段：我深深地敬爱群众，越是认识到群众的伟大，越对人民代表的称号感到不安。乡亲们，我永远作一个学生生活在你们当中，永远以劳动为根，以群众为母，把自己炼成一个劳动者——黑皮、铁骨、红心。

送张来和局长

兼任支书始识君，淞中相处数经春。十年树木天天种，百年教人事事真。桃李满园鲜且艳，师生一校乐而亲。四方远地飞鱼雁，喜报边疆万物新。

海滨新村

海滨昔日隐蛇虫，今日新村建设雄。座座楼台高耸立，条条道路便交通。商场百货陈千色，嫩柳娇花亲万红，春到人间无限好，笑声阵阵荡东风。

菜市场

万紫千红菜市场，熙来攘往喜洋洋。牛羊猪肉充柜柜，鸡鸭鱼鲜满箩筐。蔬菜初登青又嫩，果瓜新到艳而香。山珍海味皆全备，价格低廉态度良。

读毛主席"愚公移山"后

愚公是愚非真愚，智叟聪明祗是痴。莫道艰难无结果，应知成败在坚持。天天月月年年运，子子孙孙代代移。尽管两山高又大，掘成平地不难期。

芭蕉

夜雨打芭蕉，朝来锦绣描，旭日高空挂，晨风大叶摇。霞光穿碧玉，翠色入云霄。万绿相形拙，群芳失艳娇。

三夏村景

三夏到农村，家家户开门。路旁鸡捉走，河畔鸭飞奔。祖母篱边出，孙儿树下蹲，大车来麦地，道上尽泥痕。

理发有感

头上功夫巧，手中技艺精。整容飞髪短，修面剃须清。镜现青春美，心怀喜悦情。为何刀剪利，未见有人惊。

顽童

老杆新枝茂，鲜花嫩蕊多。红间群？舞，叶里数莺歌。母鸟寻虫食，鸟雏待草窝，啾啾鸣不已，弟弟喊哥哥。

嬉戏

面上皱纹少，镜中斑鬓多，年华如水逝，余日莫蹉跎。

鹧鸪天 排球赛

遣将陈兵日出东，扎营布阵待来攻。飞秋似箭穿空速，疑是中天挂彩虹。

防袭击，紧追踪。游龙戏凤两前锋。泰山压顶风云急，水底轻撩网上冲。

一剪梅 为纪念"七一"作

"七一"中江起暴风。巨浪汹汹，烈火熊熊。神州万里尽烧红。奋起工农，战斗英雄。

今日中华建设中，郁郁葱葱，岁岁昌隆。东风渐紧压西风。攀上高峰，极目穷空。

军事夏令营

我们于昨日起举办军事夏令营十天，参加同学有百多人，昔雄起起起气昂昂，再重读毛主席"为女民兵题照"诗，颇有所感，特借原韵，学写一首。

斗志昂扬手挽枪，雄歌高唱下操场。保家卫国男儿志，尽着兵装叶旧装。

浣溪沙

夏日北京天气佳，长空万里映红霞。道路尽是合欢花。

初见中岑欢燕地，新阳相伴乐京华。同游北海把船划。

浣溪沙 京中遇耕夫同志

我到北京满一周，即闻老友要来游。耕夫未遇廿余秋。

今日相逢多喜悦，当年奋战在山丘，思甜忆苦语难收。

北京车中遇洪廷彦同志

沪渎分离久未逢，北京巧遇在车中，君来走访言多趣，我去登门语更丰。校长一知同忆念，淞中师友共专红。畅谈半夜忘疲倦。踏上归途满星空。

游颐和园二首

其一　玉带桥

玉带桥横水浅深，波光云影日光明。绿荷开放花三数，照相机中儿女情。

其二

颐和园中阁㈠最高，长廊漫步暖风飘。前临绿水㈡风光丽，后对青山㈢草色娇。石舫停开千客坐，游船来往数人摇。龙王庙畔名桥㈣立，细浪微波舟自漂。

注：㈠佛香阁　㈡昆明湖　㈢万寿山　㈣十七孔桥

浣溪沙　天安门前早晨

东起朝阳照万方，天安门上闪金光。合欢花放燕高翔。

队队女兵雄赳赳。车车宾客喜洋洋。英雄城市更辉煌。

访北京一０一中校长王一知

一知校长别多时，此日相逢我所期。往昔淞中为益友，而今京校是良师。共评旧地诸魔丑，更笑当年数白痴。阵阵芬芳来四处，红桃艳李满叶枝。

北京站十韵

北京车站世无双，来往行人尽赞扬。前后广场空地大，周围绿树百花香。严冬犹似春天暖，入夜有如旭日光。壁上装潢多富丽，室中陈设更堂皇。电梯影视皆全备，过道月台无不良。路轨条条伸远处，车厢节节接村乡。四通全国穿边地，八达苏朝到友邦。南北吞吐千万物，东西经过万千粮。各方客至欢而悦，节日宾来笑欲狂。都道此间家一样，留连难舍喜洋洋。

夏夜看牛郎织女星三首

其一　西江月

夏夜繁星闪烁，南风云海微波。牛郎织女隔天河，日日愁眉紧锁。

越渡无船难去，涉行有浪难过。年华似水尽蹉跎。望断天涯独坐。

其二　七律

夏夜繁星闪烁明，凉风吹？一池清。牛郎水畔天天坐，织女机旁夜夜情。津要无船飞不过，银河有浪渡难成。鹊群展翅桥梁架，七夕来时始可行。

其三　西江月

织女双眉紧锁，牛郎满面愁容。天河水涧浪涛汹。浴渡无船怎共？

银海今朝浪净，鹊桥七夕完工。一年一度一相逢。明日离情潮涌。

贺张毕来同志五十岁

君今半百似朝阳，革命年华日月长，倭寇动刑从不屈，南宁陷狱更坚强。整风鸣放持真理，反右斗争名立场。建设中华毛选读，鲜红思想笔花香。

一剪梅　欢送本校同学去新疆

壮志雄心去远方，穿上行装，肩上行囊。迈开大步喜洋洋，意志坚强，斗志昂扬。

落户天山南北疆。放牧牛羊，种植棉粮。木河两岸尽芬芳。千里花香，万里蚕桑。

建国十五周年四首

其一　多丽

喜洋洋，红旗万里飘飏。看东天霞光四射，朝阳绣出文章。祝中华千年永在；庆祖国万寿无疆。垂柳丝丝，鲜花朵朵，龙飞凤舞燕高翔。十五载翻新历史，页页显光芒。今朝更凯歌高唱，队伍成行。

满天空烟囱矗立，云烟阵阵芬芳。满城郊遍生绿树；满田野尽长棉粮。机器隆隆，锄头霍霍，翻泥掘土响琅琅。好一片天然美景，富丽又堂皇。同携手，迈开大步，前进昂扬。

其二　沁园春

十五周年，一片晴空，普照艳阳。望中华全国，红旗飘飏。人民六亿，斗志昂藏。革旧创新，与无灭资，覆地翻天震四方。新风尚，若群花怒放，遍地清香。泽东思想辉煌。看百鸟齐来朝凤凰。尽献知献技，改良工具；勤耕勤作，丰产棉粮。日夜钻研，晨昏苦练，意志坚强固国防。欢今日，是千歌高唱，万乐悠扬。

其三　满江红

十五周年，金光现，灿烂夺目。到处是载歌载舞，欢欣和睦。工厂农庄村镇立，高楼大厦云天矗。听隆隆机器响城郊，新中国。

栽种广，棉粱麦。产量大，余粮足。看荒山穷壤，尽开阡陌。水库高阆通野地，电流遍照明村落。美中华世界万人夸，全民乐。

其四　排律

立国翻新页，而今十五年，中华雄世界，历史著名篇。工厂城乡立，农庄山野连。棉粮堆满地，产品叠高天。铁道通全国，航空到极边。老壮亦钻研。巾帼红装叶，英雄重搪捐。保家皆奋起，卫国尽争光。跃进男儿志，攀登科学巅。红旗飘宇宙，奋勇更无前。

与甥女张帷明共度国庆

霞光万里日异新，喜见帷民笑满容。？北初生魔势威，南宁再见匪焰凶。同飞香港离蛇窟，共到华东抵乐宫。十五周年欢国庆，红旗飘舞乐融融。

接读连珍同志信后二首

其一　七律

望断南天十五年，窗前雁落喜无前，全书友爱谈今昔，满地忠言语万千。抗战相逢欢浙闽，流亡関注乐心田。阳光普照东风紧，岁月摧人猛着鞭。

其二　蝶恋花

望断南天十五载，渺渺鱼沉相见合时再？昔日情谊应永在。当年战斗同仇忾。雁落窗前来粤海。喜报连珍依旧从前态。满纸忠言皆友爱，朝阳普照云多彩。

读尚德俊同学来信有感

德俊同学为我校一九五二年校友，先学西医外科，后攻中医。毕业论文得中央卫生部奖章，曾至新疆医学院工作。一九五九年全国中西医会议在沪举行，为新疆代表之一。现工作于济南，成绩斐然。

朝阳万里闪金光，德俊书来喜欲狂。三载淞中诸友乐，十年医界众人扬。中西疗法全都学，内外针科无不良。着手成春听党话，为民造福远边疆。

偶成

眼看全球歌宇宙，胸怀世界转乾坤。晨曦微露跨千里，晚月初升踏万村。立地筑堤分水陆，倚天抽剑解昆仑。春花不谢秋花艳，夏日风凉冬日温。

喜闻我国原子弹爆炸成功二首

其一　满江红

十七清晨，闻喜报欢腾全国。无线电连声广播，遍传大陆。原子狂人休想缚，英雄中国终难束。第一枚爆炸响空中，成功速。

为防御，核能握。为全禁，声明读。要进行销毁，共同监督。保卫和平中国志，永消核弹人民福。美英苏龙断已无能，人民祝。

其二 蝶恋花

爆炸成功原子弹，祝我中华，祝我中华贺电千千万，美帝惊慌悲又叹，英雄中国人人赞，保卫和平今有赖，且看东风压得西风散。原子狂人终必败，人民世界千年在。

三秋

三秋开始众欢然，思想提高劳动先。为到农村皆恐后，收藏谷物尽争前。车车不断棉粮运，担担相连男女延。问苦访贫忘寝食，及时教育夜难眠。

卷三

东坡引

诗词吟就寄，
童土妹同志。
有如见面贺新春。
凯哥无日止，
凯哥无日止。

朝阳东起，
漫天晴霁。
飞步快，
同插翅。
无高不上登峰视，
红旗随处是，
红旗随处是。

贺新年

（六首）

其一　最高楼

新年好，
喜"四害"清除，
庆胜利高呼。
为公携手开新地，
斗私立志展宏图。
为人民，
为革命，
不特殊。

敢于斗，
就要锄群丑，
善于斗，
就要分良莠。
向前进，
扫尘污。
金光道道传佳讯，
梅花朵朵报欢愉。
红日升，
东丰盛，
美前途。

其二　醉翁操

今天，
景妍。

新年，
降人间，
欣然。
朝阳普照兮人间，
祝君幸福无穷，
永绵绵。
看日日开颜，
天天向上兮心专。
攀高不止，
继续登巅。

不停学习，
思想好兮领先，
身体好兮力添，
工作好兮争前。
前进兮挥鞭，
胜利兮天天。
你我两心连，
南北两地兮比肩。

其三 东坡引

正当新岁首，
诗词呈一首。
祝君岁岁都长寿。
凯歌高唱又，
凯歌高唱又。

布新除旧，
分清良莠。
迈大步，
雄赳赳。

无坚不克朝前走。
朝阳红宇宙，
朝阳红宇宙。

其四 东坡引

雄鸡初报晓，
新年开口了。
祝君壮志雄心抱。
喜攀无不到，
喜攀无不到。

红灯普照，
金光四耀。
向前走，
红旗导。
凯歌高奏春风笑，
天天传喜报，
天天传喜报。

其五 蝶恋花

七十七年新岁首，
一早起来，
怀念知心友。
挥笔写成词一首，
祝君胜利向前走。

日出东方天下秀，
交与雁儿，
水陆兼程又。
喜看河山铺锦绣，
风光无有出其右。

其六 唐河传

旧雨，

京遇，

虽同一处，

却难常叙。

而今又是一年新。

祝君，

进步日频频。

全家都有好身体。

皆如意，

坚强又果毅。

勇向前。

比肩，

挥鞭，

胜利永绵绵。

新岁颂

（三首）

其一 折桂令

新年，
干劲冲天，
力大无边。
思想领先，
生产向前。
并肩，
放眼，
斗志益坚。
挥鞭，
除奸，
"四人帮"煎，
反革命歼。
增产如川，
胜利如泉。
团结无间，
共著新篇。

其二 折桂令

新年，
红日鲜妍，
美丽人间。
战斗连连，
胜利绵绵。
向前，
满眼，气象万千。

志坚，
扬鞭，
昂首争先，
齐步并肩。
攀上峰巅，
共写新篇。

其三 五律

喜悦庆新年，
四人帮尽歼。
朝阳红艳艳，
大地乐连连。
处处欢歌起，
人人斗志坚。
俱将高产夺，
前进猛挥鞭。

蟹 诗

写在前面

（二首）

一九七六年十二月三十日三十一日

其一　一斛珠

《蟹诗》写就，
细吟再读重思又。
平平淡淡难歌奏，
更是不能。
配乐舒长袖。

为对敌人心脏揍，
还须锤炼成枪手。
请提意见纠纰缪，
改字修辞，
都是良师友。

其二　五律

挥毫写《蟹诗》，
重读见多疵。
不但无奇句，
可能有病辞。
愿君提缺点，
助我启新知。
改字皆良友，
删添俱老师。

七律·买蟹

一九七六年十月二十二日

某日打从蟹店过，
有人买蟹数奇苛。
毋须配对雄嫌少，
不爱全雌母太多。
拿起三雄先扎紧，
再来一母共装箩。
回家煮食同欢饮，
笑看横行到铁锅。

吃蟹二首

一九七六年十二月二十二日二十三月

其一　七律

四蟹横行十载馀，
乔装打扮乱江湖。
吐泡喷沫遮人眼，
打洞毁堤阻道途。
伸手捉拿绳繫足，
放锅煎煮火烧炉。
举杯共饮欢今夕，
同庆世间脏物除。

其二　西江月

四蟹横行大道，
十年危害苍生。
如花泡沫乱人睛，
坏事天天干尽。

藏在洞中作怪，
提来锅里煮蒸。
剥开红盖现原形，
一起举杯同庆。

七律·捉蟹

一九七六年十二月二十四日

蟹这东西最自夸，
横行霸道害鱼虾。
两螯八足弓身动，
四只一帮出洞爬。
毁岸决堤堤淹水，
兴波作浪浪淘沙。
渔翁愤怒丢竿捉，
悉数装笼送酒家。

西江月·卖蟹

一九七六年十二月二十八日

一篓只留四只，
三雄还有一雌。
价廉物美众称奇，
要买请来细视。

都是新鲜肥胖，
绝非霉假诈欺。
回家煮食便能知，
下酒口舒心喜。

五律·四蟹尽鸣呼

一九七六年十二月二十九日

怪物闹江湖，

横行独占塗。

鱼虾遭迫害，

螺蚌受排除。

搅水全河混，

爬泥整荡污。

一声雷响起，

四蟹尽鸣呼。

跋

《蟹诗》，共有六首，即《四蟹尽鸣呼》一首、《捉蟹》一首、《卖蟹》一首、《买蟹》一首和《吃蟹》二首。

写这《蟹诗》的动机，是在一个偶然的机会，听到一个《买蟹》的故事，大意是：有人买蟹，就是要买三雄一雌，不多一雌，也不少一雄。问他为什么？说回家煮食，看它能横行到几时！这故事很是新鲜有趣。当晚，根据其意，经过思索，就写成了《买蟹》一首。那是十月二十二日。

随后，寄给几位朋友看，过了几天，一位朋友从上海来信说："来信收到，寄来的诗中，以《买蟹》一首为最妙，我将抄给其他同志一睹为快。"到了十二月二十二日又接到一位上海同志来信，在信结束时说："为了学习作诗，看了老师诗的最后一首《买蟹》，颇感兴趣，故和夏老师一首《吃蟹》，盼指正。现抄录如下：

四蟹横行有十载，

泡沫四溅装左派。

把水搞混好自在，

打洞毁堤是祸害。

如今四蟹捉起来，

千蒸万煮恨才解。

剥去红皮吃膏黄，

下酒当菜又消灾。

　　看了这首新体诗的和诗，觉得写得很好，也很有意思，因此，就根据其意写成了《吃蟹》一。第二天觉得意犹未尽，又写一首。再过一天，又写了《捉蟹》。到二十八日，重读一次，觉得有了《捉蟹》、《买蟹》与《吃蟹》，但没有卖蟹，似乎成不了组诗，因此，又写了《卖蟹》，二十九日再写了《四蟹尽鸣呼》。再把次序重新加以安排，就成了现在的组诗。以此说明。是为跋。

　　　　　　　　　　　　一九七六年十二月三十一日于北京

主编《先锋》半月刊

我们的任务　创刊辞

（1938 年 5 月 5 日创刊号）

署名　也特（注：原件破损，创刊辞后部分残缺。如旧收录）

载1938年5月5日

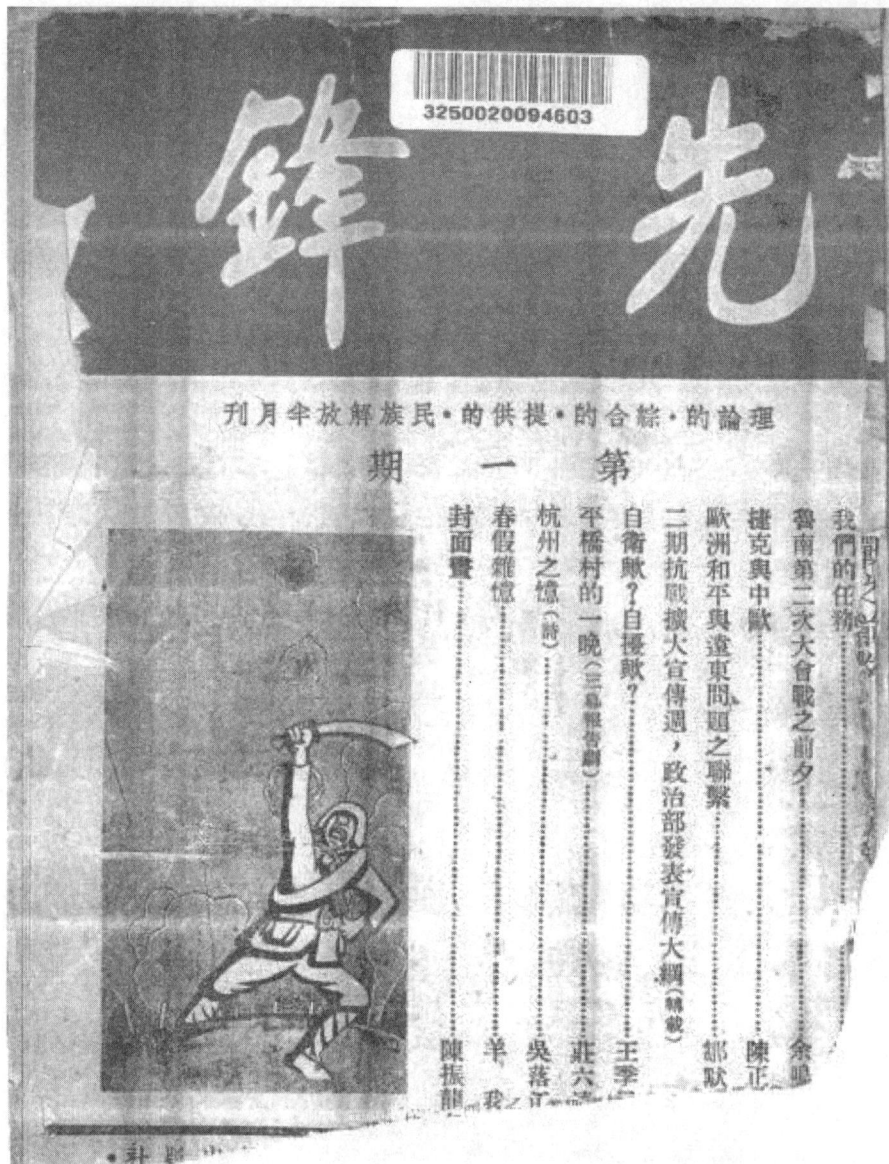

先锋

理論的・綜合的・提供的・民族解放半月刊

第 一 期

（《先锋》半月刊第一期，夏野士主编，创刊于1938年5月5日，浙江·永嘉）

《先锋》半月刊新第3期

编 后

这期或者就是我们最后一次的见面了。

是的，前宣传队长因有高就辞职了，新来的队长刚接收，所以对于本刊的以后计划，还没有决定，并且编者因为还有别的工作，也把干事一职辞去了。至于以后是谁来主编，现在不得而知。不过我相信，新来的编者一定会比我好得多了。

想起了自己主编的几期《先锋》，真是惭愧，很多的地方，太使人失望了。如错字之多，内容干燥无味，都是很大的缺点。不过《先锋》可以问世，还是靠朋友们的帮忙的，尤其是胡景瑊、马骅、谷崇熙，及许多相识的和不相识的朋友们。在这里特别的感谢！

最后，就是本期因为稿多，以致郁齐先生的"怎样来解决征兵上的两个困难"一稿，临时抽了出来，非常抱歉。好了，再会。

此致

民族解放致礼！

编者

（载 1938 年 11 月 30 日《先锋》半月刊新三期 ）

主编《生线半月刊》第5、6期合刊

抗战建国周年纪念献辞

（1938年7月7日）

署《生线半月刊》同仁

近百年来，中华民族在帝国主义和封建势力双重压迫之下，反复地演着人类最悲惨的历史。尤其是近四十余年来，中华民族最大的敌人日本帝国主义同我们玩弄着鲸吞蚕食的伎俩，阴谋诡计得寸进尺的掠夺，将陷我们民族于万劫不复的危境。

"九一八"敌人大刀阔斧的进攻，警惕着我们民族已经到了最危险的时候。

"一二八"英勇的局部抗战，指示着只有予打击者以打击才是我们真正的生路。

在六年之间，我们是被欺凌得够了，除非他不是人才会挨过这些吞声忍气半死不活的日子；究竟我们民族是有悠久历史的，我们民族有成千成万优秀的子孙，我们决不让历史的光辉从此惨淡下去，我们誓不轻轻放过穷凶的敌人。在西安事变国内和平统一之后，我们就决定要发扬民族历史的光大，我们随时要复仇，要解放了自己民族。

去年今日，日寇在卢沟桥的新进攻，我们就紧紧的抓住这个千载一时的时机，毫不犹豫的奋起予侵略者一顿重重的教训，我们毫不迟疑的燃起了全民族自卫抗战的烽火。

伟大的"七七"是我们民族自力更生的起点，是我们民族解放的开始。

整整的一年中，我们民族显示出无比的力量来。

在军事方面，我们由单纯的阵地战，进而广泛的运用运动战，普遍的发动游击战，使敌人消耗了极大物力人力，而培养出无数超然卓绝的青年军事人才。

在政治方面，不论在前后方都有成千成万英勇的青年动员民众参战。统一的政府逐渐地改善行政机构，使国内政治力量益发巩固并扩大起来。

在经济方面，我们建立起自己民族工族工业，稳定了战时金融，而给敌人速战速决一个致命的打击。

在文化方面，大量的青年艺术家，著作人从伟大的实践中，层出不穷的建立了未来民族新文化的基础。

抗战是一个时代的大洪炉，把我们民族的积弱，陈旧，缺陷都淘汰无遗，而锻炼出簇新的似钢般的大力量来。

今年今天，伟大的"七七"周年，已是我们和敌人决战的开始，我们要引发更大的力量来战胜日寇，期达"抗战必胜，建国必成"的目的。

所以今天我们要来纪念抗战周年纪念，首先要纪念抗战创造了民族的新力量，其次要了解今年今日我们又开始惊天动地事业了——与日寇决战——我们应尽量贡献自己的力量来完成历史的任务。

（载 1938 年 7 月 7 日《生线半月刊》第 5、6 期合刊）

半月刊

本刊已呈請登記中

六期合刊

建國周年紀念專號

要目

一年來之中國與世界

一年來各地救亡運動之檢討

溫台、溫州、樂清、瑞安

野夫

民國念七年七月七日出版

第五部分　集外拾遗史料

先锋演剧队成立讯

四十年来的耻辱和怨愤，终于在华北的存亡声中，爆发起民族自救的抗战。

本市有几个不愿做奴隶的人，他们之中有导演，报人，教员，学生，演员，他们因为要予打击者以打击，最近组织了一个"先锋演剧队"，采用童子军的形式，预备绝大的牺牲，要间接直接地孕育抗敌的力量，来争取中华民族的生存。

他们的工作，大概如下：（一）赴前线救护受伤官兵。（二）代募集药品及战时用品送达前方战士。（三）赴各乡镇城市表演国防戏剧和歌曲，散发传单，鼓励民气。（四）赴各伤兵医院唱歌或表演话剧，分发慰劳品。（五）赴各处演述日方侵略兽行及报告时事。（六）以前方战况及摄影每日拍发至全国各报及刊物。（七）代士兵写家信，并讲述全国各地之响应消息及世界各国之动向。（尤注重敌国情形）（八）随处扶助及救护难民。（九）襄导各地从事救护及演剧等工作。（十）将队中工作情形，每日向各方报告。并报告前线急需何物，俾便后方募寄。

无论做什么事，除了人力之外，缺少物力也是不行的，因为经费问题，他决定先在上海公演一次话剧。

剧目有左明新作《到明天》，夏野士的《保卫卢沟桥》，以及《开演之前》等，闻演员有徐琴芳、左明、金力田、路玲、张艺等剧影人才。（力田）

（载 1937 年 8 月 6 日上海《时事新报》）

先锋演剧队特讯

先锋演剧队本来是预备于十日左右在本市蓬莱大剧院公演《到天明》、《开演之前》及《保卫卢沟桥》等三个独幕剧，后因戏院方面某种困难，决议不演了。

先锋演剧队现在正积极筹备出发到前线去演给士兵看，到农村去演剧给农民看，大约是本月二十日出发。

先锋演剧队的一切行动完全军事化，自己带帐幕，自己烧饭吃，服装也是一律。

先锋演剧队的服装样式，上身是中山装，下身裤子是工装，帽是和兵士一样的军帽，颜色都是一律草绿色，男女队员都是一样。

先锋演剧队的职员有左明、陈歌辛、吴晓邦、艾林、张艺、艾叶、徐渭、莫耶、力田、浪涯、许羽、仇平、王芹、唐盛君、王莫、周守之、夏野士、晨帆、马翎、秋毫、路玲、温容、张大任、逸心等二十余人。

先锋演剧队的队长是左明，副队长是陈歌辛，秘书吴晓邦。

（载 1938 年 8 月 10 日上海《时事新报》）

《守住我们的家乡》剧评

□ 炽（陈炽林）

（夏野士作　小小剧团演）

"家乡"这是多么甜蜜的亲爱的名词，在现实怀抱里会引逗出每个人留恋的感情。

"仰头望明月，俯首思故乡"。他乡客子在一种美的自然里或者遭际了不幸的境况，同样的都会起了"思家"之念，这种感情的流露，自然是因家乡是祖先坟墓的所在，自己生长的地方，子孙住着的田园、财产、亲戚朋友房舍一切一切都有着不可分离的亲昵，何况，现在敌骑纵横，我们眼见得国土的沦亡，无数的同胞失了故乡而在到处流浪，一种直觉指示我们对于家乡增了无限的情感。

夏野士君编作和导演而由小小剧团演出的《守住我们的家乡》，就是这种感情下的作品，夏君为了志愿和事业，一向过着流浪的生活，新兴的话剧他是时刻在努力着，"八·一三"以后在敌人无情的炮火中回归了故里。他沿途接触到都是失了故乡的难民，在海防前线——家乡的危机，这对照下的现实的题材，成就了这有力的剧本。

演出的技巧，只有二个字："成功"。饰张强的曹黎吼出"没有刀，还有我们的拳头"。一个马步紧握双拳站在台前的时候，壮的声调，力的筋肉，仇的表情，愤的面庞，配合观众悲怒、激烈的情绪，这种逼真景象，简直没有文字可以形容的，不要说王一心被这几句话而感动，奋起复仇，就是台下的观众也兴奋的达到了顶点；他如埋伏待敌，打锣召众，都是紧张的，虽然这短短的一个剧，而每一个动作，每一秒钟都刺激着人的心，短短十五分钟的独幕剧而博得四次拍掌，更是不容易。记得鲁迅先生说：做文章要一句一句的削，削去厚的皮，肥的肉，余下来才似骨一样的有力。那么，野士的创作正合着这标准。但话要说回来，如果不是小小剧团富有经验的演员，又是另一场面。

永嘉是随时有作保卫战的必要，永嘉的民众要时刻守住我们的故乡，小小剧团临走的时候，留下了这伟大印象给我们，我们是万分感谢的。

"小小"去了，"小小"在某环境下不得不走了，但是，惭愧得很，在救亡运动展开一年的永嘉，还见不得一个有力的剧团。那么，对于"小小"的走，我们应该要热烈的挽留才是。挽留住再给我们新的指示，这是笔者希望救亡团体的，尤其是抗日自卫会。

别了，"小小"，我愿他日你们随着民族战争的胜利高奏凯歌沿滚滚长江东下返抵你们的家乡——上海。再会吧，旅途珍重。

（编者按——《守住我们的家乡》已刊于丁玲主编的《战地》第五期，并曾在本副刊分载。原作者夏野士君现已配合其他剧本五幕由游击出版社取得版权，付印单行本，不日即可与读者见面。）

载 1938 年 7 月 11 日《浙瓯日报·展望》第 82 期

游擊叢書之一

守住我們的家鄉

夏 野 士 作

（載 1938 年 9 月 6 日《浙甌日報》广告）

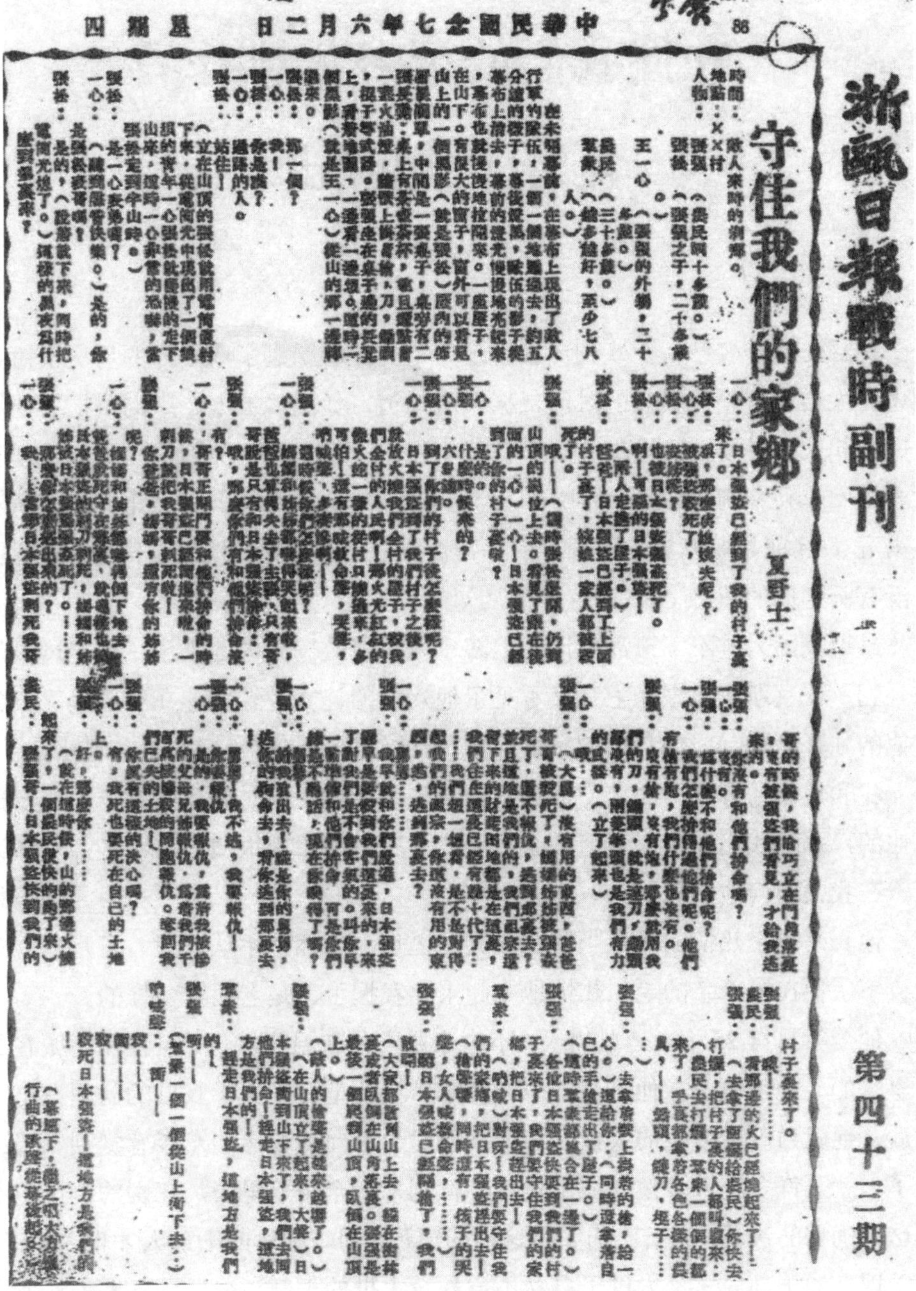

浙甌日報戰時副刊

第四十三期

中華民國念七年六月二日　星期四

88

守住我們的家鄉

夏野士

時間：敵人來時的□□。

地點：××村

人物：張強（農民，四十多歲。）

張孫（張強之子，二十多歲）

王一心（張強的外甥，二十多歲。）

農民（三十多歲。）

羣衆（……至少七八人。）

（載 1938 年 6 月 2 日《浙瓯日报》战时副刊第四十三期）

《守住我们的家乡》剧作者

夏野士访问记

□ 舟子

夏野士这个名字，在戏剧界很生疏。是的，他踏进了戏剧界的历史很短，到现在大约只有一年多点的时间，据我所知道，他是"七七"卢沟桥抗战的烽火燃烧起来的时候，记得在《大公报》、《立报》等都曾介绍过他在《群众新闻》发表处女作独幕剧《保卫卢沟桥》，此外，据报载他是跟着上海文化界救亡演剧队第五队（就是戏剧家左明领导的先锋演剧队）出发到内地去宣传的，此后就再没有听到他的消息了。

最近我因为过不下孤岛生活的上海，就跟着难民到内地来了，在路过温州的今朝，在《浙瓯日报》上我又看见了他戏剧的论文，继之，在书店里又买到了他的独幕剧集《守住我们的家乡》，打听的结果，晓得他现在是在温州。

我和他曾经有过一面之交，那是他在先锋演剧队的时候我去看一个朋友碰到他的，那时我们也没有多谈什么，所以大家的印象都很浅。差不多都不认识了，在我去访问他的时候。

他真是一个热情的人，当我在碰到了之后，虽然他不认识我，可是他立刻就放下了他在写着字的笔，热情地立起来和我握手，是老朋友一样的。

他今年只有25岁，是温州人，不过家并不住在温州城里，是住在离城有二百里路的一个小镇上。他真是一个健谈家，当我把许多关于戏剧的问题提出了之后，他就口若悬河地大谈而特谈，他对于目前的剧运的发展感觉到太局部化了，就是许多剧人聚集在城市里，不肯到每一个角落里去，在别的省份他不敢这样确切的决断，在浙江确实是这样的情形。同时剧运的干部人才也太缺乏，至于现有的干部人才又太过于自私不肯教育大批的干部，分发到各地去。所以现在乡村里干着剧运的戏剧工作者，都不是健全的剧人。而是一知半解的自命为戏剧家的人，假若再是这样的发展下去，认为是非常危险的，在整个的剧运的前途，所以他是天天的希望着戏剧工作者能够放弃过去的错误，正确地为剧运而努力，为我们大中华民族求解放而努力！

讲到他的独幕剧集《守住我们的家乡》，他是很虚心地表示着请大家批评指教，他自己认为是不成熟的作品，之所以印行的缘因是为了纪念这伟大的抗战。这真是太客气了。

在这个独幕剧里总共是包含了六个剧本——《守住我们的家乡》、《复仇》、《怒吼了的村庄》、《我们不受压迫与利用》、《我们是胜利了》和《保卫卢沟桥》。这六个剧都是"七七"抗战以后相继的写成的。《保卫卢沟桥》是他的处女作，在"七七"抗战后的第二天就写成的，是纪念卢沟桥的一个最早的剧本，发表于《群众新闻》。

第二个剧本是双十节前一个星期为了纪念一个朋友的死，他写了《复仇》。同时在双十节那天还在上海的伤兵医院和难民收容所上演，后来发表在《大公报》。第三个剧本是他回到内地来之后，那时正闹着民主，某地并且预备普选乡保甲长，由于现实的需要，他写了《我们不受压迫与利用》，就在当地上演。 第四个剧本是一个短剧《守住我们的家乡》，这是在某县做小官的时候，为了扩大宣传，朋友要他写的，写好后就上演，并在丁玲主编的《战地》上发表的。后来上海小小流动剧团到永嘉来， 在中央大戏院演了几次。《怒吼了的村庄》，这是一个报告剧，是根据《群众新闻》里的一篇通讯写的。最后的一个《我们是胜利了》，这是他在今年"八·一三"前两天在一个训练班讲国防戏剧课时写的。现在，他又写了一个《九一八的晚上》，同时他还计划写一个《九一八前夜》，现在正在动手写，在这剧本荒的今日，希望他能多多的努力。

讲到他的生活，是很有趣的，他本来是一个新闻记者，他曾在失业的时候做过工。不，不是做工，而是做老板的奴隶——学徒，可惜，只做了一天。大概也就是因为他有做学徒的资格吧，于是在做学徒的第二天就升任校对了。三个月后就被一家报馆聘去做了编辑。同样，他也饿过肚子，他曾经为了他的生活，跑了许多地方为报纸写通讯稿，吃尽了人生的苦味。"一·二八"的抗战和这次"八一三"抗战他都曾上过战场，为报纸写战地通讯。

他和戏剧发生兴趣是十八岁那一年，从那时起，他时常在他穷得什么也没有的时候，他也会去借钱或当衣服去看话剧公演的，他可以饿一餐饭不吃，但是不能不看话剧，不过，到了后来，当他做了新闻记者时，给了他很多看戏的便利，他可以不花一个钱去看各色各样的戏。

当他和话剧发生了兴趣之后，他很想自己拿笔来写剧本，可是，没有这样大的勇气，同时，也是时间不允许他，环境不允许他，一直到了"七七"，才敢冒险的拿起笔来写他要写的剧本了。

载 1938 年 9 月 6 日《浙瓯日报·展望》第 138 期

《先锋》半月刊发起召开的戏剧
工作者座谈会特写

□ 陈芜

前 记

十月十日为戏剧节,"先锋"半月刊社原定在这一天召开永嘉戏剧工作者座谈会的,但因种种原因而延迟下去,直到十一月十六日才算能实现。

永嘉过去的戏剧工作者是流散着的,很少作友谊的联络,更谈不到团聚一处共同研讨国防戏剧了。而这一次的戏剧工作者座谈会,可以说是永嘉戏剧工作在抗战的宣传上的成绩,但是我们相信今后的永嘉戏剧运动的开展,一定会比以前更进步,它的收获一定比过去更可观。

因此,这一次的永嘉戏剧工作者座谈会是有着永嘉国防剧运的历史上的意义。

干戏剧的同志们来了

下午二时许,蓝里泛白的天空是高高的,太阳带来了秋的暖和,风懒悄悄地撩过屋顶和树梢。天气是晴朗的,不过我们的呼吸略感到空气的干燥。这样的好天气是很难得的,戏剧工作者座谈会开会的日期恰恰选择了这一天,真是可算是挺凑巧,挺幸运了!

县党部大门内右侧边的石墙圆洞门上,贴上一方白纸,上面明朗地写着:参加戏剧工作者座谈会的同志请由此进。这儿是一个三间小厅堂,房子是白漆的,从前是卫生事务所,现在却成为妇女会的办公处了。房子朝南,所以太阳光是照得满堂满室。几双藤靠椅零乱地摆着。为着温州的国防戏剧运的健康发展而艰苦工作的几位同志——胡今虚、董铭……等都早已来了,接着,因时候已逼近了开会的时间,而在温州干戏剧工作的新旧同志们也都陆续地来了:林保城、徐鎏、黄兴谦、周其名、林绵、李碧兰、韩秀雄、陈锡荣、郑之光、张古怀、胡景王咸……大伙儿忙着点头、招呼、握手……打得火般的亲热，在温和的阳光下，大家谈笑一起，把秋日沉寂的空气震荡得流动起来，并且大家还像鸟雀般地说着碎杂而响亮的话。

座谈会开始了

一串铃把话声像刀劈下似的截断了，"开会去！""吃东西去！"里面的同志高声地叫起来，于是大家便离开了藤靠椅，一窝蜂似的拥到里面的会议厅里去。接着又像无邪的孩子般地去抢座位了。把阴森森、凉冰冰的会议室的沈浊空气驱走了，换来的是一个温馨的春天。

会议室外有着挺立的竹和笨滞得像一企鹅般摆动的大叶芭蕉，几棵不知名的树都落完了叶，凄然地把树干子撑得直挺挺，竹叶在高空中擦着碎响，芭蕉把庞大的绿荫涂染在玻璃窗上，把室内的光线剥夺了一大半。室内是两张长长的会议桌接连起来，盖着白桌布，桌上一串连摆着的白瓷盘，有着水果和茶点。同志们来了的时候，一坐下，便不推让不客气地吃了起来，一点也没有装腔，更不会感到陌生。

经过通常开会的仪式以后，主席作了简略的报告，接着请县党部代表致词……

大家一向都活泼泼地，一点也不死板地过活的，所以这种肃穆的气氛的严肃，呆板的开会形式不是大家所欢迎的，于是有人提出了："大家随便畅谈，不必客气，不必板板六十四地站起来鞠躬说话……"这一提议立刻得到广大同志们的拥护。于是，会议室里起始浮浪着新鲜活泼的空气，嗑瓜子声像杂乱中有着节奏的，调和在谈话声中……

组织省剧人协会永嘉分会

因为过去温州戏剧界力量的分散，工作的开展常因了客观上和主观上的各方面的不够，所以有人提议在温州需要把全城所有的戏剧工作者团聚一起，集中力量，发挥更大的效能，因此，就有组织一个总的戏剧工作者的团体的必要；这是每个人所赞许的，但因为当局不准许有其他名义的团体成立，所以便在省剧人协会之下设立永嘉分会，使我们永嘉的戏剧工作者能来个大团结，把所有的力量集中起来，一方面可以克服过去客观主义上的困难；另一方面使温州的国防剧运更能配合目前情势而获得更大的成果。

这提案是没有人反对的，不过，最主要的却要努力地去健全它，使其不变成一个空头的挂名机构。为着使这事很快的得以完成，结果便推选了十一位筹备委员：胡今虚、董铭、夏野士、谢印心、阙仲瑶、谢德辉、张宪章、邹伯宗、徐鎏、张古怀、王晓梅。并议决在二十日下午二时召开第一次筹备会，以便进行今后的温州戏剧工作。

温州在最近两三个月以来，空气显得特别的松懈和寂静，这原因一方面固然因五个活跃的救亡团体的被解散，但一方面也是因为国防剧运的被阻。为了提高民众们的抗战情绪，为了使沉闷的温州城激起战时的紧张空气，于是便决定在浙江省剧人协会永嘉分会成立后，大规模地演出一次国防戏剧，这是一个具体的决定，同时，也立刻要表现了戏剧工作者的积极的工作。

过去很少有关于温州国防戏剧上演的检讨和国防戏剧的正确理论，所以，建立一个戏剧园地，来发表各种关于国防戏剧的理论和研究的文字是极必需的。这决定很简单：以后在"先锋"半月刊中划出四页来，作为今后专门发表这一类文字的地方。

歌声中散会

茶点吃得很多了，话也谈得很多了。大家便有一个一致的要求：来一次余兴把这个座谈会结束了吧！

"唱一支救亡歌曲！"

"好！赞成！"

于是，邹伯宗和吴大浪两位同志便在鼓掌的欢迎声中站起高朗地唱了。

太阳偏了西，大家都怀着一颗轻快的心踏出会议室，把这会议室重复给了阴森和寂寞。

载 1938 年 11 月 30 日《先锋》半月刊新 3 期

绵绵心意春风暖

——夏野士与林夫的交谊

□ 侯百朋

夏野士，原名训逸，字公诒，野士是他的号和笔名，平阳金乡（今属苍南）人，1912 年生。剧作家。"七七事变"芦沟桥一声枪响，他热血沸腾，第二天即写成短剧《保卫卢沟桥》发表，为抗战时期首个以抗日为题材的剧作；接着又写了《守住我们的家乡》等剧本发表并由一些剧团演出，激发群众的抗日救国热情。1938 年 9 月，将 6 个剧本编成集子，定名为《守住我们的家乡》，由永嘉游击文化社出版。以后继续写剧本，《希望》一剧，于 1943 年竟被当时的中央图书杂志审查委员会列为取缔剧本之一。

林夫，原名林裕，平阳项桥林家塔（今属苍南）人，1911 年生。木刻家。1935 年毕业于上海美术专科学校。在校学习时，加入中国共产党，参加鲁迅倡导的中国新兴木刻运动，参与筹办第二次全国木刻流动展览会。1936 年 10 月 8 日，鲁迅扶病前来参观展览会，与林夫等青年木刻家座谈，合影留念。一直到牺牲时，他身上仍带着这张照片，照片被鲜血染红了。抗战爆发，林夫回平阳参加抗日工作。1938 年 1 月，在平阳山门闽浙边抗日救亡干部学校工作时，创作了毛泽东木刻肖像，是现能见到的最早的毛泽东木刻肖像。抗日干校结束，任新四军浙南宣传队副队长，转任平阳县委宣传部长，统战部长。1940 年 3 月，投宿平阳鳌江《平报》社时被捕，辗转被关押进上饶集中营。参加 1942 年 6 月 17 日的赤石暴动，中弹受伤，复被捕，三天后，就义于赤石附近虎山寺侧。

夏野士与林夫是同乡，两地相隔仅数公里，30 年代初，又同在上海从事文化活动，可是他们不相识。

一个偶然的机会，他们认识了，终而成了至交、战友。1934 年，夏野士和林夫同时自家乡去沪，同乘开往上海的轮船，同住一舱。船行无事，接谈之下，一见如故，晤谈终日，意气相投。到沪上，过从愈密。林夫在思想上启迪了夏野士，夏野士回忆道："到上海后，我们经常往来。林夫同志对我革命思想的启发，起了很大的作用。我们经常在一起讨论时事与艺术，一起读书学习，一起参加抗日游行。""那时我在上海经常失业，靠卖稿过着非常贫困的生活，常常没有饭吃，冷天衣服非常单薄，林夫同志常常给我很大帮助。有一次，因为稿子没有去路，连四元一月的亭子间房租都付不了，林夫同志知道了，就邀我去和他一同住。"

抗战军兴，夏野士参加左明为队长的，上海抗日救亡演剧第五队，后又组织抗战宣传队，赴内地演出，他经常粉墨登场。"八·一三"淞沪战起，上海沦陷，夏野士辗转返回金乡家中。到家的第三天，一个飞雪的日子，林夫来到金乡，找到他家，告诉他山门抗日干校已开办，希望他能去山门。夏野士收拾了一下，带着妹妹如如（现名夏云，张毕来夫人）到山门去。如如在干校学习，夏野士在干校工作。

两个人又在一起了，在中国共产党办的抗日干校工作，白天，林夫干文字宣传工作，夏野士负责事务工作，都很忙，两人相互帮助；夜深了，两人同睡在地铺上，各裹着一条毛毯，畅开心怀谈起来。虽然是隆冬严寒，心头却似有一团火在燃烧。夏野士写诗追忆道："凝结坚冰寒旺盛，沸腾热血暖增添。"林夫介绍夏野士参加了中国共产党。1938年3月，干校结束，林夫带着宣传队，跋涉在瑞安、平阳、泰顺等县宣传抗日；夏野士到地方上参加抗日救亡工作。夏野士来温州，先在永嘉抗日自卫会宣传队任《先锋》半月刊主编，后接谷崇熙任《生线》半月刊主编。在此期间，夏野士发表了不少宣传抗日和有关剧运的文章，继续编写剧本，组织浙江省剧人协会永嘉分会，组织国防戏剧公演等。虽然他跟林夫不在一起了，但干校的一段经历激励着他，林夫的精神鼓舞着他，他说自己"益增豪气扬鞭起"，日夜在赶着做抗日宣传工作。其后林夫转做地下工作，夏野士则奔波于浙、湘、粤、桂间，颠沛流连，生活困顿。他说，在山门"千锤百炼红思想，为国为民赴火汤"，因而抗日救亡事未敢懈怠。湘桂战起，他找不到工作，回到金乡老家蛰居，多方打听，方得知林夫殉难事。他很悲痛，但无法公开表达自己悲愤心情。抗战胜利，1947年去广东台山主编《凯旋日报》，印行了长诗《姑娘，我在想念你》。封面上，白色为底，套印绿色书名和署名。他以委婉的方式，在诗中倾诉了对山门生活的思恋，对战友林夫的深情怀念，对光明未来的坚信。

建国后，他任教于上海吴淞中学。故地重到，抚今追昔，增添了对林夫的怀念。1964年2月15日，他写了《七律·忆林夫同志》。

刚才写罢忆山门，似见林夫伟大魂。木刻刀挥惊匪盗，画图笔舞转乾坤。

联珠子弹天天发，千丈唇枪日日喷！手铐脚镣从不屈，英雄战死在山村。

诗前有小序："林夫同志为余在沪时之好友，一向从事艺术活动，以木刻为战斗武器，打击国民党反动派及日本帝国主义。不幸为蒋匪搞去，置身图圄，后被惨杀于福建山中。"诗和小序充满了对林夫的尊敬与赞颂。

随着时光的流逝，夏野士对林夫的怀念，"恰似一江春水向东流"，越来越深切，情不自已。1980年1月11日，复写下《七律三首·难忘战友好林夫》：

其一

难忘知己好林夫，落魄春申指道途。

引我向前时启发，教余战斗日挽扶。

同研时事同谈艺，共对灯光共读书。

抗日游行齐挽臂，宣传鼓动力高呼。

其二

绵绵心意春风暖，脉脉情长寒夜需。

顾我少衣随启箧，见吾饿饭即分余。

眼看浪迹无常所，留住同床安定居。

抗战军兴前线走，春申沦陷避乡区。

其三

亲来寒舍传佳讯，指向山门美画图。

初到金乡飞白雪，即携如妹上新途。

歌声阵阵冲霄汉，操练频频惊鼠狐。

每念及之心恋恋，难忘战友好林夫。

诗，更见深沉与真切了。

岁月匆匆，林夫就义已55年，夏野士去世也已7年了。如今在温州，熟悉他们的人，恐怕不多了。夏野士在40——60年代给我的信，赠我的他的作品，在"文化大革命"中被抄劫一空。1975年，他退休定居北京西郊后，重又给我来信和寄诗作。从旧箧中检得油印本《公诘诗词初稿》三卷及零星诗篇和数封信，摩挲再三，写成此短什，纪念这两位温州文化人，两位革命战士。

1996年10月

悲壮绝伦戏剧兵　救亡声里请长缨

——夏野士的抗战戏剧创作

□　陈寿楠

"悲壮绝伦戏剧兵，救亡声里请长缨。"这是田汉同志在抗战期间写的诗。在那中华民族最危急的时候，戏剧工作者始终与全国人民一道，战斗在抗日救亡的前沿。

哪里有抗日的烽火，那里就有抗战戏剧运动。处于战时东南前哨的温州，群众性的抗日救亡宣传风起云涌，抗战戏剧活动更是如火如荼。那时，我们这批20来岁的热血青年，从投身抗日救亡宣传，到参加抗日救亡演剧队，大多得益于抗战初期救亡戏剧洪流的启蒙。夏野士就是这样走进了剧人的行列。

夏野士，又名夏公诒（1912-1990）。平阳县（今苍南县）金乡镇人。曾做过记者、编辑、剧作者、教师。抗战初期，他加入由上海话剧界救亡演剧第五队，随队奔赴内地进行救亡宣传活动。上海失守后，他返回家乡平阳县山门，在中共闽浙边临时省委创办的"抗日救亡干部学校"工作，后又到永嘉（今温州）抗日自卫委员会办的《先锋》半月刊杂志社任主编。

1937年7月7日，卢沟桥事变爆发。战事传至上海，群情激愤。时在沪上的夏野士受到抗日热情的激励，慷慨激昂。"我就不顾一切地拿起笔来写我自己要写的剧本了。"独幕话剧《保卫卢沟桥》便在卢沟桥一声炮响后的第二天挥笔写成。

《保卫卢沟桥》是一个紧密配合形势，迅速反映揭开中国全面抗战序幕的剧本，展现了中华儿女奋起抗战的热情，发出了"保卫卢沟桥"、"保卫华北"的正义呼声。用夏野士自己的话说："我对于戏剧本是门外汉，完全是抗战的力量帮助了我，假如没有抗战，我相信我是不会拿起笔来写剧本的。"

据我所知，当时以卢沟桥事件为题材的剧本，还有由上海剧作者协会会员集体创作（后署名中国剧作者协会集体创作）的同名三幕剧《保卫卢沟桥》；文赛闳创作的独幕剧《保卫卢沟桥》、陈白尘创作的三幕剧《卢沟桥之战》；田汉创作的四幕剧《卢沟桥》；胡绍轩的独幕剧《卢沟桥》；张季纯创作的独幕剧《血洒卢沟桥》和吴若创作的独幕剧《卢沟桥之夜》等。经我考证（以创作、发表或出版的时间先后为序），夏野士的处女作《保卫卢沟桥》为同题材剧作中创作最早的一个剧本，可谓全国之首。

1937年"八一三"淞沪战争爆发以后，为了纪念一位朋友的牺牲，夏野士创作了独幕剧《复仇》。上海失陷后，他又相继写了很多部短剧：《我们不受压迫与利用》、《守住我们的家乡》、《怒吼了的村庄》、《我们是胜利了》、《除奸》和《希望》等。这些作品成为他戏剧创作生涯成熟，旺盛时期的产物。

处女作《保卫卢沟桥》及《复仇》、《守住我们的家乡》、《九一八的晚上》和《希望》等剧，曾分别发表于上海的《群众新闻》（中共南方局地下党办的日报。由"左联"作家尹庚主编）、《大公报》和《战地》半月刊（武汉版，由丁玲、舒群主编）、《浙江潮》半月刊（金华版，黄绍竑、严北溟主编）、《戏剧春秋》月刊（桂林版、田汉主编）等报刊。

特别是他的成名作《守住我们的家乡》一剧，在抗战初期曾被多家出版社出版单行本，如：《时代剧选》第二集，上海时代剧社1938年8月初版；《守住我们的家乡》剧本集，永嘉游击文化社1938年9月初版，同名剧本集，上海剧友社1939年12月初版。

其中，《保卫卢沟桥》、《复仇》、《守住我们的家乡》、《我们不受压迫与利用》等剧还曾经上演过。《守住我们的家乡》于创作的同年夏季，由上海小小流动剧团来温州进行救亡宣传演剧活动期间，首演于中央大戏院，深受欢迎。该剧巡回演出广泛，在温州、台州一带城镇、乡村相继上演多次，对唤起民众奋起抗日救亡宣传起了很大的作用。

载2005年9月14日《温州日报·浙瓯风土》

具足菩提心　方得异花开

——读陈寿楠编《温州老剧本》感怀
□ 赵美成

虽说立冬已到，但并不觉冷，不想台风"海燕"的来临，竟顿觉寒意阵阵。但就在这时，收到和读到寿楠学兄寄来的偌大的厚书一本《温州老剧本》，捧在手不仅分量不轻，且不觉一股暖流由心底涌起，直到传遍全身。

称寿楠为学兄是因为我俩同是"上戏"同学，他在舞美系读书，我则是表演系学生，年岁他大我小，又同届毕业，毕业大戏《远方》和《雾重庆》中还有过合作，毕业后他命运多舛，几经辗转方回到温州老家，我与他虽往来甚少，但同一时代知识分子的坎坷生涯却何其相似乃尔。他虽长期学非所用，但始终醉心于中国戏剧史中若干人与事的追溯与考证，特别是近现代范畴，且著作甚多，可谓是实至名归的一位戏剧史学者。我知道，他醉心的这门学问是相当冷僻和孤寂的事业，是默默为他人"作嫁衣"（提供珍贵的档案资料），绝不是抛头露脸的风光角色，姑且称之为茫茫科苑中一朵甚不起眼的异花吧。可上天独具慧眼，只要你具足菩提心，一心为他人，即便是异花也定能绽放飘香。

《温州老剧本》的纪年上限五四时期，下限至中华人民共和国成立之前，共收集了温州当地创作或曾活动于温州剧坛的外地名家在当地创作、发表并演出的话剧作品42部（包括独幕剧、多幕剧、哑剧、街头剧、报告剧及改编的外国名著）。收到书时正值新一届省剧节开始，每天观剧，有时一天两场，故只能见缝插针将夏野士的9个剧本逐一读完。不料收获多多，也感慨多多。

先说说夏野士写在其独幕剧集《守住我们的家乡》七七抗战周年于永嘉的一篇后记。文中有很多真知灼见，且于当今仍有十分积极的价值。不妨一览，以供赏析。其一："这五个剧本的写成，老实说，完全是抗战的力量帮助了我。真的，假若没有抗战，我相信我是不会拿起笔来写剧本的。"这一感慨无疑就是"生活是艺术创作用之不尽，取之不竭的源泉"的又一有力证明。任何一个艺术家，只有投入到火热的现实生活中去，才会有切中生活真谛的作品问世，这是颠扑不破的真理。其二："我觉得戏剧的力量，比无论哪一种艺术——小说、诗歌、音乐、美术等艺术的力量都来得大，他不但不会使人消极地同情于剧中人的喜怒哀乐，同时，他更会积极地为社会、人类谋幸福、生存而斗争，甚至，因斗争而牺牲自身的一切。"其三："我要用戏剧暴露出敌人的残酷，我要用戏剧写出我们前线战士们英勇抗战，用戏剧吼出我们中华民族的子孙是没有一个愿做亡国奴的，不分男女老幼，不分农工商学兵的大家一齐拉紧了手，踏上征程为自由、独立、幸福的新中国而奋斗了。"这就是一个有良心的心甘戏剧人面对国家与民族危亡时应有的声音、应有的激情和应有的作为。反之，你若没有这些心的动因、心的驱使，就大可不必去充当戏剧人！夏野士的身躯虽早已化为灰烬，但他的思想与精神仍掷地有声，他的菩提心与寿楠兄的菩提心正好两厢合一，于是异花绽放飘香，足以供今人观赏与传延下去。

再说说这9个剧本在内容反映方面的不同凡响之处：一是体现了国民党军队承担着抗日主战场之重任，这是抗战剧本中不多见的，既是还原历史的真实，也是不应忘却的历史真实；同样，剧本中国统区下的广大民众也并非醉生梦死一族，而是极有血性的男女，为抗日前仆后继，全不顾个人的身家性命，独幕剧《复仇》就有着明晰而强烈的表现。二是揭示了日本军国主义者擅耍鬼花招，惯于无事生非，常借某个莫须有的由头肇事，侵犯中国领土；独幕剧《保卫卢沟桥》犹如一面镜子，既可让人从历史的反光中认清日本军国主义之嘴脸，同时也可以从当今日本右翼政客的种种作为中，对应出他们野心的一以贯之和反动骨血的一脉相承。三是选材自有别致处：如《怒吼了的村庄》选取的竟是汉奸到村里为鬼子兵寻找花姑娘，最终被男扮女装的"花姑娘"们一举消灭的故事；看的人既咬牙切齿，怒从中来，又觉痛快淋漓、解恨解气，同时在悲愤中还不乏幽默、戏谑和智慧，还真有点现实主义与浪漫主义的混搭。总之，读了这些剧本后倒生出这样一个愿望：明年的纪念抗日战争胜利（70周年）的相关活动中，温州方面是否可组织大学院校的话剧社团将这些老剧本搬演它一二出，既可以让观众通过历史回眸而温故知新，又可发挥出《温州老剧本》深含的人文价值，同时，也足可对话剧这门艺术其本质具有的现实性、战斗性、批判性和思辩性产生进一步体认，并呼唤这些本性的切实回归，否则，话剧艺术将逐渐被消解成时尚的一种陪衬与装饰品，若果真如此，那不啻是这门艺术品的堕落与悲哀啊！

夏野士：抗日烽火中的话剧战士

□ 李晖华

温州剧运开拓者之一夏野士，抗战时期创作了全国首个反映"七七事变"的剧本。

夏野士（1912-1990），又名夏公诒，苍南金乡镇人，剧作家。1937年"七七事变"后，投身抗日宣传，曾创作抗日救亡剧本《保卫卢沟桥》、《复仇》、《我们不受压迫和利用》、《怒吼了的村庄》、《希望》、《学校小景》等，代表剧目为《守住我们的家乡》。

出身南拳世家　深受话剧熏陶

夏家始迁祖夏盖山自明洪武十三年（1380）随军入驻金乡卫，因建城有功，封武德将军，后举家携眷定居城南凤仪街，繁衍生息，蔚为金乡一大望族。传至夏野士祖父夏钦和时家境已不再豪富，但耕读并重的家风依然传袭。夏钦和家住金乡张家坛，为金乡刚柔拳术（张家坛法）的第五代传人。夏钦和拳术出众，艺传儿子夏守科，也就是夏野士的父亲。夏钦和、夏守科都是当地非常有名的拳师、授徒众多，金乡金法本、李邦云、张东贵、张仁许等平阳、苍南两县有名的拳师均出自夏家门下。但夏野士对父亲的拳术并没有表现出太大兴趣，也无意成为父亲的传人。

民国十一年（1922），金乡宋亦祈、陈式纯等人受新文化思想影响，成立了旭社，后又组建了新曦书报社，大量购置新文学和共学社丛书，读者甚众，住在陈式纯家隔壁的少年夏野士便是常客之一。而宣扬新文化思潮的金乡醒狮化装讲演社也在此时成立，受到开明人士、金乡高等小学校长潘仲武的大力支持，讲演社演出地点设在城隍庙、玄坛庙、中所庙等人流密集的地方，主要演出《东亚风云》等抗日剧本，深受观众欢迎。时常跟随陈式纯的夏野士因此受到话剧艺术的熏陶，走上话剧创作的道路。

投身抗日救亡　积极创作话剧

1925年，温州学生联合会主席苏中常（苏渊雷）回苍南进行反日救国活动，社会影响广泛，掀起了当地解放思想、反日救国运动的高潮。这一年夏野士从金乡高等小学毕业，受到新文化思潮和苏渊雷、陈式纯等影响，出外见世面，几经曲折，加入了共产党领导下的地下组织，在上海从事秘密工作。

1937年"七七"卢沟桥事变，爱国人士群情激愤，夏野士也是激愤难平，投身抗日救亡运动，连夜赶写剧本，第二天就推出处女作、独幕话剧《保卫卢沟桥》。剧本紧密配合形势，迅速揭露了日本帝国主义的侵略行径，展现了中华儿女奋起抗战的热情，发出了"保卫卢沟桥"、"保卫华北"的正义呼声，社会反响很大，这是以卢沟桥事变为题材的同类剧本中最早面世的一个，是全国之首。他后来回忆参加戏剧运动时说："那时，我们这批20来岁的热血青年，从投身抗日救亡宣传，到参加救亡演剧队，大多得益于抗战初期救亡戏剧洪流的启蒙。事实上，我对戏剧本是门外汉，完全是抗战的力量帮助了我，假如没有抗战，我相信我是不会拿起笔来写剧本的。"夏野士就这样走进了剧人的行列。

"八一三"淞沪战役爆发后，为了纪念一位朋友的牺牲，夏野士创作了独幕剧《复仇》，自发到淞沪前线宣传抗战，被上海话剧界救亡协会看中，加入上海救亡演剧第五队。上海话剧界救亡协会是由中国剧作者协会和上海戏剧联谊社（党的外围组织）联合成立的，下设13个救亡演剧队。其中第五队，即上海先锋演剧队，队长为导演、剧作家左明（廖左明），成员主要是留日归来的文艺青年，比较有名的有《延安颂》词作者莫耶、剧作家颜一烟、艾叶、艾琳、宗由等人。夏野士随第五队在南京、蚌埠、开封、郑州、西安、汉口等地巡回义演《放下你的鞭子》等抗日剧。队伍几经辗转到达延安，成为当时沦陷区及大后方第一个到达延安的文艺团体。

1937年11月，上海、南京、杭州相继沦陷，浙江省政府南迁至金华，文化人也纷纷随之南下。夏野士无奈只得返回家乡—平阳县山门，参加了抗日救亡干部学校。粟裕兼任校长，何畏（黄先河）任副校长，夏野士和林夫（木刻家）、连珍、梅康等一起负责文字宣传、墙报工作，参加学校的温籍青年有鲁林杰（林斤澜，著名作家）、谷玉叶、麻文芳、李碧兰、徐鎏、周承栋等戏剧工作者，对抗战时期温州戏剧运动做出积极贡献，影响深远。1938年5月，夏野士因抗日宣传工作出色，担任永嘉县抗日自卫会创办的半月刊《先锋》社主编，前后共推出八期，收录了大量当时宣传抗日救亡的文章、剧目和讯息。

1937年7月至1941年，夏野士共创作了独幕剧《保卫卢沟桥》《复仇》《守住我们的家乡》(代表作)《我们不受压迫与利用》《我们是胜利了》《九一八的晚上》《夜半》《海的怒潮》《除奸》，独幕讽刺剧《希望》(被国民党列为禁演剧目之一)，报告剧《怒吼了的村庄》等。在此期间，夏野士先后在报刊上发表了许多宣传抗日和国防戏剧运动的文章、通讯和特写，有《写在后面》《话剧在内地的趋势》《纪念我们自己的戏剧节》《纪念戏剧节告永嘉戏剧工作者书》等。

独幕剧本《守住我们的家乡》作为《游击》半月刊社游击丛书之一，于1938年9月由永嘉游击文化社出版。1939年12月上海剧友社以同名戏剧集出版，内收丁玲、塞克、保罗等独幕话剧10篇。他的《保卫卢沟桥》《复仇》《守住我们的家乡》等剧，曾分别发表在上海的《群众新闻》《大公报》和由丁玲、舒群主编出版的《战地》半月刊等报刊上。成名作《守住我们的家乡》于1938年夏，由上海小小流动剧团在温州进行救亡宣传演剧活动期间(为期四个月)，首演于温州五马街的中央大戏院(现为大众电影院)，该剧还在温州、台州一带城乡巡回演出，深受群众欢迎。

执教不忘话剧　"文革"遭受迫害

1938年秋，夏野士应聘赴海门(今台州市椒江区)东山中学任教，和林框、贺鸣声、方正中、丁介士、应普汉、张燕等人组织成立"春野救亡剧社"，聘上海业余剧人协会的林秋富任导演，借中山路美卫服装店三楼为社址，吸收了当地50多名进步青年加入剧社。他和剧社其他同志一起，继续以话剧为工具进行抗日救亡宣传活动，把抗日的火种深深地撒在台州人民心中。

1944年6月23日，永嘉县私立建华初级中学(温州实验中学前身)获准创办。1946年，夏野士应校长陈纪方聘请，担任地理老师，他除授课外，不忘戏剧活动，为建华中学校庆创作和排演校园戏剧《学校小景》，组建了"建华剧团"，指导公演剧目《夜半歌声》等，使得建华中学声誉大震，确立了学校在市民心目中的良好形象。

1949年解放初期，夏野士在上海市立吴淞中学任教，1954年任地理教研组组长。1963年至1965年期间，因教学成绩突出，在上海华东师大附中示范讲学，培训师资，为上海的教育事业做出了贡献。

夏野士胞妹夏云，受哥哥影响，早年也出外投身革命，化名李炜，后和中共地下党员张毕来结为伉俪。1938年前后，夫妇二人在金华协助台湾同胞，组织成立台湾抗日义勇队，张毕来任秘书、中共地下党支部书记、《台湾先锋》月刊主编，夏云任台湾少年团指导员。张毕来后于 1946 年加入中国民主同盟，先后担任民盟宣传部部长、民盟中央常委。

文化大革命期间，夏野士因解放前失去与中国共产党的组织关系(脱党)遭受迫害，关了两年的牛棚，后家人找到"抗日救亡干部学校"的领导、同事黄先河(解放后任温州地区专署专员、浙江省委统战部副部长等职)证明，方才恢复党籍。1975 年离休后，定居北京，平日里由女儿夏新阳照顾。1990 年 2 月 17 日因病在京逝世，享年 78 岁，骨灰由子孙带回。夫人陈氏因思念亡夫，把骨灰盒放置床头，同枕共眠十多年，直到 2004 年过世，子孙方把二人骨灰同穴合葬在金乡夏家祖坟。

载 2015 年 9 月 13 日
《温州日报》副刊"瓯越·风土"

夏野士与"春野救亡剧社"及其他

陈寿楠

"春野救亡剧社"是 1937 年 10 月于台州海门（现椒江区）成立的，社员约有 50 人，主要是中小学教师和学生，以及机关、商店的知识青年职工。剧社负责人为林匡和张燕，导演为林秋实（林林）。社址是借用中山路美卫生服装店新造的三楼。服装、道具和化妆用品等靠社员筹集和借用。

夏野士之受聘入海门"春野救亡剧社"，缘起于平阳山门闽浙边抗日救亡干部学校。

1937 年 11 月，夏野士离沪返乡，经同乡好友版画家林夫介绍，一起加入中共闽浙边临时省委筹办中的平阳山门闽浙边抗日救亡干部学校，负责宣传工作。粟裕为校长。

（闽浙边抗日救亡干部学校旧址，校址：平阳原山门小学
1938 年 1 月—3 月）

1938 年 1 月 5 日招生，15 日开学。学员多数来自温州及浙南各县，其中也有少数是上海、无锡等地来的流亡青年学生。

"抗日干校"（简称）学员中，有位来自海门东山中学的青年教师叫张燕，他可不是一般普通的学员，而是台州地区第一个抗战话剧社团——"春野救亡剧社"负责人之一。

知遇之感，刮目相看。

1938年2月底，中共中央东南分局组织部长曾山到平阳，向闽浙边临时省委传达东南分局关于闽浙边红军开赴皖南编入新四军、撤消闽浙边临时省委与浙江省工委、成立中共浙江临时省委的决定。图为曾山（后排左八）在平阳山门抗日救亡干部学校与刘英（后排左七）、粟裕（后排左六）等合影

是年3月15日，"抗日干校"奉令提前结业。多数学员和干部由省委分派到浙江各地，开展新区工作。夏野士应聘加入"春野救亡剧社"，指导工作。

剧社负责人与主要演职员有张燕（党员）、林匡（理事长）、夏野士（党员、编导）、林林（导演、烈士）、贺鸣声、方正中、陶普汉；黄玉燕（女）、叶仙领（女）、牟菊明（女）等。演出剧目有《放下你的鞭子》、《中国的母亲》、《保卫卢沟桥》（夏野士编导）、《烙痕》（宋之的编剧）、《青纱帐里》（欧阳予倩编剧）、《最后一课》（许幸之编剧）、《罗店秋月》等。由于演员认真排练和演出，并配有灯光、布景和编印演出剧目"本事"的简介文字等宣传形式，效果很好。演员们不仅上台演出，还下乡或大街小巷教唱抗日救亡歌曲，举办讲座，刊出墙报，为海门地区抗日救亡运动起了很好的推动作用。

春野救亡剧社全体成员合影
（1938 年 1 月）

演出《中国的母亲》剧照
（1937 年 11 月—1938 年 4 月）

1938 年 4 月，"春野救亡剧社"自行解散。

夏野士随即返温，参加永嘉抗日自卫委员会工作，创办时政、文艺综合性刊物《先锋》半月刊，担任主编，投身剧运，为温州抗战戏剧发展作出了积极的贡献。

2022 年 5 月 31 日于温州

附录：

1、张燕（1915—1942），原名张显富，黄岩县金清镇后新街人。青年时期先后在上海及杭州求学，接受进步思想影响。

"七七"事变后，国难深重，张燕辍学回到海门东山中学执教，积极参加救亡工作。1937年10月，他与林匡等一起负责组建"春野救亡剧社"，被推选为理事，带领演员巡回在海门、黄岩、路桥、温岭等地演出抗日剧目，激发群众的抗日救国热情。

1938年初，经东山中学林尧校长介绍，加入中国共产党，担任东山中学支部书记。并派送平阳山门闽浙边抗日救亡干部学校学习。

1939年2月，张燕到临海四岔路廊晓村小学执教，先后担任该校党支部书记，桃渚区委书记。同年5月，他被组织调到皖南新四军参加短期训练。7月返台州，升任临海县委书记。1941年3月，黄岩县委遭到破坏，张燕的身份暴露，受到国民党顽固派的通缉。4月间，他转移到江山水泥厂工作。1942年6月，日本侵略军沿浙赣线南下进犯时，张燕身带短枪，率领工人离江山回浙东，途中不幸遇难，年仅27岁。

2、林林（1909—1940），又名林秋实、坎易、千叶，温岭人。早年在其父的一峰书院受业，后入省立第六中学读书。1926年随六中美术教师陶元庆到上海，就读于立达学园，接受了马列主义，加入中国共产党。1928年，进南国艺术学院绘画系学画，与赵铭彝、陈白尘同窗，曾一度参加"南国剧社"的戏剧活动。1929年参加"摩登社"，主要成员有左明、赵铭彝、陈白尘、陈凝秋、郑君里等。

1930年，参加上海反帝大同盟的示威活动，并任总指挥，被租界当局逮捕，判刑一年。在狱中参加地下党领导的绝食斗争。一年后出狱。自此辍学离家，浪迹京沪，卖文为生。

1937年1月，参加"上海业余剧人协会"，与郑君里、魏鹤龄、章曼苹、顾而已、施超、赵丹、舒绣文等一起参加《欲魔》、《醉生梦生》、《大雷雨》等剧的演出。

1937年8月，上海沦陷，林林返家，不久，应海门"春野救亡剧社"之邀，任该社导演，排演了《中国的母亲》、《青纱帐里》、《最后一课》、《罗店秋月》、《烙痕》等。

1938年，应邀去汉口，担任《大公报》记者兼由该报主办的大公剧团秘书。

武汉沦陷后，参加皖南新四军留守处工作。1939 年到达重庆，任职于国民政府军事委员会政治部第三厅。1940 年 7 月 19 日，被国民党军用卡车撞死于重庆南渝马路上。其遗体葬于两路口菜园坝之苑手背。时年 31 岁。

（林亚凤撰稿）

3、贺鸣声（1915—1984），原名普森，笔名老六，海门水门村人。

贺鸣声由蒗芷尚德小学毕业后考入海门东山中学。1930 年失学后为钱庄学徒，1935 年求学于上海美专两洋画系。1937 年"八一三"沪战爆发后，离沪返家，与林匡、张燕、方正中等成立"春野救亡剧社"，在临海、黄岩、温岭等县巡回演出救亡戏剧。

1938 年 4 月，参加由国共合作的临海县战时工作队，8 月，与牟菊明等 7 人北上延安，先后在陕北公学、鲁迅艺术学院学习。

1940 年回台州执教美术并参加"力行剧团"。他在戏剧艺术上造诣很高，能编会导，尤以抗战时在海门"春野救亡剧社"、台州"力行"、"闲非"等业余话剧团的舞台上享有盛名。他曾扮演过角色有：《放下你的鞭子》的青工、《雷雨》中的鲁贵、《日出》中的方达生、《原野》中的仇虎、《阿 Q 正传》中的赵大爷、《夜店》中金老头等。他还与白砥民、林芷茵、童乃文、方正中等业余话剧演员一起，凭回忆复原了多幕话剧《红心阜》的剧本。

贺鸣声热心版画创作，并从事台州木刻运动。1940 年 5 月 4 日，由他与林元白、方正中合编的《巨轮》木刻集出版。1942 年将陈叔亮从延安寄来的古元、彦涵、沃渣、江丰、王琦等木刻作品，举办"抗战木刻展览"，并亲自前往温岭、黄岩、宁波等地巡回展出，介绍延安老解放区木刻艺术。

1945 年，贺鸣声任职于《浙江日报》。1946 年复进上海美专，为该校学生会主席，木刻漫画研究会会长。在反内战、反饥饿运动中组织各高校学生上街游行请愿，连续创作漫画《还是十年前的老城隍庙》用传统的线条勾勒出俯视的"南京国府"平面图，讽刺国民党"还都"后，仍是一成不变的"老城隍庙"。

建国后，贺从台州中学调浙江省文联，专职发掘民间工艺美术。1984 年逝世。

主要木刻作品有：《警报响了》，被辑入《巨轮》木刻集；《心诉》1947 年被选送日、英、美、英、印五国展出，1948 年 7 月收在《中国版画集》，后又选载在《浙江版画五十年》上。在报刊上发表有《东阳木雕》、《青田石雕》、《浦江剪纸》、《奉化百叶龙》等专题论述。

（方正中撰稿）

值得感念的初中岁月

——追忆夏野士先生

陈寿楠

今年是夏野士先生诞辰 110 周年纪念。谨追述 78 年前我这年逾九旬的学生的一片感念之情。

夏野士（1912-1990）

1944 年秋，我入刚于上半年 6 月创办的永嘉县（今温州市鹿城区）私立建华初级中学（今温州实验中学的前身）读书。

1946 年建华中学教室背景（二楼为本文作者当时上学的教室）

1946 年 2 月，夏野士先生受聘来校担任地理课教员。我在未与先生谋面之前，先闻其名，顿然颇觉独特、新奇、别具一格。谐音"也是"，顺口好记。这便成了我对夏老师之第一印象。

夏老师教我们秋三年级兼班主任。是位 35 岁的中年教师。面容清癯，严肃而慈祥，穿一件青布长衫，文质彬彬，一介书生卷气。

上课带了课本，既不是照本宣科，也不是单就课本内容作些解释，而是根据课本内容补充些有关历史知识和文学知识，同时，对辅助临摹地图的练习很重视。课堂黑板上，他信手写的画的最多的就是地图，每当画完一幅外形俨似桑叶片状、幅员广大、丰满完整的大美中国地图，呈现在眼前时，不由地增添了我们一种自豪感，让我们自然而然地爱上了这门地理课，也激发了我们对临摹地图的兴趣。无疑，夏老师是我们少年学习地理的最有力的导师。

值得特别一提的是：夏野士老师利用他一切课外时间，为建中即将到来的周年校庆活动，精心创作了两部校园戏剧作品，独幕话剧《学校小景》和《佳偶天成》。亲自执导，并分由我秋三（1 班）和秋一两个班级分头组建剧组进行排练。《学校小景》先期于上学期里排练完成只待到时候的献礼演出，演员有董芝姿、周素娥、周自意等同学。

时光飞快！转眼 1946 年 11 月 12 日校庆的喜日到来，节日单上 4 个戏剧作品分别是《夜半歌声》（傅梅据马徐维邦原著改编）李士芬老师导演，由秋二（3、4 班）联合演出；《佳偶天成》（夏野士老师编导），秋一（2 班）参演；英文剧《三个问题》由秋三（1 班）演出，导演是英语老师金志刚先生，另外一出戏是京剧《打渔杀家》，是盛情邀请校外京剧业余爱好者——票友客串演出。

原本看好且先期排好了的《学校小景》却没给轮上献演。究其原委，是秋三（1 班）这两个戏的参演人员"档期撞车"，为同一"班底"无法同台合演。只能舍取其一。夏野士老师心无芥蒂，不曾因此而不快，相反地，不但热心奖掖英文剧的尝试出演，而且过后怀着满腔热情，撰写了一篇剧评：《评英文剧〈三个问题〉的演出》的文章，发表在当年 11 月 24 日《浙瓯日报》副刊"文艺展望"第 8 期上。

先生这种高尚品格，为人师表之风，使我永远不能忘怀。

1947 年 7 月，正当我们毕业之际，恰值夏野士老师离校之时。不料，先生在校只教了两个学期，却又漂泊他乡去了，不知何时归？一种莫名离愁思绪，涌上心头，教我如何不想他。

　　岁月悠悠，先生离开建中距今 75 个年头过去了。时至今日，我再也没有见过，也永远见不到他了。我的初中业师夏野士先生于 1990 年 2 月 17 日以 78 岁高龄在北京与世长辞。

　　魂兮归来，我的老师夏野士先生！

于 2022.5.25

温州市

师大故人张毕来：兼顾学术的民主战士

广西师范大学校友会（2019 年 1 月 14 日）

张毕来（1914-1991），原名张启权，又名张一之、张四维、张修文。贵州炉山（今凯里）人。文学家。毕业于浙江大学文理学院。1938 年加入中国共产党。曾任教于桂林师范学院、南宁师范学院。新中国成立后，历任东北大学、东北师范大学教授兼中文系主任，华东师范大学教授，民盟第三届中央委员、中国《红楼梦》学会副会长。

参与政治、救国救民还是从事研究、钻研学术，30 岁之前的张毕来一直在思索如何选择。在他求学阶段，这个问题已经初见端倪。七七事变后，面对全国高涨的抗战情绪，对文学有着浓烈兴趣，本想做点学问的张毕来再也无法平静地埋头于书堆中。他毅然投身到抗日运动中，用他的话讲，那几年"工作就是书，就是学问"。

"有著作就可以当教授"

1942 年，得知老友邵荃麟在桂林工作后，张毕来和夫人欣然前往，和邵重逢。经邵荃麟夫人葛琴介绍，张毕来到了桂林师范学校任教。邵鼓励他多搞学问，张毕来选择了《走向自由——尼赫鲁自传》和《监狱，我的第二家庭》这两部书进行翻译工作。毕来之名，便是他在出版两本译著时为了减少麻烦，从金圣叹版《水浒传》序言"吾友毕来，当得十有六人，然而毕来之日为少。"一句借来。然而进步书籍的出版遭到国民党当局的忌恨，张毕来随后被学校以没有文凭为由辞退。

后经友人介绍，张毕来认识了桂林师院史地系主任陈竺同，陈竺同对张毕来说，大学里不管什么文凭不文凭，只问你有没有学问，有著作就可以当教授。在陈竺同和教务长林砺儒介绍下，张毕来进入了桂林师院，教授古代史和外国文学。在师院，他的外国文学史课程颇受欢迎，他能运用马克思主义的观点去分析小说本身和作家创作行为。在谈到乔治·艾略特时，张毕来认为她不同于一些资本主义国家的作家对劳动人民持有偏见，相反她是抱着肯定赞叹的态度

283

去书写这些人物，这是她的优点，但乔治·艾略特那种超越阶级的人道主义，把封建阶级的恶行归因于个性，这显然是不对的。此时的张毕来似乎专注于学术研究和教学工作，不似前些年那样积极活跃在政事之中。然而时代的浪潮，挟裹着所有人奔涌向前，处在那样一个战祸丛生，多灾多难的年代，不会容你静心研究，不闻窗外之事。

"搞政治还是搞学问？"

1944 年，桂林沦陷，桂林师院迁往贵州平越（今福泉市），张毕来随往。在那里，谭丕模教授进入师院工作，他感慨民主的热风吹不到如死水一般的平越山区，于是积极组织学生开展民主运动，指导学生创刊撰文。张毕来此时十分彷徨，一天晚上，他和谭丕模散步，问道："是搞政治呢，还是搞学问，我有点彷徨。"谭丕模当即回答他："你这不是彷徨，是糊涂！我们搞政治就是通过搞学问来实现，两者是完全统一的。"至此张毕来顿悟了这二者的关系，他意识到自己其实一直以来也是如此实践的，却没有参透其中的道理。

1944 年，正值张毕来 30 岁。在一个普通的夜晚，在简陋的校园，张毕来选定了自己的人生方向，继续从事政治工作，但著作、学问也决不间断。多年以后，有人惊讶于张毕来一辈子搞政治，却写出这么多东西来。张毕来淡然总结："有别的工作，我做别的工作去，没有我就坐下来读书写字，几十年这样过来的，以后还打算这样过下去"。从某种意义上说，在桂林师院的这段时光是张毕来一生的转折点。

狱中的民主斗士

1945 年，他的外国文学史课程讲义经过整理，编纂为《欧洲文学史简编》，由桂林文化供应社出版，这是国内出版的第一部欧洲文学史。1946 年，桂林师院迁回桂林复课，张毕来也回到桂林。相比于第一次来到桂林时的茫然失措，此时的张毕来对未来的工作有着更坚定的信心和更周密的打算。2月，

张毕来著《欧洲文学史简编》，
1948 年文化供应社出版

张毕来译作《亚当·比德》(作者：英国乔治·艾略特)，1987年贵州人民出版社出版

在张锡昌的介绍下，张毕来以共产党员身份加入民盟，负责民盟广西支委的宣传工作，帮助民盟发展。同年，蒋介石撕毁和平建国五项决议，引起国内爱好和平人士的愤慨。4月7日桂林文化界举行大型座谈会，由林砺儒主持，张毕来第一个发言，指出蒋介石假和平、假民主的真相。随后他又参加了纪念"五四"座谈会，在《广西日报》发表了文章。

1947年2月桂林师院被迫迁往南宁，民盟成立了南宁支部，由张毕来、杨荣国、曹伯韩三位老师负责。此时国民党反动派惧怕师院的民主运动，强令师院改名，妄图割裂师院的伟大传统。广大师生开展了护院运动，张毕来和谭丕模教授等人经常商议运动的发展。1947年夏天，国民党当局趁着学校放暑假期间，逮捕了杨荣国、张毕来两位教师和学生高言弘。没有想到，这样的关押，一关就是三百天。

一同被逮捕的学生高言弘回忆，监狱条件艰苦，蛇虫鼠蚁丛生，他们不时还会被提去审问。然而即使环境如此糟糕，张毕来在狱中依然十分镇定，要来纸笔，开始翻译英国作家乔治·艾略特的长篇小说《亚当·比德》(此书1950年在上海出版，1987年再版)。高言弘深感敬佩，问其中缘由。张毕来回答他，早在30年代他就在上海坐过牢，这是第二次了。根据以往的经验，进了牢房，急是没有用的，时机未成熟，想要出去是不可能的，只好静下心来。与他相反，性格急躁的杨荣国整日坐卧不安，想要出狱。在狱中，张毕来创作了一篇关于中世纪暴君残

张毕来画像

害文人的长文，影射国民党反动派，家人探监时携带出寄往香港友人，后来此文在香港《文汇报》文史周刊发表。1948 年 5 月，三位师生终于被释放，师院举行了隆重的欢迎大会，进步师生上台发言，气氛热烈。

此后张毕来继续参与到民主运动中，然而广西的形势一再恶化，白色恐怖笼罩在南宁。国民党当局变本加厉，企图进一步控制师院。然而广大师院进步师生并未屈服，依然坚定地反对任何专制暴行。1949 年后，师院中共和民盟负责人研究决定，转移几位教授离开南宁。张毕来由此离开南宁，经香港前往东北。

时隔多年，张毕来依然关心广西的教育，桂林师院的发展状况。1987 年 10 年，张毕来到广西视察民盟工作，这时，当年的桂林师院已发展成为广西师范大学，他给在广西师大、广西大学师生和在大、中学校担任文科教学的盟员，作了有关《红楼梦》研究和汉语字典注音的学术报告。

文献来源

[1]高增德、丁东. 世纪学人自述 第 5 卷[C]. 北京：北京十月文艺出版社，2000.

[2]晓敏. 极目青山千里路 枥边伏骥愿驱驰——春日访张毕来教授[J]. 红楼梦学刊，1989（3） 。

凯里故事：红学家——张毕来

凯里市委宣传部·风情凯里

张毕来，原名张启权，1914年9月12日出生于凯里市炉山镇，是中国人民政治协商会议第七届全国委员会常务委员、中国民主同盟第六届中央常务委员会委员、中国共产党优秀党员、著名的社会活动家、著名的《红楼梦》学专家、鲁迅研究学会理事、中国统战理论研究会常务理事长。

张毕来从青年时代就追求真理和进步，投身中国共产党领导的革命事业，对党忠心耿耿，无论在白色的恐怖年代，还是在和平的建设时期，都坚持不懈地完成党交给的各项任务，在两次被捕入狱中，都表现出革命者的忠贞气节。他的一生，为人民民主和解放事业，为我国的教育和文学领域，为多党合作和政治协商制度发展作出了重大贡献。

张毕来少年立志，怀抱理想，15岁时外出求学考入了贵州省立男子师范学校，在这里，他开始接受了马列主义思想。中学毕业后他又前往上海，考取了浙江大学文理学院教育系。抗战爆发后，他又全身心地投入到抗日救亡工作中，这期间，他加入了中国共产党，受党的委派，协助台湾同胞组织"台湾抗日义勇队"，担任义勇队秘书和中共地下党支部书记，同时主编《台湾先锋》月刊。他曾与邵荃麟等向周恩来同志汇报台湾义勇队的情况，得到周恩来的肯定和赞赏。在1941年，他被日本侵略军逮捕出狱后，开始了他的教书生涯，他先后在桂林师范学院、东北大学(后改名东北师范大学)、上海华东师范大学任教，担任讲师、副教授、教授等职务。为反对国民党的独裁，受革命思想的熏陶，张毕来于上个世纪四十年代加入了中国民主同盟，任民盟广西省支部委员，积极开展统战工作，解放后，他在民盟中央委员会工作，先后担任民盟中央宣传部副部长、部长、学习委员会主任委员，张毕来同志被推选为民盟中央第一、二、三届中央委员、第四、五、六届中央常务委员和第五届中央执行局委员；全国政协第四、五届政协委员，第六、七届政协常务委员。

上个世纪五十年代，张毕来同志被调到人民教育出版社，担任中学语文编辑室主任，主持全国中学语文课本编辑工作。张毕来一生热爱文学，尤其对红学研究深入，著有专著《欧洲文学史简编》《新文学史纲》《漫说红楼》《红楼佛影》《贾府书声》《红学刍言》等，翻译著作《监狱·我的第二家庭》、《走向自由·尼赫鲁自传》《亚当·比德》《小北斗村》等，出版了《张毕来文选》。由于在红学研究上的突出贡献，1980年张毕来当选为中国《红楼梦》学会副会长。进入古稀之年的张毕来，仍然不忘为国家出谋献策，针对我国扫盲工作的需要，张毕来潜心研究创造出一套《普通话语音代表字》(400)字，并作为提案向全国政协提出，这一提案获得了全国政协优秀提案奖。

1991年12月5日，张毕来因病在北京逝世，终年77岁。

他的一生，是光辉的一生，他忠诚党的事业，致力于国学研究与创作，他为中国的新民主主义革命、社会主义革命和建设事业献出了毕生的精力，他是我们凯里人民的骄傲，我们将永远怀念他。

走进贵州炉山张毕来故居

黄景钧

炉山是贵州省凯里市的一个镇，属黔东南州。张毕来同志1914年9月12日就出生在这个四面环山的小镇里。解放前，炉山是个县城，是从湖南到贵阳的必经之地，据说当年西南联大从长沙迁往昆明时，曾路过这里，闻一多先生还在这里居住过。

去年11月4日，我应邀出席在凯里市举办的纪念著名社会活动家张毕来座谈会暨学术研讨会，并参观了他在炉山镇的故居。故居坐落在狭窄街道的一条小巷子里，是当地政府从张毕来的亲属中征购来的，进行了一番修葺，刚刚落成。

跨进院门，只见一座砖木结构的老房子，外面有个院落，房前有一排台阶。拾级而上，正面是厅堂，两侧各有一间住房，后面还有住房和厨房，中间是过厅，面积总共不过200平米左右。张毕来的幼年时代就是在这里度过的。

故居里陈列了一些张毕来生前的照片、著作、证件、衣物等，虽然数量不多，但也可大致了解到他的一生。作为曾和张毕来在民盟中央宣传部共事长达30年的同事，这里的每一件物品都使我感到格外的熟悉和亲切。

在我眼中，张毕来不仅是一位尊长良师，而且还是一位亲朋挚友。他虽年长，但同志们一直亲切地称他为"毕来同志"，我一边参观一边回忆，随即回想起了毕来同志所历经的道路。

张毕来的父亲是个染匠，起初家境还好一些，到了他七八岁时，父亲连染匠也干不成了，只好束手无策地过着落魄穷困的日子。他3岁丧母，10岁丧父，生活只得依附于伯父。他在这座房子里念过私塾，上完小学。1929年，他15岁时，因为师范不收学费，而且还发伙食费和书

本费，便考入了贵州省立男子师范学校，走出炉山，到200公里以外的贵阳上学。

六年的师范学习结束后，张毕来回到炉山当了一年小学教师。1936年他考入浙江大学，告别了炉山，到更远的杭州就读。一年后抗日战争爆发，他没有和学校内迁去贵州湄潭，而是和一部分同学前往浙东一带开展抗日救亡活动。1938年9月他加入中国共产党，在金华地区协助一部分台湾同胞组织"台湾同胞抗日义勇队"，任秘书和地下党支部书记，并主编《台湾先锋》月刊，起草义勇队队歌、宣言，认真贯彻党的抗日民族统一战线方针政策。1939年4月，周恩来以国民政府军事委员会政治部副主任身份到浙江视察抗战，张毕来和邵荃麟、骆耕漠等向周恩来汇报有关台湾义勇队的情况，受到周恩来的肯定和赞赏。1945年12月他在桂林加入中国民主同盟，任民盟广西省支部委员。1949年经香港赴东北解放区，历任东北大学、东北师范大学教授兼中文系主任，华东师范大学教授，人民教育出版社中学语文编辑室主任。

1962年，张毕来调到民盟中央机关工作，直到1991年12月5日逝世，时间长达30年。他先后担任民盟中央宣传部副部长、部长、学习委员会主任委员，民盟中央第一、二、三届中央委员，第四、五、六届常务委员和第五届中央执行局委员，全国政协第四、五届委员，第六、七届常务委员，中国作家协会会员、中国《红楼梦》学会副会长等职。

毕来同志是一位自学成才的学者。他只念过一年大学，没有走出一条从头到尾听完大学课程的"科班"道路，更没有出国留洋取得什么学位。但他以后却成了大学教授，编著有《新文

学史纲》，翻译过《走向自由·尼赫鲁自传》、《亚丹·比德》、《小北斗村》等作品，这主要是依靠他刻苦自学的结果。他对我国晚清文学和现代文学的研究，在学术界有一定的影响。故居中陈列着毕来同志的"红楼四书"。他写评论《红楼梦》的书籍时，年已六旬，竟然不辞劳累，刻苦笔耕，先写出40多万字的《漫说红楼》，接着又写成了《红楼佛影》和《贾府书声》两书，最后还将他在民盟举办的多学科学术讲座的讲稿整理成《红楼刍言》，合称"红楼四书"，得到国内外红学界的好评，并被推选为中国红楼梦学会副会长。他每出一书，都送我一本，以感谢我见证他的努力和收获。他说他有两个特点：一是动脑；一是动手。动脑是对问题思考得很深，这是他成功的关键。动手是勤于写作，写自己想写的，1984出版的《张毕来文选》就是一例。他一边教书，一边写书，一边工作，也一边写书，这使他成为了一位卓有成就的学者。

毕来同志是一位忠诚的共产党人。他常说，自己终身难忘的是1939年4月在金华见到周恩来同志时的情景，那为他以后坚定不移地沿着党指引的方向前进增加了力量。1941年夏，他在上海工作时被捕，同年秋出狱，但失去了与党组织的联系，一直到1982年才恢复党员身份。但这40年来，他却始终以党员的标准来严格要求自己。毕来同志常说，他生活的那个时代，搞学术有一个特点，就是在几十年当中很少不参加政治活动，而是一边搞政治活动，一边搞学问。这方面他得到过谭丕模先生的启示。那还是1944年他在桂林师范学院中文系执教时，当时国民党统治区民主运动高涨，民盟组织在桂林兴起。毕来同志曾问谭丕模先生："是搞政治呢，还是搞学问？"谭丕模十分爽朗地说："我们搞政治，就是通过搞学问来实现，两者是完全统一的。"这句话对他的影响很大，40多年来，他一直沿着这条路走。记得1983年他到无锡主持民盟中央宣传部召开的一个会议，有位记者曾问他："我看你一辈子在搞政治活动，怎么会写出这么多东西来？"毕来同志说："这个道理，好像一两句话未必说得清楚。但是，实在又是一两

句话可以说得清楚的。那就是'我正是由于一直搞政治活动，才得以写出一点东西来。'"这段话是他毕生处理政治和业务关系的经验总结。

毕来同志调到民盟中央任宣传部副部长时，主要负责民盟中央上层人士的政治学习工作。"文革"初期，毕来同志受到冲击，康生在一次讲话中还指名道姓地指责了他。粉碎"四人帮"后，他曾作诗一首：

明光作伴入歌场，
此日重来倍感伤。
一片忠贞三字狱，
百年仇恨四人帮。
暴风玉树花仍艳，
白雪清腔艺未荒。
无限恩情无限恨，
都随声泪满厅堂。

足见他的爱和恨。

1978年民盟恢复活动，由高天同志和毕来同志主持民盟中央的宣传工作，我是他们领导下的干部之一。1980年民盟第四次代表大会之后，毕来同志被任命为宣传部部长，直到1987年民盟召开第六次代表大会之后，他因为年龄大了，才改任民盟中央学习委员会主任。

毕来同志在主持民盟中央宣传学习工作中，一直要求大家注意学习国内外形势。他认为，做宣传工作，不了解形势，如同摸黑走路，定会偏离方向。他引导我们跟着形势发展的要求去进行民盟的宣传工作。他善于联系、团结民盟盟员和所联系的知识分子，要求根据盟员的特点去进行工作。他很注重调查研究，讲求实事求是，关注民生。他平易近人，注意发挥每一个干部的特长，在领导工作中，注重讲道理，从来没有训斥过人，做到使干部心悦诚服。他积极认真参政议政，在临终前，他仍在思考完善向政协提出的《普通话语音代表字》（又称400字）提案，这个提案曾获得全国政协优秀提案奖……

走出张毕来故居，我脑海中又一次浮现出张毕来同志一生所经历过的道路，这条路上也留下了中国无数老一代革命知识分子的坚韧足迹。

第六部分 附录 书信

夏公诒致童土妹函一通

（1976 年 12 月 29 日北京）

土妹同志：

退休来北京到现在二年的时间了，一直没有给你写信，但是我时常怀念着你的。在淞中和交大附中的情景不断地出现在我的脑子里。你现在是否仍在交大附中？仍旧是教外语吗？附中的近况如何？

你结婚了没有？爱人是在哪里工作呢？请在来信中详细的告诉我。如还未结婚，打算什么时候结婚呢？结婚的时候来信告诉我。

我在北京一直都很好，这是值得安慰你的。你如有机会来北京，欢迎你来我这里做客。我的地址是：北京海淀林学院内平房 24 排 142 号。专此祝

健康愉快。

夏公诒

1976. 12. 29

士妹同志：

退休来北京 评职前三年的时间里，一直没
有给你写信，但是我是 时常怀念着你们全校
中从头 以及你们的成长 不断取得成绩怀的临？里。
你院里还都仍在 搞大批判中，仍旧是教外语吗？
你们那里还怎么的行？

你结婚了没有？爱人是在那里工作？如已结过
来信中详细的告诉我。若还未结婚，有到什么
时候结婚呢？结婚的时候 来信告诉我。

我在北京一直都很好，这是住在北京 以后
谁你有机会来北京 欢迎你来我这里作客。
我的地址是：北京海淀林学院 团委珍姗
142号。专此祝

健康愉快。

夏公治谨
七六年十二月二十九日

夏公诒致童士妹函 1976.12.29 于北京

书信四通

（夏野士女儿夏新阳、儿子夏逢庆致陈寿楠函）

陈寿楠先生：

　　我们是夏公诒先生的女儿、女婿，中国农业科学院家属区的邮亭送来了6月30日来信。拆阅后方知是陈先生寄来的书信和资料，心中十分感激。但又止不住内心的凄切。我们怀着悲痛谨告知夏公诒先生已于1990年2月17日因脑血管意外住院抢救无效不幸逝世，享年78岁。骨灰已于同年护送回温州金乡凤仪街安葬。回到他老人家革命的早年故里，也是对他老人家在天之灵的慰藉。

　　感谢寿楠先生辛勤的革命史料整理工作，更感谢寿楠先生对家父早期史料的搜集和撰写简介。也使我们受到教育和鼓舞，只是阅历浅薄，对家父从事的革命活动所知甚少，不能代为回答先生的问题，请原谅。

　　现寄上夏公诒先生照片两张，做为留念请查收。我的通信地址"北京白石桥30号中国农科院科技文献作息中心夏新阳收"邮编100081。

　　不多写了，请先生多保重，祝愿全家安康

　　　致

敬礼

夏新阳
1993.7.8

寿楠先生:

　　收到 10 月 28 日来信,心中十分感激。家父在世之日曾得到寿楠先生很多鼓舞和帮助。《温州进步戏剧史料集》的编辑和出版,是对革命文化史料搜集和整理工作又一新贡献,家父虽未能目睹到这一作品的问世,相对对他老人家在天之灵也是一个莫大的告慰。

　　家父一生忠诚于教育事业,生前谦逊克己,对昔日旧友从不忘怀,书信来信很多,但对他本人参与的进步活动甚少提及。我本人更是知之甚少。解放后的情况是一直在吴淞中学任教,现就我所知提供如下:

　　1949 年 8 月,上海刚刚解放,经市教育局军代表的推荐,被聘为上海市立吴淞中学任教。

　　1954 年在上海吴淞中学任地理教研组组长。

　　1963-1965 年除在吴淞中学任教外,还受教育局委托在上海华东师大附中等校示范讲学、培训师资。

　　1975 年退休,离开吴淞中学来北京。

　　1975-1990 年的 15 年间,一直住在我家,渡过了平静的晚年。

　　家父有关革命史料的文字材料所见寥寥。现寄上照片一张,是家父去世前一年在北京拍摄的,其他的材料也实在找不到了。

　　我的一家仍然住在北京中国农业科学院内,来北京出差时,热情欢迎您来作客。

　　不多写了,代问全家人安康。

　　致

敬礼!

夏新阳

94.11.6

陈寿楠老师：

　　您好！接到 8 月 7 日来信，深表感谢。两月前收到了您编撰的《温州进步戏剧史料集》时就被这两本字数超过 60 万，页数将近一千的巨作深深吸引住，只顾翻阅，竟忘记及时回信，实在抱歉。书中的内容使我重新领略了老一代革命家雄风和文采。家父生性谦恭，很少提当年的事业，承蒙老师的关照和艰苦卓绝的细致工作，收录了家父早年的代表作，并为之撰写传略。做儿女的在此再次向您表示我们衷心的谢意。

　　我目前已接近退休年龄，身体状况不算太好，不知退休后能否再返故里探视母亲，若能回温州时，一定前去拜访您和您的家人。您若顺路来京，盼到家中做客，不胜荣幸。不多写了，代表我和我丈夫以及全家人向您祝贺，祝贺史料集的成功出版，并祝

　　全家平安，健康长寿！

夏新阳

96.8.12

陈先生、先生母:

　　您们好!

　　信今看到(由于近去北京才回),特高兴,祝你们全家安好!一切顺利。

　　你若有机会来金,我全家特高兴,欢迎!欢迎!但你必须有人同行,以便照应,安好为紧要!我们有空定去贵府拜望,有待电话联约。

　　我看了"铭刻于心杨柳巷"一文,真是使我们全面认识了你的为人——真善美。在我心里敬佩你——是一个大大好人。关于我父亲的书集,全靠你的努力、集编,不管是否能出书,在此我全家感谢不尽!我父在天之灵也是感激得很,有你这样的学生。

　　今寄上炮胶,请查收。

　　(此物软口富于营养,适宜老年人)。

　　祝

健康

　　　　　　　　　　　　　　　　　　　　　　夏逢庆
　　　　　　　　　　　　　　　　　　　　　　　　　　　　敬上
　　　　　　　　　　　　　　　　　　　　　　夏朝日

　　　　　　　　　　　　　　　　　　　　　　2016 年 4 月 29 日

夏野士掠影

摄于 1972 年 3 月 13 日生日

夏野士父女合影，摄于上世纪六十年代上海

夏野士在京女儿家合影（左）女婿罗中岭（中）夏野士（右）夏新阳，于1990年1月27日

夏野士在京女儿家合影（左女婿罗中岭、中夏野士、右夏新阳）
于 1990 年 1 月 27 日摄于北京

自左至右：孙女婿屈冬至、夏野士、罗文（1990年1月27日于北京）

自左至右：孙女婿屈冬玉、夏野士、罗文
1990 年 1 月 27 日摄于北京

晚年夏公诒（夏野士）摄于北京

晚年夏公诒（夏野士）摄于北京

八十年代初的夏公诒于北京

299

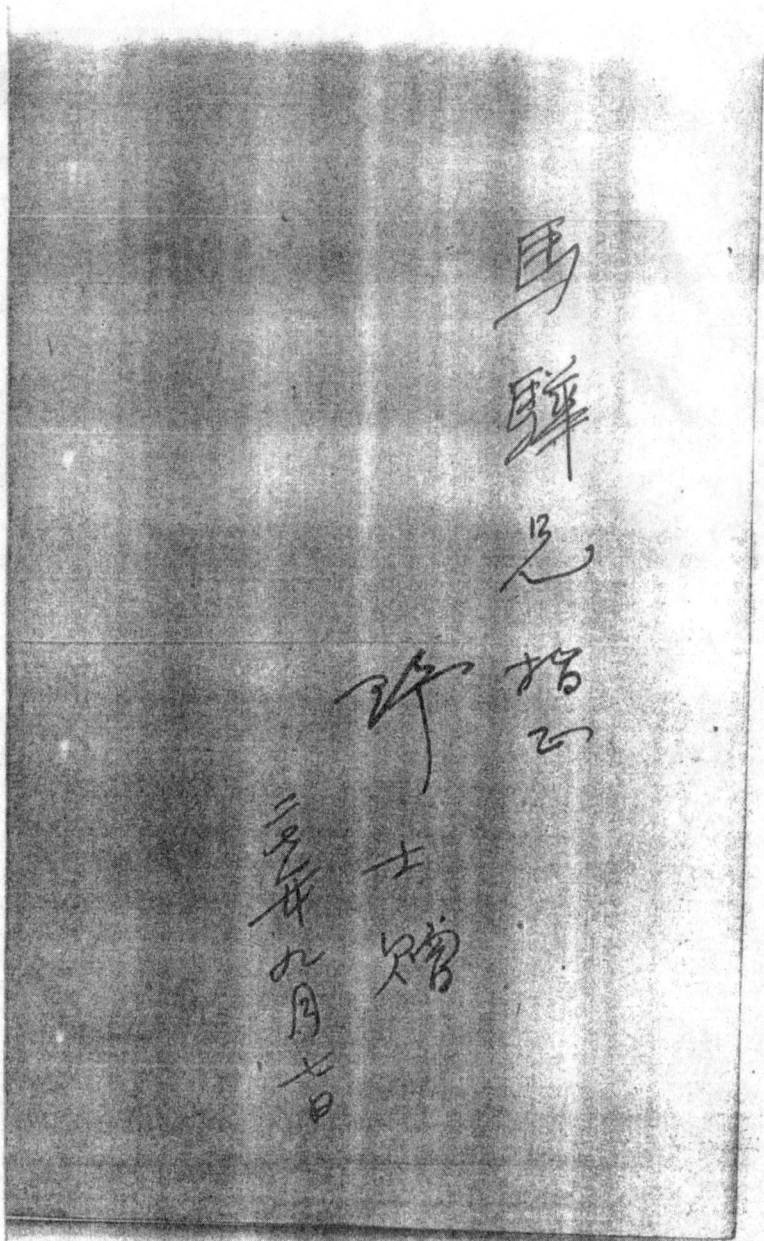

《守住我们的家乡》夏野士题签寄赠他的好友马骅

编后记

《夏野士集》书稿初编成书于 2014 年，其间，经友人推介并曾与苍南县文化局领导共商出版事宜。后因种种原因，一度中断。往往是求之不得，好事多磨。

时隔 7 年，时光飞逝。余生初心依旧，步履不停，寻踪穷搜，挖掘了十多篇以往未曾发现的新资料，自然喜上心头，满怀信心，一直在期盼、祈愿出书的那一天……

今年是夏野士诞辰 110 周年，又是"七七"卢沟桥事变全面抗战爆发 85 周年，也是夏野士投身抗日救亡戏剧运动，领先推出"卢沟桥"事变创作的戏剧处女作——《保卫卢沟桥》诞生 85 周年。

为了纪念这位平阳籍（今苍南县金乡镇）历史文化名人夏野士，为铭记苍南历史上的今天，为促进苍南乡邦文化建设，这里，我不能不提一位热心推助《夏野士集》顺利启动的古稀老人，他就是金乡镇老年大学校长、金乡镇老年协会会长、军人本色的林立科先生，在他的牵线搭桥努力下，苍南县委宣传部、苍南县文化和广电旅游体育局、苍南县金乡镇镇委、金乡镇人民政府及金乡镇夏氏宗亲夏禹先生等部门和个人的大力支持、资助，本书才得以顺利出版，在此，谨向他们表示衷心的感谢。

在编纂过程中，要特别值得一提的是得到苍南县委宣传部陈以周先生和苍南县博物馆馆长章鹏华先生分别提供的夏野士先生晚年创作未刊的诗词佚稿《夏公诒诗词初稿》，颇为珍贵，填补了本书诗词方面的空白。

本书收录了先生生前散见各地刊物，今天不易查找的散篇的各类文章和戏剧作品，凡能搜集到的基本上都收进去了。

温州市文化艺术研究院的林倩倩同志，利用业余时间，为本书部分文章、照片、图片扫描打印等工作，付出了辛勤的努力。还有青年文史爱好者陈彼德先生，在《夏野士集》定稿编就之际提供了我所不知道的几篇论述剧运方面的佚文与一个话剧剧本《享乐的人们》，真是难能可贵，在此一并致以诚挚的谢忱。

感谢我的同乡老友戏曲研究家、书法家洪毅先生，戏曲史家、评论家徐宏图先生，苍南县政协原副主席李晖华先生惠赐题签和序文。感谢夏野士哲嗣夏逢庆先生，供职于北京人民大学罗京先生应邀撰写的回忆并提供和姥爷珍贵的合影照片，还要感谢我上戏 57 届老同学许诺和她的戏曲作曲家中国戏剧界泰斗高鸣先生的大力支持和推介。最后感谢上海文艺出版社徐如麒先生、上海《东南风》文丛主编姚海洪先生、上海雯学文化传媒有限公司总策划唐根华先生等为本书所作的一切努力，表示深深的感谢！

由于编者水平有限，年事已高，时间仓促，疏漏之处在所难免，敬请专家、读者指正。

编　者
2022 年 5 月 31 日